4e Livraison de la Collection.

THÉATRE EUROPÉEN

NOUVELLE COLLECTION

DES CHEFS-D'ŒUVRE DES THÉATRES

Allemand, Anglais, Danois, Espagnol, Français, Hollandais, Italien, Polonais, Russe, Suédois, etc.,

AVEC DES NOTICES ET DES NOTES

HISTORIQUES, BIOGRAPHIQUES ET CRITIQUES

Théatre Italien.

IIe SÉRIE. — TOME Ier.

L'AVOCAT VENITIEN

Comédie en trois actes

PAR GOLDONI.

PARIS

Au Bureau d'administration du Théâtre Européen

Rue du Dragon, 30.

DELLOYE Éditeur de la FRANCE PITTORESQUE place de la Bourse, 5.	HEIDELOFF ET CAMPÉ rue Vivienne, 16.	BARBA Éditeur de la FRANCE DRAMATIQUE Palais-Royal.

ET CHEZ TOUS LES DÉPOSITAIRES DE PUBLICATIONS HEBDOMADAIRES.

UNE LIVRAISON.

LE THÉATRE EUROPÉEN

SE COMPOSERA

DE PLUS DE DEUX CENT CINQUANTE PIÈCES TRADUITES

Et accompagnées de Notices et de Notes

historiques, biographiques et critiques

Par MM. J.-J. Ampère; le Baron de Barante, de l'Académie française; Berr; Campenon, de l'Académie française; Philarète Chasles; Chatelain; L. Chodsko; Cohen; Defauconpret; Delatouche; A. de Latour; Denis; Émile Deschamps; Ernest Desclozeaux; Alex. Dumas; Léon Gozlan; Guizard; Guizot; Damas-Hinard; Jules Janin; Lebrun; Loève Veimars; Magnin; Saint-Marc Girardin; X. Marmier; Mennechet; P. Mérimée; Merville; Prince Mestchersky; Nisard; Charles Nodier, de l'Académie française; Amédée Pichot; Comte de Remusat; Comte de Saint-Aulaire; Comte Alex. de Saint-Priest; Baron Taylor; Trognon; Villemain, de l'Académie française; Madame la Duchesse d'Abrantès, etc., etc.

Cette importante collection se divisera par séries, divisées elles-mêmes en volumes. Le théâtre espagnol, *première* série, comprendra l'époque de Calderon, de Cervantes, de Lope de Vega, de Montalvan, de Moreto, de Rojas, de Solis, de Zamora, de Tirso de Molina, d'Alarcon, de Cubillo, de Cañizares et autres auteurs de tragédies *fameuses*, de comédies et de saynètes dont il n'a pas même été fait mention dans la première traduction des théâtres étrangers; la *seconde* série, plus moderne, commencera à Moratin et finira à Martinez de la Rosa.

Le théâtre anglais, qui offre quatre époques plus tranchées, aura *quatre* séries; la *première* comprendra les auteurs des règnes d'Élisabeth et de Jacques : Shakspeare et ses contemporains, Marlow, Decker, Heywood, Lilly, Green, Peel, Marston, Rowley, Middleton, Ben-Jonson, Massinger, Webster, Beaumont et Fletcher, Ford, Shirley, etc.

La *seconde* comprendra les auteurs des règnes des derniers Stuarts, de Guillaume et de la reine Anne, jusqu'à l'avénement de la maison de Hanovre : Lee, Howard, Dryden, Shadwell, Etheredge, Cibber, Vanbrugh, Congreve, Otway, Wycherley, Southerne, Lillo, Farquhar, Centlivre, Gay, Addison, etc.

La *troisième* comprendra les auteurs qui ont écrit sous les Georges, jusqu'au moment de la révolution française, Fielding, Thomson, Murphy, Hughes, Foote, Goldsmith, Garrick, Colman, Home, Kelly, O'Keeffe, Bickerstaff.

Et la *quatrième* enfin, plus moderne, commencera à Sheridan et finira à son homonyme Sheridan Knowles encore vivant; elle comprendra Cumberland, Morton, Reynolds, Holcroft, Inchbald, Tobin, Colman J[or], Shiel, Coleridge, Maturin, Milman, Bedoes, Joanna Baillie, Croly, Payne, Walter Scott, Byron, etc.

Dans le théâtre italien, la *première* série embrassera les vieilles pièces en remontant jusqu'à Machiavel; la *seconde*, l'époque de Goldoni; la *troisième*, celle d'Alfieri et de ses contemporains.

Le théâtre allemand, quoique presque aussi riche que le théâtre anglais, n'aura que *deux* séries à cause des dates : la *première* comprendra Lessing, Schiller, et leurs contemporains; la *seconde* Goëthe, Kotzebue, Werner, Mullner, et l'époque actuelle, Grabb, Raupach, Grillparzer, Iffland, Kleist, Kœrner, Zimmerman, etc.

Les autres théâtres n'auront chacun qu'*une* série, quoique nous ne manquions pas de pièces inédites pour compléter ce qu'on connait déjà en France des théâtres danois, hollandais, polonais, portugais, russe et suédois.

CONDITIONS.

Le Théatre Européen est publié par livraisons, format grand in-8°.

Chaque pièce parait *complète* avec les notices et notes qui s'y rattachent.

Les notices sur les auteurs seront toujours placées en tête de la *première* pièce de chaque auteur, non la première dans l'ordre de la mise en vente, mais la première dans l'ordre de la classification des séries et des volumes. — Les notices sur les pièces précéderont chaque pièce.

Les pièces qui ont moins de *quatre* actes ne forment qu'*une seule* livraison.

Les pièces en *quatre* et en *cinq* actes forment *deux* livraisons.

Il paraît régulièrement au moins *une* pièce, souvent *deux* pièces le *samedi* de *chaque semaine*, et alternativement de chacun des théâtres indiqués et de leurs diverses séries.

La couverture de chaque pièce et la *signature* au bas de chaque feuille, indiquent le *théâtre*, la *série* et le *volume* dont la pièce fait partie. Les pièces appartenant au même volume ont une pagination suivie.

La *première* pièce de chaque volume sera toujours accompagnée du *frontispice* du volume, à la fin duquel il sera donné une table des matières.

Prix de chaque livraison:

50 cent. pour Paris; — 60 cent. pour les Départ.; — 70 cent. pour l'Étranger.

On ne peut souscrire pour moins de *vingt-cinq* livraisons, payables d'avance aux prix ci-dessus. — Les souscripteurs sont servis à *domicile*.

On peut acquérir chaque pièce séparément.

THÉATRE

EUROPÉEN.

IMPRIMERIE DE E. DUVERGER,
4, RUE DE VERNEUIL.

THÉATRE
EUROPÉEN

NOUVELLE COLLECTION

DES CHEFS-D'ŒUVRE DES THÉATRES

ALLEMAND, ANGLAIS, ESPAGNOL,
DANOIS, FRANÇAIS, HOLLANDAIS, ITALIEN, POLONAIS,
RUSSE, SUÉDOIS, ETC.

AVEC DES NOTICES ET DES NOTES

HISTORIQUES, BIOGRAPHIQUES ET CRITIQUES

PAR MM.

J. J. AMPÈRE; le baron DE BARANTE, de l'Académie française; BERR; CAMPENON, de l'Académie française; Philarète CHASLES; CHATELAIN; L. CHODSKO; COHEN; DEFAUCONPRET; DELATOUCHE; A. DE LATOUR; DENIS; Émile DESCHAMPS; Ernest DESCLOZEAUX; Alexandre DUMAS; Léon GOZLAN; GUIZARD; GUIZOT; DAMAS-HINARD; Jules JANIN, LEDRUN; LOÈVE-VEIMARS; MAGNIN; SAINT-MARC GIRARDIN, X. MARMIER; MENNECHET; P. MÉRIMÉE; MERVILLE; prince METSCHERSKY; NISARD; Charles NODIER, de l'Académie française; Amédée PICHOT; comte DE REMUSAT; comte DE SAINT-AULAIRE; comte Alexis DE SAINT-PRIEST; baron TAYLOR; TROGNON; VILLEMAIN, de l'Académie française; Madame la duchesse D'ABRANTÈS; etc., etc.

Théâtre Italien.

DEUXIÈME SÉRIE.

TOME I.

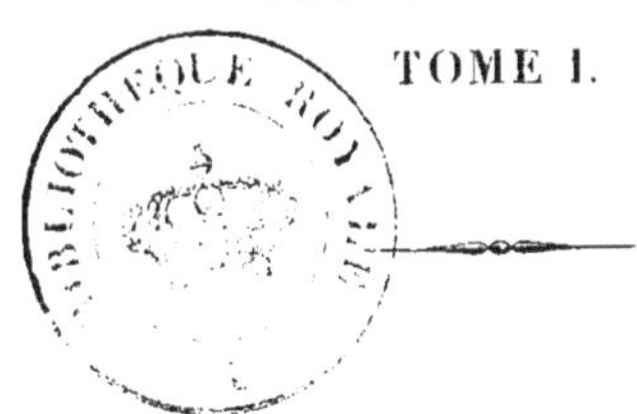

PARIS

ED. GUÉRIN ET Cie, ÉDITEURS, RUE DU DRAGON, 30.

1835

L'AVOCAT VÉNITIEN

(L'Avvocato Veneziano)

COMÉDIE EN TROIS ACTES,

PAR GOLDONI.

NOTICE SUR GOLDONI.

Lorsqu'on surnomma Goldoni le *Molière de l'Italie*, sans doute on ne prétendit pas l'égaler à un poète comique qui n'a de rival dans aucun pays ; on voulait honorer le restaurateur de la comédie italienne, et lui marquer sa place à une grande distance au-dessus de tous ses devanciers et de tous ses successeurs.

Au commencement du dix-huitième siècle, la comédie italienne était encore abandonnée aux masques et aux canevas. Les quatre masques obligés étaient Pantalon, négociant de Venise ; le Docteur, jurisconsulte de Bologne ; Brighella et Arlequin, valets Bergamasques ; le premier, portant une espèce de livrée, adroit ; le second, balourd, dont le pauvre vêtement se compose de pièces de différentes couleurs, et qui étale à son chapeau la queue de lièvre, panache ordinaire des paysans de Bergame. Quant au négociant et au docteur, vieillards, représentant, celui-là les professions lucratives, celui-ci les professions savantes, leur costume est resté tel qu'il était anciennement dans leur pays ; le Vénitien, robe noire, bonnet de laine, gilet rouge, culotte coupée en caleçons, bas rouges, pantoufles et longue barbe ; le docteur, la vieille robe de l'université de Bologne, avec un masque singulier imaginé d'après une tache de vin qui déformait le visage d'un jurisconsulte de ce temps-là. C'était sur ces données invariables que des espèces d'improvisateurs bâtissaient des actes et des scènes, retraçant avec uniformité des pères dupes, des fils libertins, des filles amoureuses, des valets fripons ; imitation dégénérée des antiques comédies de Plaute et de Térence.

Goldoni (Charles), né à Venise en 1707, d'un père qui dissipa dans les plaisirs une assez grande fortune, se sentit dès son enfance attiré vers le théâtre par une de ces vocations marquées qu'il est impossible de méconnaître et de contrarier. Reçu avocat en 1732, il composa, au lieu de plaidoyers, des almanachs, des opéras, des comédies, des tragédies même ; car le talent est quelquefois long-temps à chercher sa route. Enfin, il se débarrasse des entraves importunes du barreau, s'attache à une troupe de comédiens, et, toujours menant avec lui sa mère qu'il nourrissait de son travail, il se fait poète à leur suite. Sa mère regrettait qu'il eût quitté la carrière du barreau, mais il nous apprend dans ses mémoires qu'il finit par lui persuader que celle du théâtre n'était ni moins honorable ni moins lucrative. En 1736 il rencontra à Gênes un honnête notaire dont il vainquit aussi les scrupules contre les auteurs comédiens, et qui lui donna sa fille en mariage. De retour à Venise, il travailla pour la troupe de l'arlequin Sacchi, et, s'il fit des concessions à cette troupe, nourrie des traditions de la vieille bouffonnerie italienne, il sut aussi peu à peu influer à son tour sur le goût des acteurs comme sur celui du public ; mais ce fut à cette époque qu'un changement d'état interrompit sa carrière d'auteur dramatique.

Le consul de Gênes à Venise étant mort en 1739, la famille de la femme de Goldoni obtint pour lui cette place. Il lui fallut se mettre au courant de ses fonctions ; mais il avait déjà retrouvé des loisirs pour le théâtre, grace à sa facilité naturelle, lorsque des embarras imprévus le forcèrent, en 1741, de se faire substituer quelqu'un dans sa place, qui était du reste plus honorable que lucrative, et d'aller chercher des ressources ailleurs qu'à Venise. Il se transporta d'abord à Bologne avec sa femme, puis il voulut gagner Gênes; mais la guerre de 1741 lui coupait tous les chemins. Obligé d'aller à Modène et à Rimini, les comédiens qu'il y trouvait, et ses pièces qu'ils s'empressaient de lui demander, le firent vivre commodément; mais il put se croire ruiné sans ressource quand des hussards autrichiens eurent enlevé la barque qui conduisait à Pesaro tous ses effets et ceux de sa femme, les coffres, les porte-manteaux, les boîtes, les cartons remplis de hardes, de linge, d'ajustements, de bijoux. Goldoni ne se désespéra pas. Le quartier général autrichien était à dix milles de distance; il se détermine à y aller avec sa femme réclamer ses effets. Ils partent d'abord en calèche; mais comme ils étaient descendus pour un moment avant la moitié du chemin, le postillon tourne bride, retourne au galop à Pesaro, et les laisse sur la route, à pied. «Eh bien! marchons, dit Goldoni.» Deux torrents, qui leur barrent le passage, ne les arrêtent pas, et le mari prend sa femme sur ses épaules. Ils arrivaient, lorsqu'un torrent, plus large et plus profond se présente encore; ils en suivent le cours jusqu'à la mer, se mettent dans une barque de pêcheur, qui les descend à l'autre bord, et ils remontent jusqu'au but de leur voyage. Goldoni se fait annoncer au commandant autrichien, qui, trouvant en lui l'auteur de *Bélisaire*, du *Cortesan Veneziano*, et d'autres comédies charmantes, lui fait rendre tous ses effets et ne lui impose pour condition que de ne pas retourner à Pesaro. Les deux époux vont joindre à Rimini des amis qu'ils y avaient laissés. La fortune commençait à se lasser de les poursuivre. Ils trouvent à Rimini le prince Lobkowitz, général en chef de l'armée impériale, avec son état-major; tout était là divertissements et fêtes. Goldoni fut chargé de composer une cantate; on lui confia ensuite la direction des spectacles. «J'y gagnai beaucoup d'argent, dit-il, en m'amusant beaucoup.» Il se démit alors du consulat gratuit de Gênes, et ne quitta Rimini, quand les Autrichiens le quittèrent eux-mêmes, que pour passer à Florence, l'Athènes de l'Italie moderne.

Ce fut en Toscane qu'il rentra dans la carrière du barreau; mais pour se partager seulement entre sa clientelle et ses amis les comédiens. Enfin, de retour à Venise en 1748, le théâtre devint son occupation exclusive, et, fort de ses succès, il put opérer la révolution dramatique qu'il méditait depuis long-temps. Il eut à combattre une opposition; il essuya bien des dégoûts, il eut à se plaindre de maintes injustices; mais, sauf quelques courts intervalles de découragement, sa persévérance et sa fécondité triomphèrent de toutes les cabales. Il eut aussi pour lui la considération qui ne le quitta dans aucune de ses carrières, la pureté de ses sentiments et l'élévation de son caractère; ce sont choses qui ont toujours quelque valeur dans la vie littéraire.

Cette honnêteté de l'ame se fait sentir dans toutes les compositions de Goldoni, et ce fut tout à la fois sous le rapport de la morale et de l'art qu'il corrigea la scène italienne. Durant trente ans qu'il travailla pour le théâtre, il produisit plus de cent ouvrages dramatiques dans lesquels il n'est presque point de caractères qu'il n'ait tracés, de ridicules qu'il n'ait peints, de leçons morales qu'il n'ait présentées. Si trop souvent la profondeur manque à ses conceptions et la verve à son dialogue, du moins est-il toujours ingénieux et vrai. Et quelle étonnante profusion de ressources ne lui fallait-il pas dans l'esprit pour parcourir ainsi sans chemins frayés une carrière immense et éclatante, pour créer tout, à lui seul, spectacle, comédiens et spectateurs? Le théâtre comique des autres nations se compose d'une multitude de gloires rassemblées; celui de l'Italie est presque renfermé dans le seul nom de Goldoni.

Cependant cet homme, dont la renommée honorait sa patrie et dont le talent en faisait les délices, ne put pas y trouver dans sa vieillesse une existence indépendante. Ce fut la France qui la lui donna, la France, qui ne possédait alors aucun poète comique vivant, digne de lui être comparé. Il vint composer en français, à Paris, le *Bourru bienfaisant*, l'une de nos excellentes pièces d'intrigue et de caractère. Cette pièce, en trois actes et en prose, restée depuis au théâtre, y parut pour la première fois à Paris, le 4 novemb. 1771. Goldoni attribue modestement une grande partie du succès au jeu des acteurs. Préville, Bellecourt, Molé, madame Préville, mademoiselle Doligny, madame Bellecour, avaient joué d'affection une comédie dont les rôles semblaient créés exprès pour chacun d'eux! Quinze ou seize ans après Goldoni écrivait encore : «J'eus une gratification du roi, de cent cinquante louis; le droit d'auteur me valut beaucoup à Paris; mon libraire me traita fort honnêtement. Je me vis comblé d'honneurs, de plaisir, de joie; je dis la vérité, je ne cache rien; la fausse modestie me paraît aussi odieuse que la vanité.» Il fut moins heureux en 1773; l'*Avare fastueux*, comédie en cinq actes, fut jouée sans aucun succès à Fontainebleau. Ce caractère était pourtant digne du théâtre; le sujet était bien conçu; mais il paraît que Goldoni s'était trompé sur l'effet comique d'un de ses principaux personnages. C'est un homme qui a le tic de ne jamais finir ses phrases et d'y intercaler à tout propos des mots parasites comme *voilà qui est bien*. Préville lui-même ne put faire prendre un tic pour un caractère.

Goldoni avait été nommé lecteur de Mesdames, filles du roi, et leur maître de langue italienne. Il donna ses leçons très assidûment et avec fruit pour son auguste écolière, la princesse Clotilde, qui devait épouser le prince de Piémont. Il n'avait été question pour lui ni d'honoraires ni même de remboursement de dépenses; on croyait que sa pension l'obligeait au service de la famille royale. Il attendit long-temps après le départ de la princesse, conservant pour tout avantage son appartement à Versailles; enfin il se trouva aussi chargé de l'éducation italienne de madame Élisabeth, et lorsqu'il y eut donné, pendant quelque temps, tous ses soins, il obtint de se faire remplacer par son neveu. Le roi lui accorda une gratification extraordinaire de six mille livres, avec un traitement annuel de douze cents livres sur la tête de ce neveu.

Le dernier travail qu'il entreprit était de longue haleine; c'étaient *des Mémoires pour servir à l'histoire de sa vie et à celle de son théâtre*. Il y travailla pendant trois ans et les termina en 1787, année où il atteignit ses quatre-vingts ans. Le livre parut cette année même, en trois volumes in-octavo; il réussit. Les souscriptions, acquittées d'avance, montaient à plus de sept cents exemplaires. Goldoni vécut encore quelques années, et il aurait joui jusqu'à la fin, sans trouble, sans infirmités douloureuses, et sans altération d'humeur, de sa gloire littéraire et de ce qu'il prisait avec raison bien davantage, des douceurs de la vie et de la société, si les effets de la révolution ne l'eussent atteint. Sa pension de quatre mille francs avait été mise sur la liste civile; au 10 août, cette liste cessa d'exister, et les pensions furent supprimées. Goldoni resta dans un dénûment absolu. Il tomba malade; et ce ne fut que lorsqu'il était à ses derniers moments que la Convention, trop tard instruite, décréta, le 7 janvier 1793, sur le rapport de Chénier, que sa pension lui serait payée à l'avenir par la trésorerie nationale, et que l'arriéré, depuis le mois de juillet 1792, serait acquitté sur-le-champ. Goldoni mourut le lendemain de ce décret. Chénier en fit rendre un second, qui faisait à sa veuve, âgée de soixante-seize ans, une pension de douze cents francs, et lui accordait le paiement de l'arriéré.

L'extrait que Goldoni a donné dans ses *Mémoires* de presque toutes ses pièces, dans tous les genres et quel qu'en eût été le bon ou le mauvais succès, forme une galerie d'environ cent cinquante tableaux d'une variété piquante; on admire la souplesse du génie de l'auteur autant que sa fécondité. Les éditions italiennes de son théâtre sont presque sans nombre, et l'on ne cesse de les multiplier. Le Molière italien a presque partout ce qui distingue le véritable poète comique : c'est, dit Ginguené, le talent d'observer et de peindre les caractères et les mœurs. L'extrême variété de ses sujets lui a fourni l'occasion de mettre en scène toutes les classes d'hommes, depuis les gens de cour jusqu'au peuple; et en se les représentant tels qu'ils étaient dans son pays et de son temps, on trouve ses tableaux d'une vérité frappante. L'homme en général y est aussi peint fidèlement dans ses affections, ses habitudes, ses ridicules et ses vices. La variété de ses sujets, dit le même auteur, est réellement surprenante. Tantôt ce sont des scènes domestiques, des familles peintes dans l'intérieur, comme *Il Padre di famiglia, Il Padre per amore, La buona Madre, La Madre amorosa* (ce qui signifie la tendre mère et non pas la mère amoureuse); tantôt des états de la société et des hommes publics, représentés dans leurs fonctions, tels entre autres que *l'Avvocato veneziano*, et tantôt des caractères particuliers, soit d'hommes, soit de femmes, dans des situations qui les font ressortir; ce sont là ses pièces les plus nombreuses, la comédie de caractère étant le fond de sa réforme et le principal objet de ses travaux. On y trouve *l'Adulatore, il Bugiardo, il Giuocatore, l'Avaro geloso, il Vecchio bizarro* (ce qui ne veut pas dire bizarre, mais gai, jovial, aimable), *il Cavaliere di buon gusto, la Donna volubile, la Vedova scaltra, la Donna di garbo, la Donna di testa debole* (c'est-à-dire à la tête légère), *la Donna de casa soa* (la Femme maîtresse chez elle), etc. Ici ce sont des usages nationaux, des habitudes sociales, et les petits événements qu'elles fournissent, comme *il Cavaliere e la Dama, i Cisisbei, la Villegiatura, le Smanie della Villegiatura, il Ritorno della Villegiatura*. Là, le théâtre même et les lieux publics lui fournissent des scènes pleines de mouvement et de vérité, *il Teatro comico, la Bottega del Caffè, il Campiello* (le Carrefour.) Au comique noble-

succèdent des intérêts et des personnages populaires, comme dans *I Rusteghi* (les rustres), *le Massere* (les Femmes de service, les servantes, etc.), où l'on peut même accuser l'auteur d'être descendu quelques rangs trop bas. Quelquefois c'est un homme célèbre dans les lettres, mis personnellement en action, avec les traits généraux qui peuvent convenir à tous les hommes de cette classe, et les passions auxquelles ils sont sujets eux-mêmes, et celles qu'ils excitent ordinairement autour d'eux, et avec les traits particuliers du caractère et de la vie du grand homme représenté. Telles sont les trois pièces remarquables et que l'auteur affectionnait particulièrement; Térence, Molière et Torquato Tasso. Quelquefois, enfin, Goldoni se jette dans l'idéal et dans des peintures de mœurs qui n'ont peut être de vrai que ce qu'elles ont de romanesque, comme dans *la Sposa persiana, Ircana in Iulfa, Ircana in Ispaan, la Peruviana, la bella Selvaggia;* ou ce sont même des romans connus mis en action et en scène, tels que *Pamela* et *Pamela maritala.* Quoique Goldoni, trop modestement peut-être, ne reconnût point en lui les attributs du génie, on ne peut nier du moins qu'il n'eût à un rare degré le don de l'invention, qu'il n'y joignît celui d'observer finement et avec justesse, et le talent d'imiter et de mettre en jeu les passions, les ridicules, les qualités bonnes et mauvaises des hommes qui avaient été l'objet de ses observations.

AIGNAN,
de l'Académie française.

NOTE SUR L'AVOCAT VÉNITIEN.

L'AVOCAT, de M. Roger, est une des pièces modernes qui ont eu le succès le plus soutenu, et certainement aussi le plus mérité. De l'aveu même de l'auteur, le sujet de cet ouvrage lui a été fourni par Goldoni, et la pièce originale n'ayant jamais été traduite en français, devait nécessairement entrer dans le THÉATRE EUROPÉEN. Mais elle avait un titre de plus à cette distinction; c'est celui d'être incontestablement le chef-d'œuvre de ce Goldoni souvent si diffus et si bavard, mais toujours plein de naturel et de charme. A l'époque où M. Roger se décida à imiter l'*Avocat* italien, la conduite de la pièce exigeait de nombreux changements pour paraître sur la scène française, alors scrupuleuse dans ses imitations. Aujourd'hui il aurait pu suivre son modèle de plus près, et nous croyons que son ouvrage y aurait gagné. L'auteur français possédait précisément la qualité qui manquait à Goldoni, le goût. Sa pièce aurait été parfaite s'il avait pu y joindre le naturel qui brille dans chaque mot de son modèle. En effet, la supériorité de l'auteur italien sur son imitateur consiste en ce que les acteurs ne cessent pas un seul instant de faire et de dire précisément ce qu'ils devaient faire et dire dans la situation où il les a placés. Car on remarquera que ce qui paraît étrange dans la conduite de Rosaura, tient uniquement à la liberté des mœurs italiennes. La simplicité, la naïveté, l'abandon du rôle de l'avocat, rehaussés encore par le charmant dialecte vénitien, dans lequel tout ce rôle est écrit, étaient sans doute impossibles à imiter en français; mais on ne saurait disconvenir que l'*Armand* de M. Roger ne soit un peu gourmé et déclamateur. Du reste, nous nous permettrons d'indiquer encore quelques points dans lesquels la supériorité de la pièce italienne nous paraît évidente. En premier lieu Alberto ne devient amoureux de Rosaura qu'après s'être chargé de la cause, tandis qu'Armand l'est déjà de Cécile, ce qui donne à l'action de celui-ci une teinte de don quichottisme qu'on ne trouve point dans l'autre, et par conséquent ôte à ce rôle quelque chose de sa vérité morale. Puis, en changeant le sujet du procès, l'auteur français n'a pas songé qu'il transportait la question d'un point de droit, dont un bon avocat peut toujours être sûr, à un point de fait, sur lequel le plus habile homme peut se tromper, ce qui donne à la certitude d'Armand une apparence de pédantisme d'autant plus remarquable qu'en effet il a tort, qu'il fait rendre un jugement inique, et qu'il dépouille de sa fortune et de son état une personne qu'il aime, et qui en réalité a le droit pour elle. Enfin, par le dénouement il se trouve qu'Armand ne fait point de sacrifice puisqu'il épouse une femme riche. Aucune de ces taches ne se rencontre chez Goldoni. Le grand défaut de celui-ci, nous le répétons, est la diffusion, et il est bien certain que les deux plaidoyers qui ouvrent le troisième acte tiennent beaucoup trop de place. Nous n'avons pourtant pas cru devoir rien supprimer, notre but étant de faire connaître la pièce avec ses qualités et ses défauts, et de mettre nos lecteurs en état de juger l'auteur italien et l'imitateur français.

L. C.

L'AVOCAT VÉNITIEN

COMÉDIE.

PERSONNAGES.

ALBERTO CASABONI, avocat vénitien.
LE DOCTEUR BALANZONI, avocat bolonais.
ROSAURA, sa nièce, destinée pour épouse au comte Ottavio.
LE COMTE OTTAVIO.
LELIO, ami d'Alberto.
BEATRIX, riche veuve, amie de Rosaura.
FLORINDO, fils du défunt Anselmo Aretusi, client d'Alberto.
COLOMBINE, suivante de Béatrix.
ARLEQUIN, domestique de Béatrix.
LE JUGE.
LE GREFFIER.
UN LECTEUR qui lit les pièces produites dans la cause, d'après l'usage de Venise.
UN HUISSIER DE LA COUR, appelé *le Commendador.*
UN DOMESTIQUE DE LELIO.
DEUX SOLLICITEURS, personnages muets

La scène est à Rovigo, ville de l'état de Venise.

ACTE PREMIER.

SCÈNE I.

Le théâtre représente la chambre de l'avocat dans la maison de Lelio; sur un bureau on voit du papier, une écritoire et une tabatière.

ALBERTO *est en robe de chambre et en perruque, écrivant au bureau et feuilletant des livres et du papier; entre* LELIO.

ALBERTO.

Il me paraît impossible que ma partie veuille me disputer ce point. La raison est évidente, la discussion est claire et l'article de la loi est décisif.

LELIO.

Seigneur Alberto, pourquoi travailler ainsi sans relâche? Prenez un peu de repos, amusez-vous un peu. Ne voyez-vous pas que le soleil baisse déjà? Voilà quatre heures que vous êtes à ce bureau.

ALBERTO.

Mon cher ami, si vous m'aimez, laissez-moi travailler. Cette cause m'intéresse infiniment.

LELIO.

Il y a huit jours que vous ne parlez que de cette cause. Un homme aussi savant et aussi spirituel que vous doit à présent en être parfaitement pénétré.

ALBERTO, *se levant.*

Sachez, seigneur Lelio, que l'on ne travaille jamais assez les causes importantes. Quand il s'agit d'un point de droit, quelque évident qu'il paraisse, il faut toujours douter du résultat. Il faut prévoir les objections de l'adversaire, s'armer pour la défense aussi bien que pour l'attaque; et un avocat à qui son honneur est cher n'est jamais content de lui. Ses veilles, ses sueurs sont consacrées à assurer les intérêts de son client, à se mettre l'esprit en repos et à prouver jusqu'à quel point il tient à sa réputation.

LELIO.

Ces maximes sont dignes de vous, et je n'ai rien a y opposer. Je désirerais seulement qu'après vos travaux vous me procurassiez la satisfaction de jouir de votre agréable conversation. Je sais que vous êtes un homme de goût, et plus d'une fois, tant à

Venise que sur les bords de la Brenta, j'ai eu occasion d'admirer la vivacité de votre esprit, votre amabilité, votre instruction et votre sagesse enjouée.

ALBERTO.

Oui, mon cher ami; moi aussi, je suis homme du monde, et le plaisir a du charme pour moi. Quand j'y suis, j'y reste, et dans l'occasion je fais comme les autres; mais à présent je suis venu à Rovigo pour plaider une cause et non pas pour faire une partie de campagne. C'est vous qui, par un acte de bonne amitié, m'avez procuré cette cause; c'est vous qui avez engagé le seigneur Florindo à avoir recours à mes faibles talents dans une affaire si importante; et lui, se fiant à votre amitié, bien que dans cette ville de Rovigo il se trouve des hommes dignes et capables, m'a fait venir exprès de Venise et a mis toute sa confiance en moi. Or, il est nécessaire, non-seulement que je m'applique avec assiduité à la cause, mais encore que je me conduise dans ce pays avec dignité, afin que mon caractère acquière du poids sur l'esprit du juge; car il est très nécessaire qu'il honore l'avocat et qu'il soit favorablement disposé pour le client.

LELIO.

Si je vous ai proposé au seigneur Florindo, j'ai cru faire acte de bonne amitié à l'un comme à l'autre; à vous, en vous procurant les justes honoraires qu'auront mérités vos travaux; à lui, en le mettant entre les mains d'un avocat savant, intègre et loyal.

ALBERTO.

Pour intègre et loyal, je m'en fais gloire; pour savant, je voudrais l'être.

LELIO.

Mais ne viendrez-vous pas du moins ce soir pendant quelques moments à la *conversazione*[1]?

ALBERTO.

L'affaire se plaidant demain, je crains de ne pas pouvoir y aller.

LELIO.

Je me suis engagé à vous y conduire, et j'espère que vous ne me ferez pas manquer à ma parole.

ALBERTO.

Mais où? chez qui?

LELIO.

Chez la signora Béatrix, chez cette veuve dont je vous ai déjà plusieurs fois parlé. Elle reçoit une fois par semaine; elle nous attend ce soir et vous prie d'y venir avec moi.

ALBERTO.

Jusqu'à quelle heure y resterez-vous?

LELIO.

Aussi long-temps qu'il vous conviendra.

ALBERTO.

Je consens à y rester jusqu'à deux heures[1]; mais pas davantage.

LELIO.

Cela suffit; vous y trouverez une société qui ne vous déplaira pas.

ALBERTO.

Une fois cette affaire jugée, nous consacrerons quatre jours entiers au plaisir.

LELIO.

Cette affaire fait grand bruit dans le pays; on ne parle pas d'autre chose.

ALBERTO.

C'est là une raison de plus pour que j'y donne toute mon attention.

LELIO.

Avez-vous jamais vu la cliente de votre partie?

ALBERTO.

Plusieurs fois. Je la vois presque tous les jours à son balcon. Je l'ai aussi rencontrée dans la rue. Un jour elle s'est arrêtée pour parler au médecin qui était avec moi; je l'ai regardée avec attention, et je me suis formé d'elle une très haute idée.

LELIO.

N'est-il pas vrai que c'est une belle personne?

ALBERTO.

Foi d'homme d'honneur! elle est d'une beauté peu ordinaire.

LELIO.

Elle vous plaît donc?

ALBERTO.

Ce qui est beau doit plaire à tout le monde.

LELIO.

Je gage que vous aimeriez-mieux avoir à défendre la signora Rosaura que le seigneur Florindo.

ALBERTO.

Pour ce qui est du client, bien certainement j'aimerais mieux plaider pour la signora Rosaura que pour le seigneur Florindo; mais pour ce qui regarde le mérite de la cause, je défends plus volontiers celui qui a raison.

LELIO.

Pauvre jeune personne! si elle perd ce procès, elle reste sans ressources.

ALBERTO.

J'avouerai de grand cœur que je la plains;

(1) On a cru devoir conserver ce mot qui signifie *soirée*. *N. du trad.*

(1) Huit heures du soir. *N. du trad.*

elle a un regard si doux, des traits si agréables, des manières si prévenantes! et puis un certain air mélancolique mêlé d'un peu d'espièglerie, qui forme précisément le caractère que j'aime.

LELIO.

Voulez-vous voir son portrait?

ALBERTO.

Bien volontiers.

LELIO.

Le voici; le peintre, qui est de mes amis, l'ayant peinte pour le comte Ottavio, qu'elle doit épouser, a bien voulu en faire une copie pour ma collection.

(*Il lui montre le portrait dans un petit cadre.*)

ALBERTO.

C'est un bel ouvrage, fort ressemblant et fort bien dessiné; les couleurs ne sauraient être plus vives. Regardez ces yeux, regardez cette bouche; ce portrait est parlant; mon ami, consentiriez-vous à vous en priver?

LELIO.

Si vous le désirez, je vous le donne.

ALBERTO.

C'est une grace que vous me faites, et j'en suis fort reconnaissant.

LELIO.

Mais doucement; je ne voudrais pas que vous fussiez amoureux de votre partie adverse.

ALBERTO.

Elle me plaît, mais je n'en suis point amoureux.

LELIO.

Et auriez-vous le cœur de plaider contre une belle personne qui vous plaît?

ALBERTO.

Pourquoi pas? je plaiderais contre moi-même, si l'honneur l'exigeait.

LELIO.

Prenez bien garde.

ALBERTO.

Allez, ne me faites pas une pareille injure; vous ne me croyez pas capable de sacrifier l'honneur à la galanterie.

LELIO.

Et si la signora Rosaura est présente aux plaidoiries, comment ferez-vous?

ALBERTO.

Je la regarderai avec la plus grande indifférence. La chaleur de la discussion ne permet point les distractions; quand l'avocat est dans l'arène, toute sa personne est occupée. Ses yeux sont fixés sur le mouvement du juge, afin de deviner l'effet qu'il produit sur son esprit; ses oreilles sont aux aguets pour écouter si son adversaire murmure pendant qu'il parle, afin de découvrir sur quoi il fonde son objection, et de la réfuter d'avance avec toute la vigueur possible. L'ame tout entière doit se concentrer dans la composition d'un bon plaidoyer, si on veut le rendre à la fois clair, concis et convaincant. Il faut qu'il soit divisé en trois parties très essentielles : la narration, qui instruit; l'argumentation; qui prouve; la péroraison, qui persuade. Les mains, le corps, tout doit être en mouvement et en action; car, l'avocat n'adoptant pas seulement la raison, mais encore les passions de son client, s'abandonne tout entier aux mouvements de sa nature, et la véhémence avec laquelle il parle sert d'un côté à produire de l'impression sur l'ame de celui qui l'écoute, tandis que de l'autre il montre, par son intrépidité, son courage et son énergie, la tranquillité d'un esprit sûr de sa victoire.

LELIO.

Je ne sais pas comment le docteur Balanzoni, votre partie, entendra cette manière de discuter; il est Bolonais et vous êtes Vénitien. A Bologne on écrit et l'on ne parle point.

ALBERTO.

C'est fort bien. Qu'il écrive et je parlerai; il est le demandeur et moi le défendeur; il n'a qu'à venir avec son mémoire à consulter, bien étudié, bien revu, bien corrigé; je lui ferai une réponse improvisée, à la manière accoutumée de nous autres avocats vénitiens, qui imitons le style et l'usage des anciens orateurs romains.

LELIO.

C'est vraiment une chose surprenante, merveilleuse, que d'entendre improviser ainsi, avec une force et une élégance qui ne sauraient être plus grandes quand on aurait écrit! Et puis de mêler des plaisanteries si fines et si gracieuses aux affaires les plus sérieuses, sans jamais nuire à la gravité de la discussion; ah! ce sont là des choses qui m'enchantent.

ALBERTO.

Quand les plaisanteries sont arrangées avec art et débitées naturellement, sans offenser la modestie ou la charité, elles sont supportables.

LELIO.

C'est certainement une chose dont tous les étrangers parlent avec admiration.

ALBERTO.

Mais, mon cher ami, vous m'avez déjà fait perdre beaucoup de temps; de grace, laissez-moi travailler.

LELIO.

Travaillez donc, après quoi nous irons chez la signora Beatrix; la soirée avance.

ALBERTO.

La signora Beatrix vous tient bien au cœur.

LELIO.

C'est une femme qui est tout esprit.

ALBERTO.

En ce cas elle n'irait pas bien avec vous.

LELIO.

Pourquoi pas?

ALBERTO.

Parce que je sais que vous êtes un homme tout chair.

LELIO.

Eh bien! son esprit corrigera ma chair.

ALBERTO.

Le monde serait trop heureux si l'esprit pouvait influer sur la chair; mais par malheur la chair fait ce qu'elle veut de l'esprit.

LELIO.

Vous êtes devenu singulièrement porté à moraliser. Depuis quand vous êtes-vous ainsi livré à l'esprit?

ALBERTO.

Depuis que la chair m'a fait mal.

LELIO.

Puisqu'il en est ainsi, je vous plains. Mais je vous laisse; je vais m'informer de la santé de ma sœur Flaminia.

ALBERTO.

Saluez-la de ma part; dites-lui que je lui souhaite un prompt rétablissement.

LÉLIO.

Je n'y manquerai pas. A ce soir.

(*Il sort.*)

ALBERTO, *seul.*

Mettons-nous au travail. Achevons le résumé de nos moyens... Oh! le beau portrait! oh! le charmant visage! Je n'en ai jamais vu qui ait parlé autant que celui-là à mon cœur!... Mais je ne voudrais pas que ce portrait m'empêchât de travailler. Allons, serrons-le dans cette tabatière et ne le regardons plus. (*Il met le portrait dans la tabatière qui est sur le bureau.*) Quand la cause sera jugée, je pourrai me donner le plaisir de regarder le portrait, et peut-être l'original. Ce serait une belle chose, vraiment, si j'étais venu à Rovigo pour gagner une cause et pour perdre mon cœur. Ah! ne songeons plus aux femmes. Courage! chassons toutes ces pensées et travaillons. (*Il écrit.*) « La donation a été faite dans un temps où il n'y avait point d'enfants... »

(*Entre un domestique.*)

LE DOMESTIQUE.

Monsieur...

ALBERTO.

Qu'y a-t-il?

LE DOMESTIQUE.

Le seigneur Florindo Aretusi.

ALBERTO.

Faites entrer.

LE DOMESTIQUE, *à part.*

Je prie le ciel qu'il gagne cette cause, car dans ce cas, je recevrai pour boire. Nous autres valets d'avocats, regardons plus aux pour-boire qu'aux honoraires.

(*Il sort.*)

ALBERTO.

Il a bien fait de venir; nous donnerons la dernière touche à notre cause.

(*Entre Florindo.*)

FLORINDO.

Serviteur au seigneur Alberto.

ALBERTO.

Je suis le vôtre de tout mon cœur. Prenez la peine de vous asseoir.

FLORINDO.

Je suis encore venu vous déranger.

(*Il s'assied.*)

ALBERTO.

Je vous attendais au contraire avec impatience. Si vous voulez avoir la bonté de vous approcher de moi, nous examinerons ensemble mon résumé.

FLORINDO.

Comme il vous plaira. Avez-vous appris que le juge ne peut pas entendre la cause demain matin?

ALBERTO.

J'ai été cette après-midi au palais, et nous sommes convenus avec le juge et la partie adverse qu'elle serait plaidée à la relevée. Voici donc le résumé; je vais vous en faire lecture. Veuillez me suivre des yeux, et me rappeler si j'ai omis quelque chose d'essentiel, dans le narré des faits, dans l'ordre des temps ou dans l'énumération des pièces. (*Il lit.*) « Le noble seigneur Anselme Aretusi, père du noble seigneur Florindo, s'est marié avec la noble dame Hortense Renzoni dans l'année 1714. Acte de mariage, proc. A. coté n° 1, avec une dot de cinq mille ducats. Contrat de mariage avec quittance, coté n° 2. — Dans l'année 1724 le seigneur Anselme Aretusi, étant marié depuis dix ans sans avoir d'enfants, prend pour sa fille adoptive, communément dite *fille d'ame*, la signora Rosaura, fille du sieur Pellegrino Balanzoni, négociant bolonais, faisant commerce à Rovigo. Pièce justificative cotée n° 3. — En 1726 ledit seigneur Anselme fait donation de tous ses biens à ladite signora Rosaura. Contrat de donation coté n° 4. — En 1728, du seigneur Anselme Aretusi et de la signora Hortense, son épouse, naît le noble seigneur Florindo, leur fils légitime et naturel. Acte de naissance, coté n° 7. — En 1744 la signora Hortense, épouse du seigneur Anselme, passe de cette vie dans une meilleure, et laisse, par son testament, sa dot au seigneur Florindo, son fils. Le testament coté sous le n° 8. — En 1748 le noble seigneur Anselme Aretusi, meurt intestat. Acte de décès, coté n° 12. — Le 8 mai suivant la signora Rosaura Balanzoni fait signifier la donation de feu Anselme Aretusi, et demande, en vertu dudit acte, à être envoyée en possession de tous les biens libres. Conclusions de l'adversaire, cotées n° 13. — Le noble seigneur Florindo Aretusi, en qualité de fils légitime et naturel du susdit seigneur Anselme, s'oppose à ladite prétention et demande que la donation soit annulée. Nos conclusions, cotées n° 14. — Production, par la partie adverse, d'un testament de feu Agapito Aretusi, instituant un fidéi-commis ou substitution en faveur de la ligne Aretusi, dont le seigneur Florindo est aujourd'hui le représentant. Coté n° 15. »

FLORINDO.

Seigneur Alberto, je ne comprends pas pourquoi la partie adverse a produit ce testament, qui est à mon avantage. Si un de mes ascendants a fait une substitution en ma faveur, c'est une raison de plus pour que ma partie adverse ne puisse rien prétendre à la succession de mon père.

ALBERTO.

Mais moi, je vais vous dire pourquoi on l'a produit. Ils ne demandent, eux, que les biens libres, et une de leurs raisons est fondée sur la misère de la fille adoptive, indépendamment de la donation. Ils disent : Nous ne demandons que les biens libres ; pour le fils légitime et naturel resteront les biens substitués et la dot de sa mère. S'il perd son procès, sa condition n'est pas empirée ; si la fille adoptive perd, elle reste sans aucune ressource.

FLORINDO.

Et que pensez-vous de cette objection ?

ALBERTO.

Elle est prévue ; elle est indiquée dans les pièces de la partie. Si on me la fait en plaidant, je saurai comment répondre. En attendant, je vous dis, à vous, que la pitié a beaucoup de pouvoir sur la terre, mais quand il ne s'agit point de faire tort à un tiers. Devant les tribunaux, la justice va toujours avant la compassion ; et l'avocat qui se fie au pathétique de sa cause ne peut rien espérer, s'il n'est pas soutenu par le droit.

FLORINDO.

Et que dites-vous du mérite de la donation ?

ALBERTO.

Ce que j'en ai toujours dit : elle sera certainement annulée.

FLORINDO.

Vous soutenez donc qu'un homme ne peut pas donner ce qui lui appartient.

ALBERTO.

Je vous demande pardon ; je ne soutiens pas une pareille sottise. Un homme peut donner ; mais pour donner à un tiers, il ne peut pas priver ses enfants.

FLORINDO.

Quand mon père a fait la donation, il n'avait pas d'enfants.

ALBERTO.

Précisément pour cela ; la naissance d'un enfant a rendu la donation nulle.

FLORINDO.

Vous vous confirmez donc de plus en plus dans l'idée que nous avons raison ?

ALBERTO.

Quant à moi, je dis que nous avons plus de raison qu'il ne nous en faut.

FLORINDO.

Si je gagne mon procès, j'en serai bien aise, car il s'agit d'environ vingt mille ducats [1] ; mais j'avoue que ce sera en outre une satisfaction pour moi de voir humilier l'orgueil de cette Rosaura, qui avait la prétention de devenir comtesse.

ALBERTO.

La pauvre enfant ! ce n'est pas sa faute.

FLORINDO.

Et ce fameux avocat, son oncle, qui est venu tout exprès de Bologne pour plaider sa cause ; il en tirera un grand honneur !

ALBERTO.

Écoutez-moi. Tous les avocats gagnent des causes et en perdent, et dans tout procès il faut qu'il y en ait un qui perde et l'autre qui gagne, ce qui n'empêche pas qu'ils ne puissent être tous deux fort savants et fort honnêtes. Quand il s'agit d'un point de droit, il y a toujours beaucoup de choses à dire d'un côté comme de l'autre. Parfois on découvre, on apprend des choses que l'on ignorait et que l'on n'avait pas prévues. Il faut qu'un avocat ne se charge jamais de causes d'une injustice manifeste, qu'il n'allègue jamais de faits controuvés ou calomnieux ; pour le reste, en tout ce qui concerne l'opinion, on travaille, on étudie, on s'efforce de convaincre, et après cela personne n'est responsable de la victoire.

FLORINDO.

Et pourtant notre partie adverse chante déjà son triomphe. Cette impertinente Rosaura m'a dit hier au soir quelque chose de vous qui a excité ma colère.

(1) 100,000 fr. *N. du trad.*

ALBERTO.

De moi! Eh! je vous prie, qu'est-ce qu'elle vous en a dit?

FLORINDO.

Je ne veux pas le répéter.

ALBERTO.

Dites toujours; je vous promets de garder mon sang-froid.

FLORINDO.

Ecoutez bien cette belle manière de s'exprimer. Seigneur Florindo, m'a-t-elle dit, vous avez fait venir un avocat de Venise, pour plaider votre cause. Vous avez choisi pour cela un fort bel homme, mais vous auriez mieux fait d'en prendre un savant. Impertinente! tu connaîtras le seigneur Alberto Casaboni.

ALBERTO, *souriant.*

Comment! elle vous a dit que vous aviez choisi un avocat qui était bel homme.

FLORINDO.

Oui, mais sans talent. On voit bien qu'elle ne vous connaît pas.

ALBERTO.

Certainement, si elle m'avait connu, elle n'aurait pas pu dire que j'étais un bel homme.

FLORINDO.

Avez-vous jamais vu Rosaura?

ALBERTO.

Je l'ai vue à son balcon.

FLORINDO.

On prétend qu'elle est belle; quant à moi elle ne me plaît pas du tout. Qu'en pensez-vous?

ALBERTO.

Cessons ces discours frivoles, et occupons-nous de choses importantes. Souffrez que je finisse ce résumé, après quoi je serai à vos ordres.

(Il se met à écrire.)

FLORINDO.

Faites toujours; et en attendant, si vous le permettez, je prendrai une prise de votre tabac.

ALBERTO.

A votre service.

(Il continue à écrire sans regarder Florindo, qui ouvre la tabatière où se trouve le portrait de Rosaura; il l'aperçoit et se lève.)

FLORINDO, *à part.*

Que vois-je? Le seigneur Alberto a le portrait de Rosaura! Serait-il par hasard amoureux d'elle? En effet, quand j'ai parlé de son orgueil, il a eu l'air de la plaindre; je me suis informé s'il l'avait vue, et il ne m'a pas dit qu'il avait son portrait; je lui ai demandé s'il la trouvait belle, et il a rompu la conversation. Tout cela me donne des soupçons: je ne voudrais pas qu'il me trahît. Non, un homme d'honneur est incapable de trahison... Mais, qui me répond que le seigneur Alberto soit un homme d'honneur? je ne le connais que par mon ami Lelio. Hélas! dans quel embarras je me trouve! C'est demain que mon procès se juge; si je le laisse plaider, mon inquiétude sera extrême; si j'en demande la remise, j'encours des frais et je m'expose à toutes sortes d'embarras et de désagréments. Je ne sais que résoudre.

ALBERTO, *se levant.*

J'ai fini.

FLORINDO.

Votre tabac est excellent, signor Alberto.

ALBERTO.

Duquel avez-vous pris? Le râpé est dans la petite bourse.

FLORINDO.

J'ai pris de celui-ci, qui m'a fait bien mal aux yeux.

ALBERTO.

Il est peut-être trop fin; il fait quelquefois pleurer.

FLORINDO.

Oui, c'est un tabac qui peut faire pleurer, et je m'étonne que vous le gardiez sur votre bureau.

ALBERTO.

Je le garde pour me délasser quand j'ai eu trop d'application. Il sert à me débarrasser la tête.

FLORINDO.

Il est à craindre au contraire qu'il ne vous la remplisse trop.

ALBERTO.

Nullement; permettez que je voie. *(à part.)* Juste ciel! le portrait de la signora Rosaura.

FLORINDO.

Seigneur Alberto, ceci est le portrait de ma partie adverse.

ALBERTO.

Oui, monsieur; c'est le portrait de la signora Rosaura.

FLORINDO.

Quand on garde le portrait d'une personne, on aime d'ordinaire l'original.

ALBERTO.

Je vous demande pardon, vous êtes dans l'erreur. Je suis amateur de miniatures; si vous venez à Venise, vous verrez chez moi une petite galerie de portraits, tous de gens que je ne connais point, de femmes que je n'ai jamais vues. Et celui-ci ira rejoindre les autres.

FLORINDO.

Vous trouvez donc que ce portrait est digne de figurer dans une galerie?

ALBERTO.

Il n'est pas sans mérite ; il est assez bien dessiné. La carnation ne saurait être plus naturelle ; les draperies sont légères. Regardez ces plis ; voyez comme la tête est bien posée ; et cette main ! Dans ces quatre touches de clair-obscur, qui forment une sorte d'architecture en petit, on reconnaît le pinceau du maître. C'est un beau portrait. Il appartenait au seigneur Lelio ; je l'ai vu, il m'a plu. Lelio me l'a donné, et il augmentera le nombre de ceux que je possède.

FLORINDO.

Mon cher ami, parlons franchement. Je connais le monde, et je sais fort bien que l'on est exposé parfois à des assauts dont le plus sage a de la peine à se défendre. Si la beauté de la signora Rosaura avait fait quelque impression sur votre cœur, quelle que soit votre vertu, je vous plaindrais infiniment, car la pauvre humanité n'est que trop sujette à succomber. Seulement je vous prierais de m'en faire confidence et de me découvrir votre secret avec cette sincérité que j'admire tant en vous ; de mon côté je vous promets, foi d'homme d'honneur ! si vous éprouvez la moindre répugnance à me défendre contre Rosaura, de vous rendre une entière liberté et de vous délier de tous les engagements que vous avez pris. Si je ne craignais d'offenser votre délicatesse, j'acquitterais d'avance les justes honoraires de vos peines, et plus encore pour vous engager à me confier la vérité.

ALBERTO.

Seigneur Florindo, je vous ai laissé parler, je vous ai laissé vous épancher sans vous interrompre, sans me défendre ; maintenant que vous avez fini, je vais à mon tour m'expliquer en peu de mots. Que l'humanité soit fragile, je ne le nie point ; qu'un homme sage et prudent puisse devenir amoureux, je l'accorde ; mais qu'un homme d'honneur se laisse emporter par une passion aveugle, jusqu'à trahir l'estime de soi-même et sa réputation, c'est plus rare que vous ne le croyez ; et si l'on trouve des exemples d'un pareil oubli de son devoir, Alberto n'est pas capable de les suivre. Le doute que vous exprimez de ma probité, de ma fidélité est à mes yeux une très grande offense, mais je ne suis point disposé à en témoigner du ressentiment, parce que ce serait confirmer vos soupçons. Je suis ici pour défendre votre cause, pour la plaider. Je la plaiderai, bien plus parce que mon honneur y est engagé qu'à cause de ces vils honoraires que vous avez osé si mal à propos m'offrir. Vous verrez avec combien de chaleur, de force d'ame je prendrai votre défense. Vous saurez alors qui je suis ; vous vous repentirez de m'avoir offensé par un indigne soupçon, et vous apprendrez à avoir une plus haute idée des hommes intègres et des avocats d'honneur.

(Il sort.)

FLORINDO.

Le seigneur Alberto s'échauffe beaucoup, mais il a raison. Un homme délicat sur sa réputation ne peut supporter l'ombre même d'un soupçon. Je me suis laissé trop emporter. Mais que diantre aussi, je vois le portrait de Rosaura sur son bureau, et l'on veut que je n'aie pas de soupçons ! Il me semble qu'ils n'étaient pas sans fondement. Et toute cette chaleur du seigneur Alberto ne pourrait-elle pas provenir du chagrin qu'il a eu d'avoir été découvert ? Non, je ne veux point m'inquiéter ; la cause se plaidera demain et tout sera fini. Et si je la perds ?... Oh ! si je la perds, personne ne m'ôtera de l'esprit que mon avocat m'a trahi pour favoriser ma belle adversaire.

(Il sort.)

SCÈNE II.

Le théâtre représente un salon de compagnie dans la maison de Beatrix, avec des tables de jeu, des siéges, des flambeaux, des cartes placées sans ordre.

COLOMBINE *et* ARLEQUIN *viennent ranger le salon.*

COLOMBINE.

Allons, il faut nous presser ; l'heure de la réunion approche.

ARLEQUIN.

Je me moque de l'heure de la réunion ; c'est l'heure du souper qui m'intéresse.

COLOMBINE.

Tu ne penses qu'à manger, et c'est toujours moi qui suis obligée de faire ton ouvrage.

ARLEQUIN.

Ma chère Colombine, je suis homme à te dédommager. Tu feras ma part d'ouvrage et moi je mangerai ta part du souper.

COLOMBINE.

Allons, ce n'est pas le moment de dire des balivernes. Il faut ranger ces tables, ces siéges et préparer les cartes ; car tu sais qu'il y a ce soir *conversazione*.

ARLEQUIN.

Dans une conversation qu'a-t-on besoin de cartes ?

COLOMBINE.

Comment donc ! on y joue, et gros jeu encore. Tous ceux qui viennent dans cette maison se disent les meilleurs amis du monde et ne cherchent qu'à se dépouiller les uns les autres.

ARLEQUIN.

Ce serait une belle chose vraiment s'ils dépouillaient notre maîtresse et si elle restait avec sa chemise.

COLOMBINE.

Il n'y a pas de danger, notre maîtresse ne perd jamais. Soit bonheur, soit convenance, soit politesse de ses hôtes, quand elle gagne elle reçoit, et quand elle perd elle ne paie pas.

ARLEQUIN.

De cette manière je jouerais bien aussi.

COLOMBINE.

Il n'y a que les dames qui jouissent de ce privilége. Les hommes perdent à aller se pendre. J'en ai vu plus d'un se ruiner dans cette maison. Ils viennent en soirée et y trouvent le malheur; ils arrivent pleins de joie et partent désespérés.

ARLEQUIN.

Moi aussi j'ai entendu parfois jurer...

COLOMBINE.

Voici madame, vite les siéges.

(Entre Beatrix.)

BEATRIX.

Quand aurez-vous fini? Faut-il tant de temps pour ranger quatre chaises?

ARLEQUIN.

Colombine n'en finit point.

COLOMBINE.

Si ce n'était pas pour moi! Cet homme-là n'est bon à rien. Par ici cette chaise.

(Elle met en place une chaise mal rangée par Arlequin.)

ARLEQUIN.

Non, mademoiselle, par là.

COLOMBINE.

Cela n'est pas bien; je veux qu'elle soit ici.

ARLEQUIN.

Tu es une ignorante.

COLOMBINE.

Tu es un âne.

ARLEQUIN.

Je suis le diable qui t'emporte.

(Il jette avec colère la chaise par terre.)

COLOMBINE.

A moi, un pareil affront!

(Elle jette une chaise à la tête d'Arlequin.)

BEATRIX.

Etes-vous fous?

ARLEQUIN.

Maudite femme!

(Il jette une seconde chaise par terre.)

BEATRIX.

M'écoutera-t-on, enfin? Est-ce ainsi qu'on m'obéit? Je vous chasserai tous deux.

COLOMBINE.

Il est impossible de vivre avec cet homme-là.

(Elle remet une chaise en place.)

ARLEQUIN.

Cette femme est possédée du diable.

(Il remet une autre chaise en place.)

COLOMBINE.

Si ce n'était pas pour moi!

(Elle veut replacer la troisième chaise.

ARLEQUIN.

Laissez faire, cela me regarde.

COLOMBINE.

C'est à moi.

ARLEQUIN.

C'est à moi.

(On entend frapper.)

BEATRIX.

On frappe.

COLOMBINE.

J'y vais.

ARLEQUIN.

C'est moi.

COLOMBINE.

C'est moi.

(Ils vont tous deux et laissent la chaise par terre.)

BEATRIX.

C'est moi, c'est moi; et la chaise n'est pas relevée. Qu'il faut avoir de patience avec ces imbéciles! L'heure avance et la compagnie est en retard ce soir. Quand je ne joue pas je ne sais que devenir. Le jeu est un charmant passe-temps.

(Entrent le docteur Balanzoni et Rosaura.)

BEATRIX.

Que la signora Rosaura soit la bienvenue.

ROSAURA.

Que la signora Beatrix soit la bien trouvée.

BEATRIX.

Je suis la très humble servante du seigneur docteur.

LE DOCTEUR.

Je vous fais ma très humble révérence.

ROSAURA.

Je me rends à votre aimable invitation.

BEATRIX.

Vous me faites beaucoup d'honneur. J'espère que nous aurons nombreuse compagnie. Veuillez vous asseoir. Seigneur docteur, prenez un siége.

(Rosaura s'assied.)

LE DOCTEUR.

Si vous voulez bien permettre, je suis obligé de sortir pour une affaire indispensable. J'ai accompagné ma nièce jusque chez vous, mais il m'est impossible de rester pour jouir de l'agrément de votre société.

BEATRIX.

J'en ai bien du regret. Mais quand votre

affaire sera terminée, veuillez revenir; ne nous privez pas de votre conversation.

LE DOCTEUR.

Je reviendrai le plus tôt que je pourrai. Je vous remercie des bontés que vous témoignez à votre très humble serviteur.

BEATRIX.

Je vous rends la pareille. Dites-moi, seigneur docteur, avez-vous bon espoir de la cause de la signora Rosaura?

LE DOCTEUR.

Je crois qu'elle ira bien.

BEATRIX.

On peut certainement se fier à votre talent.

LE DOCTEUR.

Il est sûr que je ferai tout ce qui dépendra de moi.

BEATRIX.

Et d'ailleurs, l'affection que vous portez à votre nièce vous engagera doublement à employer tout votre zèle pour sa cause.

LE DOCTEUR.

J'avoue que j'aime tendrement ma nièce. Elle est fille de mon frère. Je suis venu tout exprès de Bologne, et je laisse là mon cabinet, au grand détriment de mes affaires, pour voler au secours de cette chère enfant.

BEATRIX.

Mais aussi la signora Rosaura mérite tous vos soins.

LE DOCTEUR.

Je vous salue donc, signora Beatrix, au revoir.

BEATRIX.

Votre servante.

ROSAURA.

Revenez promptement, mon oncle.

LE DOCTEUR.

Oui, je reviendrai promptement; je vais travailler pour vous; je vais porter au juge mon mémoire à consulter. Je veux le sonder sur le point de la donation, afin de voir ce qu'il en pense et de pouvoir cette nuit chercher d'autres raisons, d'autres moyens, si ceux que j'ai imaginés jusqu'ici ne suffisent pas pour le persuader. Car nous autres docteurs avons coutume de dire : *Multa collecta probant quæ singulatim non probant.*

(*Il sort.*)

BEATRIX.

Avec moi il aurait pu épargner son latin.

ROSAURA.

Hélas! signora Beatrix, mon oncle espère beaucoup, et moi je n'ai que fort peu d'espérance.

BEATRIX.

Pourquoi?

ROSAURA.

Parce que tous ceux à qui je parle de ce procès me disent qu'il y a beaucoup à craindre.

BEATRIX.

Il faut toujours craindre, mais il faut espérer aussi; votre oncle est un homme de sens, qui ne s'avance pas légèrement.

ROSAURA.

Il est vrai que mon oncle a du mérite; mais il ne connaît pas les usages de ce pays. Il fait des mémoires, des consultations, et je sais que le juge n'a pas voulu et ne veut pas en prendre connaissance. Il lui a fait dire qu'il écoutera ses raisons le jour où la cause se plaidera contradictoirement.

BEATRIX.

Demain il déploiera toute sa science.

ROSAURA.

Le seigneur Florindo s'est pourvu d'un des meilleurs avocats de Venise, et c'est là ce qui me fait le plus de peur.

BEATRIX.

On m'a dit que cet avocat, indépendamment de son talent dans sa profession, est encore un homme rempli de bonnes manières et de la conversation la plus agréable.

ROSAURA.

Ajoutez encore que c'est un fort bel homme, doué d'un esprit remarquable et d'une grace qui charme.

BEATRIX.

Vous l'avez donc vu?

ROSAURA.

Je le vois presque tous les jours.

BEATRIX.

Vous dites qu'il est bel homme?

ROSAURA.

Je ne prétends pas m'entendre à la beauté, mais, pour ce qui me regarde, je le préférerais à tout autre.

BEATRIX.

Lui avez-vous jamais parlé?

ROSAURA.

Un soir. Il était avec le médecin; moi qui désirais une occasion de l'entendre causer, je m'arrêtai avec ma femme de chambre pour demander au médecin s'il était temps de commencer la purgation. Ce charmant Vénitien prit part de la manière la plus aimable à l'entretien et me dit les choses les plus belles, les plus spirituelles du monde. Il débita entre autres deux ou trois plaisanteries fines, mais décentes, qui m'ont enchantée. Je vous assure, ma chère amie, que depuis ce temps je pense plus à l'avocat de ma partie adverse qu'à ma propre cause.

BEATRIX.

Voilà une superbe aventure. Si l'on pouvait croire qu'il a de l'estime pour vous, dans la position où vous êtes cela pourrait vous être fort utile.

ROSAURA.

Depuis cette rencontre, il passe régulièrement deux ou trois fois par jour sous mes fenêtres; il me salue avec un peu plus d'attention et je me flatte de ne pas lui être indifférente. Malgré cela, croyez-moi, je n'espère rien.

BEATRIX.

Si j'étais à votre place je voudrais faire au moins une tentative.

ROSAURA.

Mais comment?

BEATRIX.

En attendant, il doit venir chez moi ce soir.

ROSAURA.

En vérité?

BEATRIX.

Certainement.

ROSAURA.

Malheureuse que je suis!

BEATRIX.

Vous devriez au contraire vous en réjouir.

ROSAURA.

Mon sang se glace seulement quand j'y pense.

BEATRIX.

Vous ne pouviez pas trouver une plus belle occasion.

ROSAURA.

Comment voulez-vous que je lui parle dans une réunion de ce genre?

BEATRIX.

Nous trouverons quelque prétexte.

ROSAURA.

Au nom du ciel! ne me mettez pas dans une position fausse.

BEATRIX.

Je ne suis pas une enfant. J'ai été mariée et je connais le monde. Sachez que je vous ai toujours aimée et que je désire vous voir tranquille et contente.

ROSAURA.

Ma chère amie, combien je vous dois de reconnaissance!

(Entre Colombine.)

COLOMBINE.

Madame, voici monsieur le comte Ottavio qui demande à vous présenter ses respects.

BEATRIX.

Faites entrer.

COLOMBINE, *à part.*

S'il n'en vient pas de plus riches que monsieur le comte à la soirée, cela ira mal. Celui-là n'a pas grand'chose à perdre.

(Elle sort.)

ROSAURA.

Que ce comte Ottavio m'ennuie!

BEATRIX.

Il vous ennuie! Ne doit-il pas vous épouser?

ROSAURA.

Oui, mon oncle m'a rendu ce beau service. Il m'a fait donner ma parole à un homme pour qui je n'ai ni estime ni amour.

BEATRIX.

Mais pourquoi l'avez-vous fait?

ROSAURA.

Par nécessité. Mon oncle est la seule personne au monde à qui je tienne, et il m'a menacée de m'abandonner si je ne le faisais pas.

BEATRIX.

Et le comte vous aime-t il?

ROSAURA.

Il me fait des politesses, mais il ne montre pas une grande passion. Je crois qu'il est amoureux des vingt mille ducats de ma dot.

BEATRIX.

On dit qu'il est noble, mais qu'il a peu de fortune.

ROSAURA.

Et ce qu'il y a de pis, c'est qu'on assure que c'est un homme bouffi d'orgueil et qui abuse de son pouvoir.

BEATRIX.

Vous serez bien folle si vous l'épousez.

ROSAURA.

Mais que faut-il que je fasse?

BEATRIX.

Je vous enseignerai le moyen de vous en délivrer; mais le voici.

ROSAURA.

Voyez si sa figure seule ne fait pas peur.

(Entre le comte Ottavio.)

LE COMTE.

Je suis le très humble serviteur de ces dames.

(Les dames se lèvent.)

BEATRIX.

Votre servante, monsieur le comte.

LE COMTE.

Signora Rosaura, je vous ai saluée aussi.

ROSAURA.

Et je vous ai rendu votre salut.

LE COMTE.

Je n'ai pas eu l'honneur de vous entendre.

ROSAURA.

Vous avez ce soir l'ouïe un peu dure.

LE COMTE.

Ou vous la voix un peu faible.

ROSAURA, *bas à Beatrix.*

Qu'il est gracieux!

BEATRIX, *de même.*

Il est d'une étrange humeur.

LE COMTE.

Comment se porte la signora Beatrix? Sa santé est-elle bonne?

BEATRIX.

Très bonne pour vous servir.

LE COMTE, *à Rosaura.*

Et vous, qu'avez-vous ? Je vous trouve l'air un peu triste.

ROSAURA.

Que voulez-vous que j'aie ? Je pense à mon procès.

LE COMTE.

A dire la vérité, je crois que votre procès tourne mal.

BEATRIX.

Pourquoi, monsieur le comte ? Le seigneur docteur, l'oncle de la signora Rosaura, a beaucoup d'espérance.

LE COMTE.

Qu'est-ce qu'il en sait cet animal de docteur ?

ROSAURA.

Monsieur le comte, parlez avec respect de mon oncle.

LE COMTE.

Je fais ma très humble révérence à monsieur votre oncle, mais je vous dis que, si vous l'écoutez, vous perdrez votre procès et vous resterez dans la misère.

ROSAURA.

Pourquoi dites-vous cela ?

LE COMTE.

Il suffit. Je me charge de plaider votre cause. Ce Vénitien qui est venu ici a mis tout sens dessus dessous ; il fait trembler tout le monde ; il prétend tout subjuguer, enlever la cause d'emblée, tout abattre, que sais-je ? conquérir au besoin le pays. Mais avec deux mots de moi, je vous promets qu'il prendra demain matin la poste et retournera à Venise.

ROSAURA.

Et puis ?

LE COMTE.

Et puis le procès sera gagné.

ROSAURA.

Le seigneur Florindo ne pourra-t-il pas trouver d'autre avocat ?

LE COMTE.

Celui qui oserait prendre sa cause en main aurait affaire à moi.

ROSAURA.

Monsieur le comte, dans ce pays-ci on n'abuse pas de son pouvoir.

LE COMTE.

Qu'entendez-vous par abus de pouvoir ? Je n'abuse pas de mon pouvoir ; je me fais justice à moi-même pour épargner les frais des tribunaux.

(Entre Colombine.)

COLOMBINE.

Madame, voici le seigneur Lelio et le seigneur avocat vénitien.

BEATRIX.

Oh ! je serai charmée de les voir ; fais-les entrer.

COLOMBINE, *à part.*

Elle est charmée ! Le Vénitien est sans doute un bon poulet à plumer.

(Elle sort.)

BEATRIX.

Je vous prie, monsieur le comte, de ne rien dire dans ma maison qui puisse troubler la réunion.

LE COMTE.

Vous serez obéie, madame.

ROSAURA, *bas à Beatrix.*

Je tremble de la tête aux pieds.

BEATRIX, *de même.*

Pourquoi ?

ROSAURA, *de même.*

Je n'en sais rien moi-même.

(Entrent Alberto, en grande toilette, et Lelio. On se salue réciproquement.)

ALBERTO.

Pardonnez, aimable dame, la liberté que j'ai prise de venir vous importuner. C'est le seigneur Lelio qui m'y a encouragé en me parlant de votre bonté et de votre extrême politesse.

BEATRIX.

Le seigneur Lelio m'a fait beaucoup d'honneur en me procurant l'avantage de connaître un homme de votre mérite.

ALBERTO.

Je vous prie de suspendre, pour ce qui me regarde, l'opinion trop favorable que vous montrez ; car, sachant que je n'en suis pas digne, vous me feriez rougir.

BEATRIX.

Votre modestie ne fait qu'augmenter le prix de votre mérite.

ALBERTO.

Je me tais ; non pas parce que je me flatte de mériter vos éloges, mais comme une preuve de mon respect.

BEATRIX.

Veuillez prendre un siége.

ALBERTO.

Pour l'amour de Dieu, messieurs, je vous en prie, ne vous dérangez pas pour moi.

(Tout le monde s'asseoit ; Alberto à côté de Beatrix, Lelio près d'Alberto. De l'autre côté de Beatrix, Rosaura, et auprès de celle-ci, le comte.)

LELIO, *bas à Alberto.*

Qu'en dites-vous ? n'est-ce pas une belle compagnie ?

ALBERTO, *de même.*

Mon ami, vous m'avez joué un mauvais tour ; si j'avais su que Rosaura devait être ici, je n'y serais pas venu.

LELIO, *de même.*

Regardez-la avec la même indifférence que si vous étiez devant le tribunal.

ALBERTO, *de même.*

Le tribunal n'est pas une *conversazione.*

BEATRIX, *bas à Rosaura.*

Qu'avez-vous, ma chère amie? vous me paraissez surprise.

ROSAURA, *de même.*

Je donnerais une livre de mon sang pour ne pas être ici.

LE COMTE, *à Rosaura.*

Signora Rosaura, daignez m'adresser aussi quelquefois la parole. Je ne suis pas ici pour faire nombre.

ROSAURA, *au comte.*

Que m'ordonne monsieur le comte? Désire-t-il que je lui chante une canzonette?

LE COMTE, *à part.*

Impertinente! Quand tu seras ma femme je te revaudrai tout cela.

ALBERTO, *bas à Lelio.*

Qui est ce monsieur?

LELIO, *de même.*

C'est le comte Ottavio, l'époux futur de la signora Rosaura.

ALBERTO, *de même.*

Mon cher ami, vous n'auriez pas dû me conduire ici.

LELIO, *de même.*

Si vous m'aviez parlé franchement, je ne vous y aurais pas conduit.

BEATRIX.

Seigneur Lelio, comment se porte la signora Flaminia, votre sœur?

LELIO.

Elle va un peu mieux; la saignée lui a fait du bien.

BEATRIX.

Je compte aller la voir demain matin.

LELIO.

Elle sera bien reconnaissante de votre politesse.

BEATRIX, *bas à Rosaura.*

Voulez-vous y venir avec moi?

ROSAURA, *de même.*

Dans la maison qu'habite le seigneur Alberto?

BEATRIX, *de même.*

Oui.

ROSAURA, *de même.*

Oh Dieu! je ne sais.

BEATRIX.

Seigneur avocat...

ALBERTO.

Plaît-il, madame?

BEATRIX

Connaissez-vous cette dame?

ALBERTO.

Je crois l'avoir vue et saluée quelquefois, mais je n'ai pas précisément l'honneur de la connaître.

BEATRIX.

C'est la signora Rosaura Balanzoni, votre partie adverse.

ALBERTO, *se levant.*

Ma chère dame, j'ai infiniment de regret de me voir dans l'obligation de parler contre vous; mais ce qui doit vous consoler, c'est que mon peu de mérite rendra votre droit plus évident.

ROSAURA.

Je vous remercie infiniment des expressions gracieuses dont vous vous servez; mais ni ma personne ni ma cause ne méritaient un pareil défenseur. (*à part.*) Je ne sais ce que je dis.

BEATRIX.

C'est donc demain que cette cause se plaide?

ALBERTO.

Elle est au rôle pour demain.

BEATRIX.

Ce serait une indiscrétion que de vous demander ce que vous en pensez.

ALBERTO.

Si je n'avais pas cru que le droit fût pour mon client, je ne m'en serais pas chargé.

BEATRIX.

La pauvre signora Rosaura est donc dans une mauvaise position?

ALBERTO.

La signora Rosaura ne peut jamais se trouver dans une mauvaise position.

BEATRIX.

Si elle perd la succession d'Anselmo Aretusi, que lui restera-t-il?

ALBERTO.

Il lui restera pour richesse des vertus que la perte d'aucun procès ne peut lui enlever.

ROSAURA, *tendrement.*

Le seigneur avocat plaisante.

ALBERTO.

Je n'oserais pas prendre une si grande liberté.

ROSAURA, *bas à Beatrix.*

Beatrix, je n'en puis plus.

BEATRIX, *de même.*

Un peu de patience, tout ira bien.

LE COMTE, *à part.*

Il me paraît que cette chère Rosaura regarde avec un peu trop d'attention le Vénitien. Il faut que je mette fin à cela. (*haut.*) Monsieur l'avocat...

ALBERTO

Plaît-il, monsieur!

LE COMTE.

Un mot, de grace.

(Il lui fait signe d'approcher.)

ALBERTO, *bas à Lelio.*

De quel pays est ce seigneur?

LELIO, *de même.*

Je le crois de la Romagne.

ALBERTO, *de même.*

Il ressemble à un poulain de la Marche.

LE COMTE.

Me ferez-vous l'honneur d'approcher?

ALBERTO.

Je suis à vos ordres. *(bas à Lelio.)* Je vais m'amuser un peu de ce seigneur romagnol.

(Il se lève et s'approche du comte.)

ROSAURA, *à part.*

Que le comte a de mauvaises manières!

ALBERTO, *au comte.*

Que désirez-vous de moi, monsieur?

LE COMTE, *bas.*

A quelle heure vous levez-vous le matin?

ALBERTO.

C'est selon; mais je suis presque toujours sur pied à tierce.

LE COMTE.

Demain matin, aussitôt que vous serez levé, venez au café, j'ai besoin de vous parler; mais venez seul et en secret.

ALBERTO.

A vous dire la vérité, j'ai beaucoup à faire demain matin. Ne pourriez-vous pas me faire l'honneur de venir chez moi?

LE COMTE.

Non, je ne le puis; l'affaire doit être secrète. Venez, vous n'en serez pas fâché.

ALBERTO.

Si c'est pour un procès, vous savez que je pars et que je ne pourrai pas m'en charger.

LE COMTE.

Ce n'est pas pour un procès; c'est pour une affaire qui vous intéresse plus que moi.

ALBERTO.

Cela suffit; je tâcherai d'y aller.

LE COMTE.

Je ne me contente pas d'une promesse conditionnelle. Il faut que vous me donniez votre parole de venir.

ALBERTO.

Je vous la donne donc; j'irai.

LE COMTE.

C'est tout ce que j'avais à vous dire.

ALBERTO, *à part, en retournant à sa place.*

On n'est pas plus fou que lui. J'espère bien me divertir demain matin pendant une demi-heure.

BEATRIX.

Seigneur Alberto, aimez-vous le jeu?

ALBERTO.

Je joue quelquefois, quand j'ai le temps; mais seulement pour m'amuser.

BEATRIX.

Si vous voulez faire une partie, vous m'obligerez.

ALBERTO.

Je ferai tout ce qui pourra vous être agréable; mais le seigneur Lelio sait qu'à deux heures il faudra que je me retire.

ROSAURA.

Le seigneur Alberto est obligé de se retirer pour penser contre moi.

ALBERTO.

Je puis vous protester, mademoiselle, que je ne pense jamais contre vous.

ROSAURA.

C'est possible; mais certainement pas en ma faveur.

ALBERTO, *à Beatrix, après avoir regardé Rosaura d'un air ému.*

A quel jeu ordonnez-vous que je joue?

ROSAURA, *bas à Beatrix.*

Entendez-vous comme il change à propos de conversation?

LE COMTE.

Signora Rosaura, vous qui avez tant d'esprit, décidez à quel jeu nous devons jouer.

ROSAURA.

C'est plutôt à vous, qui êtes si aimable dans le monde, à nous l'indiquer.

LE COMTE, *à part.*

L'insolente! Si ce n'était pas pour ses vingt mille ducats, je ne m'occuperais pas d'elle.

LELIO, *bas à Alberto.*

Ces deux futurs époux ne peuvent pas se souffrir.

ALBERTO, *de même.*

Pour lui elle paraît pleine d'amertume; qu'elle aurait de douceur à mes yeux!

BEATRIX.

Nous sommes cinq; à quel jeu pouvons-nous jouer?

LE COMTE.

Si nous jouons à la bassette, je ne veux pas être le partenaire de la signora Rosaura.

BEATRIX.

Pourquoi pas?

LE COMTE.

Parce qu'elle ne sait pas tenir les cartes.

ROSAURA.

Je vous remercie de votre politesse.

LE COMTE.

Je parle franchement. Voici comment il faut nous arranger. Moi et la signora Beatrix.

ALBERTO, *à part.*

Moi le premier.

LE COMTE.

L'avocat avec Lelio.

ALBERTO, *à part.*

Il parle d'un ton d'autorité, comme s'il était Thamas Koulikan.

BEATRIX.

Et la signora Rosaura ne joue-t-elle pas?

LE COMTE.

Puisqu'elle ne sait pas jouer!

ROSAURA, *au comte.*

Il est possible que je ne sache pas le jeu, mais vous ne savez pas la politesse.

LE COMTE.

J'en prendrai des leçons de vous.

ALBERTO.

Laissez jouer mademoiselle, et si elle veut bien le permettre, je la conseillerai.

ROSAURA.

Vous ne devez pas conseiller votre partie adverse.

ALBERTO.

De grace ne m'affligez pas davantage; ayez un peu de compassion de moi.

ROSAURA.

Je ne puis avoir de compassion de vous, puisque vous n'en avez pas de moi.

ALBERTO, *à part.*

Que je suis malheureux d'être venu ici!

LELIO, *de même.*

Mon ami est agité. Je suis fâché d'en avoir été la cause.

BEATRIX.

Si nous jouons à la bassette, nous pouvons jouer tous. Le seigneur Alberto voudra bien, je pense, tenir une petite banque.

ALBERTO.

Je ferai volontiers tout ce qui vous plaira.

BEATRIX.

Holà! quelqu'un! (*Des laquais entrent.*) Avancez cette table et rangez les chaises. Apportez deux jeux de cartes neuves et un de vieilles. Plaçons-nous. Le seigneur Alberto là, la signora Rosaura là, moi là, et là le seigneur Lelio.

LE COMTE, *se plaçant à côté de Rosaura.*

Et moi ici.

BEATRIX.

Comme il vous plaira.

LE COMTE.

Je perdrai bien certainement.

BEATRIX.

Pourquoi?

LE COMTE.

Parce qu'au jeu le voisinage des femmes me porte malheur.

ROSAURA.

Qu'est-ce qui vous empêche d'aller de l'autre côté?

LE COMTE, *avec ironie.*

C'est que je veux être auprès de ma charmante épouse.

ROSAURA, *à part.*

Il me fait mal au cœur.

LE COMTE, *de même.*

Je ne puis la souffrir.

ALBERTO.

Voici ma banque faite; vous pouvez commencer le jeu.

LE COMTE.

Quelle banque est cela? Croyez-vous jouer avec des domestiques?

ALBERTO

Il m'avait semblé que pour un petit jeu de société quarante ou cinquante lire [1] devaient suffire.

LE COMTE.

S'il n'y a point d'or au tapis je ne joue pas.

ALBERTO.

Puisque vous le désirez, je mettrai de l'or.

(*Il tire sa bourse et met de l'or devant lui.*)

BEATRIX.

Eh! nous ne voulons pas...

LE COMTE.

Laissez faire. Puisque nous jouons, il faut que ce soit comme il nous plaît.

BEATRIX, *à part.*

M. le comte est rempli de bonnes manières.

ALBERTO.

Voici trente sequins [2]; cela suffit-il?

LE COMTE.

Jouez-vous aussi sur parole?

ALBERTO.

Quand vous aurez gagné ceci, nous verrons. (*à part.*) Puisque je suis engagé, il faut me faire honneur.

LELIO, *à part.*

Je suis fâché de l'avoir conduit ici.

ALBERTO.

J'ai taillé. Veuillez faire le jeu.

BEATRIX.

Un philippe sur l'as. Mettez, mettez, seigneur Lelio.

LELIO.

Trois lire sur le deux.

LE COMTE.

Un sequin sur le valet.

BEATRIX.

Allons, Rosaura, mettez aussi au jeu.

ROSAURA.

Non, je perdrais certainement.

BEATRIX.

Pourquoi dites-vous que vous perdriez?

ROSAURA.

Puisque le seigneur avocat est venu à Rovigo tout exprès pour me faire perdre.

(1) 33 à 42 fr. *N. du trad.*

(2) Le sequin valait environ 17 fr. *N. du trad.*

ALBERTO.

Patience! vous me tourmentez et vous avez raison.

ROSAURA.

Moi je vous tourmente pour plaisanter, et vous me tourmentez sérieusement.

LE COMTE.

Allons; jouons-nous ou ne jouons-nous pas?

ALBERTO.

M'y voici : (*Il taille.*) as, deux et valet. L'as a gagné, voici un sequin; le deux a gagné, voici trois lire; l'as a gagné, voici un philippe.

LE COMTE.

Mêlez les cartes.

ALBERTO.

Pour vous servir.

(*Il bat les cartes.*)

LE COMTE.

Donnez, je veux les battre aussi.

ALBERTO.

Les voici, à votre aise. (*bas à Béatrix.*) Il faut qu'il soit accoutumé à jouer avec des escrocs.

BEATRIX, *de même.*

C'est un comte dont je fais peu de compte.

LE COMTE, *donnant les cartes à Alberto.*

Le valet va pour deux sequins.

BEATRIX.

L'as pour deux philippes.

LELIO.

Le deux pour cinq lire.

ALBERTO, *à Rosaura.*

Et vous, ne mettez-vous pas au jeu?

ROSAURA.

Je ne joue pas avec les gens qui savent gagner et perdre quand ils veulent.

BEATRIX.

Mettez toujours.

ROSAURA.

Deux lire sur le quatre.

ALBERTO.

N'augmenterez-vous pas la mise?

ROSAURA.

Je ne puis pas jouer davantage.

ALBERTO.

Pourquoi pas?

ROSAURA.

Parce que demain, grace à vous, je serai réduite à la misère.

LE COMTE.

Quel ennui de jouer ainsi! Ne finirez-vous pas?

ALBERTO. *Il taille.*

J'y suis. Le valet a perdu. Vous permettez?

(*Il tire à lui les deux sequins.*)

LE COMTE.

Maudite main! qui ne donne pas deux fois.

ALBERTO, *avec ironie.*

Vous avez raison; voilà au moins quatre ou cinq heures que nous jouons.

LE COMTE.

Le valet va.

ALBERTO.

Il ne va que cela; il ne va que cela. Le deux; je prends.

(*Il prend les cinq lire de Lelio.*)

BEATRIX.

Cette fois-ci vous prenez tout.

ALBERTO, *regardant Rosaura.*

Plût au ciel que j'eusse tout pris!

ROSAURA.

Quel grand profit auriez-vous là?

ALBERTO.

J'aurais gagné le ponte avec sa mise.

ROSAURA.

La mise est peu de chose et le ponte encore moins.

ALBERTO.

Le ponte seul vaut un trésor.

ROSAURA.

Si cela était vrai, vous ne seriez pas mon ennemi.

ALBERTO.

Oh! j'ai laissé tomber les cartes. J'ai perdu, il faut que je paye. Voici deux philippes et deux lire.

(*Il laisse tomber les cartes de la main et paie les deux dames.*)

BEATRIX.

Vous êtes un banquier admirable.

ROSAURA.

Ce soir vous taillez en ma faveur; demain vous taillerez contre moi.

ALBERTO.

N'avez-vous point encore épanché votre courroux?

ROSAURA.

Laissez-moi m'épancher ce soir; demain ce sera votre tour.

ALBERTO, *à part.*

Bientôt je n'y résisterai plus.

LE COMTE.

Eh bien! que faisons-nous? Faut-il que je perde ainsi tranquillement mon argent?

ALBERTO.

Si vous ne voulez pas jouer, personne ne vous y force.

LE COMTE.

Je veux jouer, au contraire. Allons vite; un sequin sur le valet.

ALBERTO.

Désirez-vous battre les cartes?

LE COMTE.

S'il me plaisait de les battre je les battrais; taillez toujours.

ALBERTO.

Vous vous mettez en colère et je conserve mon sang-froid. Allons, belle dame, faites le jeu.

BEATRIX.

Que faut-il que nous mettions?

ALBERTO.

Faites va banque.

BEATRIX.

L'or me fait peur.

ALBERTO.

Je retirerai l'or. Je laisse ce sequin pour monsieur le comte.

BEATRIX.

Va banque sur l'as.

ALBERTO *taille.*

Le valet; j'ai gagné. Ce sequin va tenir compagnie à l'autre. Mettons-les au flambeau. *(Il met les deux sequins sous le flambeau.)* L'as a gagné. Je suis débanqué; je ne joue plus.

(Beatrix prend la banque.)

LE COMTE.

Et mes deux sequins?

ALBERTO.

J'en suis fâché; mais je ne taille plus.

LE COMTE.

Voilà une belle action?

BEATRIX.

Allons, allons, monsieur le comte, un peu de complaisance.

LELIO, *à part.*

Il faut convenir qu'Alberto est un jeune homme plein de noblesse et de générosité.

ALBERTO.

Qu'en dites-vous, signora Rosaura? La signora Beatrix a fait sauter ma banque.

ROSAURA.

Et demain vous ferez sauter la mienne.

ALBERTO, *à part.*

Elle ne me laissera pas un moment de repos.

(Entre Florindo.)

FLORINDO.

Je salue très humblement ces messieurs et ces dames. *(Tout le monde le salue et il ajoute à part.)* Le seigneur Alberto à côté de Rosaura! Mes soupçons augmentent.

BEATRIX.

Le seigneur Florindo arrive bien tard!

FLORINDO.

Quand on a des affaires on ne songe pas aux plaisirs.

BEATRIX.

Le seigneur Alberto nous a pourtant favorisés de sa présence.

FLORINDO.

Le seigneur Alberto ne pense pas à mes affaires autant que moi.

ALBERTO.

Seigneur Florindo, puisque vous m'attaquez en public, il faut qu'en public aussi je me défende. Vous dites que je ne pense point à vos affaires autant que vous, et moi je vous dis que j'y pense beaucoup plus; car une heure de mes réflexions vaut mieux qu'une semaine des vôtres. Il y a beaucoup de clients qui s'imaginent qu'un avocat n'a rien autre chose à faire que de penser à leurs causes. Ils croient que l'esprit de l'homme est tellement borné qu'il ne peut songer qu'à une chose à la fois; et comme la passion les tient sans cesse opprimés et enchaînés entre la crainte et l'espérance, ils voudraient que leur avocat ne s'occupât que de les consoler. Nous autres qui avons une multitude de dossiers sur notre bureau, il faut que nous partagions entre toutes ces affaires notre temps et notre esprit; et si parfois nous ne prenions pas un intervalle de repos et de plaisir, notre profession deviendrait un supplice et notre application nous rendrait malades. Il suffit que, quand on s'applique à une affaire, ce soit de tout cœur et de toute âme, et que dans la grande journée où la cause se décide on fasse connaître à son client, au juge, au monde entier, en mettant dans une balance d'un côté les travaux et de l'autre les honoraires, que les nobles sueurs de l'avocat valent plus que tout l'or et tout l'argent du monde.

BEATRIX.

Vive le seigneur Alberto!

LELIO.

Mon ami, vous pouvez marcher les yeux fermés. Vous avez un avocat qui, pour le talent, l'éloquence et l'honneur, est l'objet de la vénération et les délices du barreau de Venise.

LE COMTE, *bas à Rosaura.*

Vous avez entendu le discours de l'avocat de votre adversaire; mais je lui ferai changer de ton.

ROSAURA, *à part.*

Je l'aime et il me fait trembler.

FLORINDO.

Je ne demande pas que vous vous occupiez exclusivement de moi; mais, seigneur Alberto, nous nous entendons.

ALBERTO.

Je ne suis pas assez habile pour comprendre ce que l'on ne me dit pas.

FLORINDO.

Si la société le permet, je voudrais vous dire un mot.

ALBERTO.

Elle permettra; parlez.

(*Il se lève de sa place et s'approche de Florindo, avec qui le reste de la conversation a lieu à voix basse.*)

FLORINDO.

Je vous trouve d'abord avec le portrait et puis avec l'original ; que faut-il que je pense de vous ?

ALBERTO.

Il faut que vous pensiez que je suis un homme d'honneur.

FLORINDO.

Tout cela est fort bien ; mais je ne puis pas vous voir tranquillement à côté de ma partie adverse.

ALBERTO.

Puisque ce n'est que cela, je vais vous satisfaire. Allons-nous-en.

FLORINDO.

Vous n'auriez pas dû venir ici.

ALBERTO.

Foi d'homme d'honneur ! je ne m'attendais pas à l'y rencontrer.

FLORINDO.

Vous deviez vous retirer en la voyant.

ALBERTO.

Pour cela, non. Je suis incapable d'impolitesse et d'affectation. Si j'avais l'air de craindre le client de mon adversaire, je ferais preuve de lâcheté. D'ailleurs, nous autres avocats nous ne sommes pas les ennemis de nos adversaires ; on discute le mérite de la cause et non pas celui de la personne. Et ne voit-on pas tous les jours un avocat boire, manger et vivre dans la meilleure intelligence avec les personnes contre lesquelles il s'apprête à parler avec la plus grande vigueur ? La vérité est une. Quand on tient cette vérité devant les yeux, on ne peut se tromper. Vos soupçons proviennent de faiblesse d'imagination, et ma franchise dépend de la force de mon ame, indifférente à la tentation et inébranlable dans les honorables devoirs de ma profession. (*haut.*) Mesdames, je vous salue ; il est près de deux heures ; j'ai rempli mes engagements, je vous prie de m'excuser.

BEATRIX.

Ne vous dérangez pas, de grace. Je ne voudrais pas être cause que le seigneur Florindo eût du chagrin.

ALBERTO, *à Beatrix.*

Je vous supplie de me pardonner. Je suis on ne peut plus reconnaissant de ce que vous avez bien voulu m'admettre dans votre agréable compagnie ; et si jamais vous me jugiez capable de vous obéir, je vous prie de m'honorer de vos ordres.

BEATRIX.

Vous êtes on ne saurait plus poli et plus aimable.

ALBERTO, *à Rosaura.*

Mademoiselle, je suis votre très humble serviteur.

ROSAURA, *à part.*

Je ne veux ni lui répondre ni le regarder.

ALBERTO, *à Rosaura.*

Mademoiselle, j'ai eu l'honneur de vous saluer.

ROSAURA, *à part.*

Le cruel !

ALBERTO.

Pas un mot !... Patience ! (*à part.*) Combien il faut que je souffre ! Mais n'importe ; je puis souffrir, je puis mourir, pourvu que mon honneur demeure intact.

(*Il sort.*)

FLORINDO.

Signora Beatrix, messieurs, je vous salue. (*à part.*) Malgré tout cela, je ne puis m'ôter de l'esprit que le seigneur Alberto aime Rosaura. Les femmes ont perdu les plus grands héros de la terre ; il n'y aurait rien de surprenant qu'une femme triomphât du cœur d'Alberto.

(*Il sort.*)

LELIO.

Mesdames, si vous le permettez, je voudrais bien suivre mon ami.

BEATRIX.

Agissez avec toute liberté. Saluez la signora Flaminia.

LELIO.

Je suis votre serviteur. (*à part.*) Florindo a des soupçons au sujet du seigneur Alberto, et c'est moi qui en suis la cause. Il n'est que trop vrai que, dans tout ce que l'on fait, il faut commencer par réfléchir, afin de prévoir, s'il est possible, les conséquences de ses actions.

(*Il sort.*)

LE COMTE.

La *conversazione* est terminée. Je suis votre serviteur.

BEATRIX.

Vous partez, monsieur le comte ?

LE COMTE.

Qu'ai-je à faire ici ?

BEATRIX.

Votre fiancée y est.

LE COMTE, *à Rosaura.*

Moins ma fiancée me voit, plus elle m'aime ; n'est-il pas vrai ?

ROSAURA.

Je ne prends jamais la liberté de vous contredire.

LE COMTE, *à part.*

Ah ! si je pouvais avoir les vingt mille ducats sans la femme ! (*haut.*) Je suis votre esclave.

BEATRIX.

Votre très humble servante.

LE COMTE, *à part.*

Elle est destinée à finir ses jours au haut d'une montagne. (*haut.*) Votre esclave.

(*Il sort.*)

BEATRIX.

Rentrons dans mon appartement pour attendre votre oncle.

ROSAURA.

O ma chère amie! je suis dans un abîme de confusion.

BEATRIX.

Le seigneur Alberto me paraît amoureux de vous.

ROSAURA.

Et pourtant, si demain il parle contre moi, je perdrai ma cause.

BEATRIX.

Je veux que demain matin nous allions trouver la signora Flaminia; et si nous parvenons à parler au seigneur Alberto, peut-être se tournera-t-il en votre faveur.

ROSAURA.

Cela me paraît impossible.

BEATRIX.

L'amour fait faire bien des choses.

ROSAURA.

Oui, mais je ne suis pas d'un mérite à inspirer une passion si forte.

BEATRIX.

Ne parlez pas ainsi; vous avez des yeux charmants, et, si j'étais un homme, vous feriez de moi ce qui vous plairait.

(*Elle sort.*)

ROSAURA, *seule.*

Mon amie plaisante, et je suis profondément affligée. C'est demain que mon sort se décide, et pourtant ce n'est pas là le plus grand de mes tourments. Mon cœur est partagé entre l'amour et la haine. J'aime Alberto, je déteste le comte; faudra-t-il, hélas! que je perde celui que je chéris et que j'épouse celui que j'abhorre? Que la condition des femmes, mais surtout la condition de Rosaura, est malheureuse! Je suis née pour souffrir; je vis pour pleurer et je mourrai de douleur. Alberto! cher Alberto! tu es aimable! tu es plein de graces! Tu me plais, quoique tu sois mon ennemi; je t'aime, quoique tu travailles à mon malheur, et je t'aimerais encore quand tu chercherais mon trépas! Je t'adore, quoique tu veuilles me priver de ma fortune, et je t'adorerais quand même tu voudrais m'arracher le cœur.

(*Elle sort.*)

ACTE DEUXIÈME.

SCÈNE I.

Le théâtre représente une rue. — Il fait jour.

LE COMTE, *ensuite* ALBERTO, *en costume du matin.*

LE COMTE, *seul.*

Ce seigneur Alberto ne vient point. S'il me manque de parole il me le paiera. Il y a déjà un quart-d'heure que je l'attends; je commence à m'impatienter. Mais le voici; il marche même assez vite. Il me connaît; il m'obéit.

ALBERTO.

Je suis votre serviteur. Vous ai-je fait attendre?

LE COMTE.

Un peu.

ALBERTO.

Je vous demande pardon. J'ai eu de la peine à me délivrer du seigneur Florindo, qui voulait à toute force m'accompagner; mais vous m'aviez dit de venir seul, et seul je suis venu.

LE COMTE.

Vous avez bien fait. J'ai à vous parler en secret.

ALBERTO.

Voulez-vous que nous entrions au café, comme vous me l'avez proposé hier au soir?

LE COMTE.

Non; au café il y a toujours des allants et des venants. Nous serons plus sûrs de ne pas être vus dans cette rue solitaire.

ALBERTO.

Comme il vous plaira. (*à part.*) Voudrait-il me tendre quelque piége? Tant que nous ne serons que deux, je ne le crains point.

LE COMTE.

Écoutez... Mais il faut commencer par me promettre que vous ne parlerez à personne de ce que je vais vous dire,

ALBERTO.

La discrétion et la fidélité sont des qualités nécessaires aux avocats, et nous péririons plutôt que de trahir un secret qui pourrait nuire à la personne qui nous l'a confié.

LE COMTE.

Cela ne me suffit point. Jurez-moi de ne pas parler.

ALBERTO.

Les honnêtes gens n'ont pas besoin de faire des serments.

LE COMTE.

Les honnêtes gens ne refusent point de jurer quand ils n'ont point l'intention de trahir.

ALBERTO.

Eh bien ! pour vous satisfaire, je jure de ne point parler.

LE COMTE.

Donnez-moi la main.

ALBERTO.

La voici.

LE COMTE.

C'est fort bien ! Maintenant je vais m'expliquer en peu de mots. Je crois que vous savez que je suis lié par une promesse de mariage avec la signora Rosaura.

ALBERTO.

J'en suis instruit.

LE COMTE.

Vous comprenez, d'après cela, que sa cause devient la mienne, puisque sa dot doit consister dans les vingt mille ducats dont son père adoptif lui a fait donation.

ALBERTO.

Je conçois que ce procès vous intéresse infiniment.

LE COMTE.

Je ne veux point examiner si la signora Rosaura est dans son droit ou non, si la donation est valable ou si elle ne l'est pas, parce que ce sont là des affaires embrouillées, ennuyeuses, et trop contraires à la tournure de mon esprit ; mais je voudrais que vous me fissiez un plaisir.

ALBERTO.

Parlez. Si la chose est possible je la ferai très volontiers.

LE COMTE.

Pardonnez si je vous adresse la parole à la seconde personne ; entre amis on ne fait pas de façons [1].

ALBERTO.

Je ne m'embarrasse pas de semblables bagatelles.

LE COMTE.

Je désire que, par amour pour moi, vous renonciez à plaider cette cause.

ALBERTO.

Mon cher monsieur, comment voulez-vous que je fasse ? cela est impossible. L'affaire a été instruite par moi, j'en suis en possession, c'est aujourd'hui même qu'elle doit se plaider. Mon client a avancé les frais ; tout le monde attend la décision ; je ne vois aucun moyen de m'en dispenser.

LE COMTE.

Les moyens ne manqueront pas pourvu que vous vouliez y prêter la main. Vous pouvez, par exemple, dire à votre client que vous avez trouvé ce matin un document que vous n'aviez pas encore vu et qui vous fait douter du succès ; que vous avez découvert des raisons que votre adversaire pourra alléguer et qui exigent plus de temps et plus de réflexion pour les réfuter ; que la cause a changé d'aspect, qu'il manque quelque chose dans la forme et qu'il faut du temps pour réparer l'erreur. En attendant, on demande la remise ; l'affaire disparaît du rôle ; vous retournez à Venise ; votre client s'ennuie, il demande à transiger et je fais faire l'arrangement, à mon gré.

ALBERTO.

Ce sont là de beaux moyens vraiment, des expédients adroits, spirituels, mais qui ne sont pas à l'usage des avocats d'honneur. Relire des pièces, découvrir des objections, trouver tout à coup des défauts de forme le jour où il s'agit de plaider, ce sont des choses imaginées ou par une grande ignorance ou par une grande malice, et indignes d'un homme qui tient une position distinguée dans le barreau.

LE COMTE.

Faites autre chose ; feignez d'être malade, dites que vous ne pouvez plaider la cause. Nous trouverons un médecin qui certifiera que vous avez la fièvre et qui dira que, pour guérir, il vous faut l'air natal ; vous irez à Venise, sans que votre réputation en souffre, et je vous en aurai une obligation éternelle.

ALBERTO.

Tout ce que vous dites est inutile ; car quand même je serais malade, pourvu que ma langue restât libre, je me ferais porter au tribunal afin d'y plaider la cause.

LE COMTE.

Je conçois que vous trouviez peu juste que toutes les peines que vous vous êtes données demeurent sans récompense. Si vous gagnez le procès, le seigneur Florindo vous donnera tout au plus cinquante sequins ; moi je vous en donnerai cent si vous consentez à vous en aller.

ALBERTO.

Mon cher monsieur le comte...

LE COMTE.

Ne croyez pas du reste que je vous fasse des promesses que je n'ai pas l'intention de te-

(1) En italien, la seconde personne est une tournure familière. Quand on veut témoigner du respect, on se sert de la troisième personne du singulier et du pronom *lei*. *N. du trad.*

nir. Voici cent sequins dans cette bourse ; ils sont à vous si vous me promettez de renoncer à la cause.

ALBERTO.

Mon cher monsieur le comte, vous vous imaginez sans doute que nous autres avocats nous ne voyons jamais d'argent et que nous ne savons pas ce que c'est que cent sequins. Or, je vous prie de croire qu'à Venise cent sequins ne font pas plus d'effet que cent lire dans un autre pays. Nous estimons bien moins l'or que l'esprit, et nous estimons plus que toute récompense, que tous honoraires, notre honneur, notre renommée, notre réputation.

LE COMTE.

Je sais que cent sequins pour votre mérite et pour la faveur que je vous demande sont peu de chose; mais je ne puis faire davantage et je vous assure que ce peu me coûte un effort. Écoutez, cependant; si vous me promettez d'abandonner cette cause, je vous ferai une obligation de deux mille et même de trois mille ducats, que je vous paierai aussitôt que j'aurai reçu la dot en question.

ALBERTO.

Ce ne seraient pas trois mille, ni dix mille, ni cent mille ducats qui seraient capables de me faire commettre une mauvaise action.

LE COMTE.

Vous êtes donc décidé à plaider cette cause?

ALBERTO.

Très décidé.

LE COMTE.

Et cela vous est égal de voir réduite à la misère une jeune personne innocente?

ALBERTO.

Fiat jus et pereat mundus!

LE COMTE.

Vous ne tenez aucun compte de mes prières?

ALBERTO.

Je ne puis trahir mon client pour vous satisfaire.

LE COMTE.

Mes offres sont inutiles?

ALBERTO.

Tout-à-fait.

LE COMTE.

Vous ne mettez aucun prix à l'argent?

ALBERTO.

Je le méprise pourvu que je conserve mon honneur.

LE COMTE, *avec force*

Eh bien! si cela ne réussit pas, je trouverai un moyen de vous faire faire ce que je désire.

ALBERTO.

Veuillez m'apprendre quel est ce moyen.

LE COMTE.

Dites-moi; savez-vous qui je suis?

ALBERTO.

Je n'ai l'honneur de vous connaître que depuis la *conversazione* d'hier au soir.

LE COMTE.

Je suis le comte de Ripafiorita.

ALBERTO.

Je m'en réjouis fort.

LE COMTE.

Je suis un homme qui, dans l'occasion, ai toujours su me tirer d'affaire.

ALBERTO.

J'admire votre courage.

LE COMTE.

Et je vous préviens que, si vous ne voulez pas m'obliger de bon gré, vous le ferez malgré vous.

ALBERTO.

Que voulez-vous dire? expliquez-vous.

LE COMTE.

Je veux dire que, si vous ne renoncez pas à plaider cette cause et si vous ne partez sur-le-champ de Rovigo, je vous passerai mon épée au travers du corps.

ALBERTO.

Vous me passerez votre épée au travers du corps?

LE COMTE.

Oui, monsieur, je vous tuerai.

ALBERTO.

Vous me tuerez! Et à qui croyez-vous donc parler? à un lâche? à un homme qui se laisse effrayer par des fanfaronnades? Vous ne me connaissez pas, mon maître. Pensez-vous qu'à Venise ceux qui portent la robe ne savent pas aussi manier l'épée? Oui, monsieur, nous savons nous servir également de la langue et du bras; de la langue pour défendre nos amis, du bras pour nous défendre nous-mêmes.

LE COMTE.

Il me faut autre chose que de belles paroles. Si je dégaîne je vous ferai trembler.

ALBERTO.

Essayez, et nous verrons qui de nous deux tremblera le plus fort.

LE COMTE.

Mais non ; je ne veux pas tirer l'épée contre un homme qui n'est pas digne que je le tue. Je me servirai du bâton.

ALBERTO.

Le bâton à moi! Cavalier indigne, en garde sur-le-champ!

(Il tire l'épée.)

LE COMTE.

Tu te repentiras de m'avoir provoqué.

ALBERTO.

Si je meurs, je mourrai en homme d'honneur.

LE COMTE.

Que veux-tu dire par-là?

ALBERTO.

Oui, en homme de courage, en véritable Vénitien.

LE COMTE.

Crois-tu me faire peur en disant que tu es un Vénitien? Je ne t'estime ni ne te crains, et je ne m'embarrasse pas de toi ni de tes pareils.

ALBERTO.

C'est ainsi que tu parles? Allons, en garde, téméraire.

(*Ils se battent. — Entre Florindo l'épée à la main, qui vient au secours d'Alberto. Il se met entre eux.*)

FLORINDO.

Arrêtez, arrêtez!

ALBERTO.

De grace, seigneur Florindo, laissez-moi achever avec gloire un duel commencé avec raison.

LE COMTE, *à part.*

Je serais fâché que l'on publiât ma tentative.

FLORINDO.

Seigneur Alberto, c'est avec la voix que vous devez combattre aujourd'hui et non avec l'épée.

ALBERTO.

Je suis prêt à l'un comme à l'autre.

FLORINDO.

Oserais-je vous demander, messieurs, la cause de votre querelle?

LE COMTE, *à part.*

Ce coup a manqué, mais j'essaierai d'un autre.

ALBERTO, *à part.*

J'ai juré de ne parler à personne de l'indigne proposition que le comte m'a faite. Il ne faut pas que je manque à mon serment.

FLORINDO.

Y a-t-il donc quelque grand mystère dans cette affaire? Ne peut-on pas savoir ce qu'il en est? Ne pouvez-vous l'apprendre à un ami commun? Cela me fait venir de grands soupçons, seigneur Alberto.

LE COMTE, *à part.*

Il va certainement tout dire.

ALBERTO, *à part.*

Le voilà encore avec ses soupçons, il faut le détromper. (*haut.*) Seigneur Florindo, je vous dirai ce que c'est. Monsieur le comte m'a provoqué, et je n'ai pu m'empêcher de me défendre.

FLORINDO.

Mais comment vous a-t-il provoqué? quelles injures vous a-t-il dites?

LE COMTE.

Eh bien! puisque le seigneur Alberto n'a pas la force de cacher la vérité, je ne crains pas de la publier moi même. Je lui ai dit...

ALBERTO.

Arrêtez, monsieur, laissez-moi parler. C'est à moi de me justifier et non pas à vous. Sachez donc, seigneur Florindo, que ce seigneur a eu la hardiesse, la témérité, de parler avec peu de respect des Vénitiens. Moi qui verserais tout mon sang pour ma patrie, qui me ferais au besoin arracher le cœur pour elle, je ne puis souffrir que l'on dise une parole qui tende à offusquer sa gloire.

LE COMTE.

Vous m'étonnez... Je n'ai pas dit...

ALBERTO.

Il suffit; je sais très bien ce que vous avez dit. Vous savez que j'ai juré de ne point répéter vos paroles; soyez donc tranquille et rappelez-vous que vous avez affaire à un honnête homme qui sait garder ses promesses, même envers ses ennemis.

LE COMTE, *à part.*

Le détour n'est pas mauvais.

ALBERTO.

Seigneur Florindo, je rentre à la maison pour me renfermer dans mon cabinet, afin de me recueillir et de me préparer à la discussion que je vais avoir à soutenir. Vous m'avez vu plein de courage l'épée à la main; vous me verrez non moins intrépide au tribunal. Les hommes qui ont de l'honneur et du courage doivent être en tout temps disposés à l'un comme à l'autre pour eux-mêmes, pour leurs amis et pour leur patrie, qui doit être préférée à tout engagement, à tout intérêt, à la vie même.

(*Il sort.*)

FLORINDO.

Attendez, je vous suis...

LE COMTE.

Seigneur Florindo.

FLORINDO.

Que désirez-vous, monsieur?

LE COMTE.

Un mot, de grace.

FLORINDO.

Je suis à vos ordres, mais je vous prie de ne pas me retenir.

LE COMTE.

C'est donc aujourd'hui que votre cause se plaide?

FLORINDO.

Aujourd'hui même.

LE COMTE.

Mon ami, votre avocat vous trahit.

FLORINDO.

Comment pouvez-vous dire cela! Alberto est un homme d'honneur.

LE COMTE.

Sans doute, c'est un homme d'honneur; mais l'amour perd les hommes les plus sages et les plus honnêtes.

FLORINDO.

Le seigneur Alberto serait amoureux!

LE COMTE.

Il est éperdument amoureux de la signora Rosaura.

FLORINDO, *à part.*

Je ne me suis donc pas trompé!

LE COMTE, *de même.*

S'il ajoute foi à mes paroles, il lui retirera sa confiance et ne lui permettra plus de plaider sa cause.

FLORINDO.

Mais d'où savez-vous cela?

LE COMTE.

J'en suis certain. Je sais ce qui se passe entre eux, et je sais que c'est la signora Beatrix qui dirige cette affaire.

FLORINDO.

De quelle affaire parlez-vous?

LE COMTE.

Il s'agit de vous faire perdre votre cause, pour gagner les bonnes graces de la signora Rosaura.

FLORINDO, *à part.*

Ah! le scélérat!

LE COMTE.

Pourquoi croyez-vous que j'ai tiré l'épée contre lui? Il vous a fait croire des balivernes. La querelle est venue de ce qu'ayant découvert son intrigue, je l'ai traité de faux-frère, de traître, de scélérat.

FLORINDO.

Mais, mon cher monsieur le comte, si Rosaura gagne son procès, c'est vous qu'elle doit épouser. Pourquoi donc le seigneur Alberto se serait-il engagé à la faire gagner? Pour qu'elle devienne la femme d'un autre? S'il l'aime, il devrait désirer tout le contraire.

LE COMTE.

Eh! mon ami, vous n'êtes pas à leur hauteur. Ne voyez-vous pas que la première chose qui le touche, c'est que Rosaura soit riche et qu'elle l'aime; après cela il ne manquera pas de prétextes pour me l'enlever à moi et l'épouser lui-même.

FLORINDO.

Vous me jetez dans un labyrinthe de confusion, d'agitation, de tourment. Je ne sais à qui entendre.

LE COMTE.

Vous doutez peut-être de ma sincérité?

FLORINDO.

Je n'ai aucun doute sur votre compte; mais il me semble que je fais grand tort au seigneur Alberto en vous croyant.

LE COMTE.

Eh bien! laissez-le faire. Vous vous en repentirez quand il sera trop tard.

FLORINDO.

Serait-il possible qu'il me trahît?

LE COMTE.

C'est un gentilhomme qui vous l'assure.

FLORINDO, *à part.*

Cela m'explique le portrait, la *conversazione*, ses paroles et mes justes soupçons.

LE COMTE.

A quoi vous décidez-vous?

FLORINDO.

J'y réfléchirai.

LE COMTE, *à part.*

Avec un si grand soupçon dans l'esprit, il ne laissera pas plaider la cause; je gagnerai du temps, et l'avocat s'en ira.

(Il sort.)

FLORINDO, *seul.*

Alberto me trompe donc, il me trahit et me conduit à l'abîme! Il parle avec tant d'énergie de son honneur et se targue si fort de la pureté de son ame, de sa sincérité, de sa fidélité, et puis il se laisse séduire avec tant de facilité, il s'abandonne si lâchement à une aveugle passion! Ame vile, cœur faux, bouche menteuse!... Mais que fais-je? je condamne mon défenseur sans l'écouter, sur le seul témoignage de son ennemi et le mien! Ne serait-il pas possible que le comte me tendît le piége dont il accuse mon avocat? J'aurais certainement bien plus de raison de me méfier de lui que de mon ami Alberto. Chassons donc tout vain soupçon, et laissons plaider la cause... Mais, ô Dieu! s'il était pourtant vrai qu'Alberto conspirât contre moi avec ma partie adverse? Hier, je lui ai vu son portrait à la main; il s'est troublé, et dans sa confusion il m'a donné des réponses mensongères. Le soir je l'ai retrouvé à la *conversazione* entre Rosaura et Beatrix, et maintenant le comte m'inspire des soupçons sur l'une comme sur l'autre. Toutes ces circonstances réunies forment une preuve, presque sans réplique, du crime de mon avocat. Mais que faire? que résoudre? Je puis demander la remise de l'affaire. Et après? Il faudra la recommencer tout entière. Je veux aller trouver mon ami Lelio; je veux lui confier... Mais non; Lelio prendra naturellement la défense de l'avocat qu'il m'a procuré. Et qui sait si Lelio lui-même n'est pas d'accord avec eux? Il était aussi chez Beatrix. Je ne sais que dire, je ne sais que penser, je ne sais à quoi me décider. Il s'en faut encore de quatre heures qu'il ne soit midi, et il s'en passera plus de huit avant l'ouverture de l'audience. Je vais dans l'intervalle réfléchir mûrement; je prendrai conseil de moi-même, et quand viendra le moment je n'écouterai que mon désespoir.

(Il sort.)

SCÈNE II.

Le théâtre représente le cabinet d'Alberto dans la maison de Lelio. Un bureau couvert de papiers.

ALBERTO, *sans épée et sans chapeau, se promène une feuille de papier à la main, comme s'il étudiait la cause.*

On voit clairement quelle a été l'intention d'Anselmo Aretusi. Il a fait la donation dans un temps où il n'avait pas d'enfants; s'il avait eu des enfants il ne l'aurait point faite. Donc, à la naissance de son fils, la donation devient caduque. Mais le père de la jeune personne a cédé sa fille, sous cette condition, au père adoptif; elle a été préjudiciée dans la succession paternelle. Si c'est là l'objection que l'on fait, elle est facile à résoudre...

(Entre un laquais.)

LE LAQUAIS.

Monsieur...

ALBERTO.

Qu'y a-t-il, mon ami?

LE LAQUAIS.

La signora Flaminia, ma maîtresse, vous prie de vouloir bien lui faire l'honneur de passer dans son appartement, où elle désire vous entretenir d'une affaire importante.

ALBERTO.

Comment se porte ce matin votre maîtresse?

LE LAQUAIS

Elle va beaucoup mieux; elle n'a pas eu de fièvre cette nuit.

ALBERTO.

J'en suis vraiment charmé. Je vais lui obéir; mais dites-moi, mon vieil ami, y a-t-il quelqu'un chez elle?

LE LAQUAIS.

Oui, monsieur, il y a deux dames qui sont venues faire visite à ma maîtresse.

ALBERTO.

Qui sont ces deux dames?

LE LAQUAIS.

L'une s'appelle la signora Beatrix et l'autre la signora Rosaura.

ALBERTO, *à part.*

La signora Beatrix et la signora Rosaura! *(haut.)* Ecoutez, mon ami; dites à votre maîtresse que je la prie de m'excuser, que je suis si occupé de la cause, que je ne puis aller.

LE LAQUAIS.

Je dirai ce que monsieur m'ordonne.

ALBERTO.

Le seigneur Lelio, votre maître, y est-il?

LE LAQUAIS.

Non, monsieur, il est sorti.

ALBERTO, *à part.*

Tant pis. *(haut.)* Dites que je ne puis avoir l'honneur de me rendre à ses ordres.

LE LAQUAIS.

Oui, monsieur.

ALBERTO

Fermez cette porte.

LE LAQUAIS.

Oui, monsieur.

(Il sort et ferme la porte.)

ALBERTO, *seul.*

Que veut dire cette affaire? Voici huit jours que je suis dans la maison, et je n'ai jamais vu ces deux dames venir faire visite à la signora Flaminia, quoique pendant tout ce temps elle ait gardé le lit; et voilà qu'elles viennent ce matin; après la circonstance d'hier au soir, la signora Rosaura me fait appeler, elle veut me parler! Il y a quelque mystère là-dessous. La signora Rosaura se sera aperçue que j'ai de l'inclination pour elle, et elle vient peut-être me tenter, dans l'espoir de triompher de ma fermeté. Mais elle se trompe, si elle croit m'aveugler par sa beauté. Je sais d'ailleurs que, dans les guerres de l'amour, on est plus sûr de la victoire en fuyant qu'en combattant, et je fuis, en conséquence, l'occasion de la rencontrer. Retournons donc à nos travaux. Si la donation avait eu pour objet les seuls biens acquis par le donateur, on pourrait discuter pour savoir s'il avait le droit d'en disposer ou non... *(On frappe à la porte.)* Qui est là?

BEATRIX, *en dehors.*

Permettez-vous, seigneur Alberto?

ALBERTO, *à part.*

Ah! bon Dieu! la voilà.

BEATRIX, *du dehors.*

Pourrais-je avoir l'honneur de vous saluer pour un moment?

ALBERTO.

Madame, je suis à vos ordres. *(à part.)* C'est la signora Beatrix. L'autre étant une demoiselle, n'osera peut-être pas venir, et avec celle-ci je puis parler librement.

(Il ouvre.— Entrent Beatrix et Rosaura.)

BEATRIX.

Le seigneur Alberto est fort circonspect.

ALBERTO.

Je vous demande pardon, j'étais occupé

de certains papiers. (*à part.*) Voici l'autre aussi. Malheureux que je suis !

ROSAURA.

Le seigneur Alberto aura su que j'y étais, et c'est pour cela qu'il aura fermé sa porte.

ALBERTO.

A dire la vérité, vous êtes la dernière personne au monde que je me serais attendu à voir ce matin dans cette maison.

ROSAURA.

Ne croyez pas que j'y sois venue pour vous; je voulais voir la signora Flaminia.

ALBERTO.

Pour cela, j'en suis certain; et si je m'étonne, c'est que vous ayez daigné passer dans mon appartement.

ROSAURA.

J'y ai passé pour faire plaisir à la signora Beatrix.

ALBERTO, *à Beatrix.*

Ma belle dame, en quoi puis-je vous servir?

BEATRIX.

Si je vous gêne, je me retirerai.

ALBERTO.

Vous voyez que je m'occupe de mon dossier.

BEATRIX.

N'avez-vous donc pas encore suffisamment étudié cette grande cause?

ALBERTO.

C'est aujourd'hui la journée décisive.

ROSAURA.

C'est aujourd'hui que le seigneur Alberto aura la satisfaction de me voir pleurer amèrement.

BEATRIX.

La pauvre enfant ! Quelle cruauté. On dirait que vous avez un cœur de tigre.

ALBERTO.

Êtes-vous venues pour me tourmenter?

BEATRIX.

Non, non, nous allons partir. Votre accueil n'est pas fait pour nous encourager; vous ne nous offrez pas même de nous asseoir. Je ne croyais pas que les hommes de talent fussent dispensés de la simple politesse.

ALBERTO.

Je ne pensais pas que vous eussiez intention de rester.

BEATRIX.

J'ai quelque chose à vous dire. Faut-il que je vous parle debout?

ALBERTO.

Vous serez obéie. Holà ! quelqu'un !

(*Entre un laquais.*)

LE LAQUAIS.

Que désire monsieur?

ALBERTO.

Avancez un fauteuil.

ROSAURA.

Et moi?

ALBERTO, *à part.*

Je ne sais où j'ai la tête. (*haut.*) Avancez-en deux.

BEATRIX.

Et vous, ne vous asseoirez-vous pas?

ALBERTO, *avec humeur.*

Avancez-en trois, quatre, six.

BEATRIX.

Non, non, trois suffisent. Vous êtes bien vif, seigneur Alberto.

ALBERTO.

Je vous demande pardon, madame. Je ne sais ce que je dis ce matin.

BEATRIX.

Mettez-vous là, signora Rosaura. Je me placerai ici et le seigneur Alberto s'asseoira entre nous.

ALBERTO, *à part.*

Si le seigneur Florindo vient, je suis perdu. Ecoutez, mon ami. (*bas au laquais.*) Si le seigneur Florindo se présente pendant que ces deux dames sont chez moi, vous m'avertirez avant de le faire entrer.

BEATRIX, *bas au laquais.*

Vous m'avez comprise. Quand je vous ferai signe, vous m'appellerez et je vous donnerai la pièce.

LE LAQUAIS, *bas à Beatrix.*

Madame sera obéie.

(*Il sort et revient.*)

BEATRIX.

Asseyez-vous donc, seigneur avocat.

(*Elle le fait mettre entre elles deux.*)

ROSAURA.

Si mon voisinage vous gêne, je m'éloignerai.

ALBERTO.

Non, non, restez. (*à part.*) Je brûle et je gèle en même temps. (*à Beatrix.*) Maintenant, madame, qu'avez-vous à m'ordonner?

BEATRIX.

Je n'ai point d'ordres à vous donner, mais seulement une prière à vous faire.

ALBERTO.

Je suis prêt à vous servir en tout ce qui dépendra de moi.

BEATRIX.

C'est pour cette pauvre enfant que je vous sollicite.

ALBERTO.

Mais, ma chère dame, que puis-je faire pour elle?

BEATRIX.

Vous pouvez tout, si vous voulez écouter la pitié.

ALBERTO.

Plus j'y pense et moins je vois de moyens de lui être utile.

BEATRIX.

Dites que vous êtes décidé à la ruiner.

ROSAURA.

Croyez-moi, signora Beatrix, ne perdez pas votre temps et vos peines; le seigneur Alberto a de l'aversion pour moi, et il est inutile d'espérer du secours de qui nous hait.

ALBERTO.

Non, signora Rosaura, je ne vous hais point, je n'ai aucune aversion pour vous; mais je suis dans l'obligation de défendre votre partie adverse.

BEATRIX.

Pourquoi êtes-vous dans cette obligation?

ALBERTO.

Parce que, pour mon malheur, je l'ai connue avant la signora Rosaura, et que je me suis engagé à défendre sa cause avant d'avoir vu les charmes de son adversaire.

BEATRIX.

Si vous aviez vu la signora Rosaura la première, vous l'auriez donc défendue de préférence au signor Florindo?

ALBERTO.

Oh! pour cela, non; il ne m'est pas possible de défendre une cause qui ne me paraît pas juste. Quand il s'agirait de mon plus proche parent, de moi-même, je parlerais franchement, et pour tout l'or du monde, ou pour quelque passion que ce soit, je ne plaiderais pas pour une personne qui aurait tort, par l'espoir de gagner à l'aide de sophismes, de faux-fuyants ou de mensonges.

ROSAURA.

Eh! dites plutôt que si vous n'aviez pas voulu me défendre, ç'aurait été par haine pour votre cliente.

ALBERTO.

S'il m'était permis de vous dire tout ce que je pense, je vous assurerais que je me sens au contraire transporté d'une très vive sympathie pour vos mérites et de compassion pour votre position.

ROSAURA.

Si vous éprouvez de la compassion pour moi, ne cherchez pas à me ruiner.

ALBERTO.

S'il dépendait de moi de vous rendre heureuse et contente, je le ferais de tout mon cœur.

BEATRIX, *à part.*

L'entretien me paraît bien noué.

(Elle tousse; le laquais comprend le signe et entre.)

LE LAQUAIS.

Signora Beatrix, ma maîtresse vous prie de vouloir bien passer chez elle un instant, elle a quelque chose de très pressé à vous dire.

BEATRIX.

J'y vais.

(Elle se lève et le laquais sort.)

ROSAURA, *à Beatrix, en se levant.*

Si vous vous en allez, je vous accompagnerai.

BEATRIX.

Non, non, ma chère amie, attendez-moi ici; je serai de retour en un moment.

ROSAURA.

Je ferai comme il vous plaira.

BEATRIX.

Seigneur Alberto, je suis à vous tout de suite.

ALBERTO.

Signora Beatrix, pour l'amour de Dieu, ayez pitié de moi; ne me mettez pas dans l'alternative de me perdre ou de faire une impolitesse.

BEATRIX.

Vous vous plaignez de moi parce que je vous laisse avec une aimable demoiselle? Pour tout autre ce serait une bonne fortune.

(Elle sort.)

ALBERTO, *à part.*

C'est une fortune de mer, qui veut dire une tempête.

ROSAURA.

Seigneur Alberto, s'il vous déplaît que je reste avec vous, je suis prête à m'en aller; mais sachez que je suis une jeune personne honnête, incapable de faire courir aucun danger à votre vertu ou à la mienne.

ALBERTO.

J'en suis convaincu, et par votre modestie, et par cet air de douceur et de noblesse qui brille sur votre front.

ROSAURA.

Puisque le hasard nous a fait rester seuls...

ALBERTO.

Le hasard ou la ruse, n'importe.

ROSAURA.

La ruse! de qui?

ALBERTO.

D'une amie qui s'intéresse à vous?

ROSAURA.

Si vous croyez qu'il y ait la moindre malice dans ma conduite, je me retirerai sur-le-champ.

(Elle se lève.)

ALBERTO.

Non, restez. J'ai laissé échapper cette parole par l'effet d'une petite vanité; j'ai voulu faire connaître que je ne suis pas tout-à-fait aussi ignorant que l'on pourrait le penser des manières du monde.

ROSAURA.

Je ne vous comprends pas. Je parlerai si

vous le permettez; je me retirerai si vous l'ordonnez.

ALBERTO.

Parlez; un pouvoir irrésistible me force à vous écouter.

ROSAURA.

Puisque le hasard, disais-je, nous a fait rester seuls, je voudrais vous prier de ne pas me refuser une grace.

ALBERTO.

Ne perdez pas le temps à me prier de renoncer à la cause du seigneur Florindo, car tout serait inutile.

ROSAURA.

Non, ce n'est pas cela que je veux vous demander. Je désire savoir une simple vérité qui ne vous coûtera pas beaucoup de peine à dire, et qui est pour moi d'une haute importance.

ALBERTO.

Du moment où il ne s'agit point de rien faire contre l'honneur, parlez librement, et vous pouvez compter sur toute ma franchise.

ROSAURA.

Je voudrais que vous eussiez la bonté de me dire si, toutes les fois que vous avez passé sous mes fenêtres, vous y avez été conduit par un pur hasard ou bien par le désir de me voir; si les révérences que vous me faites de temps à autre sont de simples actes de civilité, ou bien l'effet d'une légère inclination; si les propos aimables et les déclarations que vous m'avez faites hier au soir n'ont été dictés que par la galanterie ordinaire, ou bien s'ils étaient les expressions et les effets d'un cœur qui aurait conçu pour moi quelque estime, quelque généreuse passion; en un mot, si je suis à vos yeux une personne indifférente, ou si je puis me flatter d'avoir mérité, sinon votre amour, au moins votre pitié.

ALBERTO.

Signora Rosaura, je me suis engagé à vous répondre sincèrement, et je ne puis en conséquence vous cacher ce que je ressens. Il n'est que trop vrai que, depuis que je vous ai vue, je me suis senti blessé au cœur; oui, quand je passais sous vos fenêtres, et quand je cherchais l'occasion de vous voir, j'étais comme un malade qui cherche un remède à son mal. Mais, ô Dieu! le baume, n'étant pas en proportion avec la profondeur de la plaie, ne faisait qu'irriter la blessure au lieu de la guérir. Hier au soir, ciel! hier au soir, quels furent mes tourments! Chacun de vos reproches était pour moi un coup de poignard; ces regards mêlés de colère et de tendresse me déchiraient le sein et m'empêchaient de respirer. Être obligé de paraître en public l'ennemi de celle que j'adore en secret, est une souffrance toute nouvelle qu'aucun homme n'a jamais éprouvée, qu'aucun démon n'a encore inventée, qu'aucun tyran n'a infligée.

ROSAURA.

Vous m'aimez donc?

ALBERTO.

Avec toute la tendresse dont mon cœur est susceptible.

ROSAURA.

Cela me suffit. Maintenant je puis braver la destinée; je souffrirai tout sans me plaindre, puisque je suis certaine de votre amour.

ALBERTO.

Oui, ma chère Rosaura; mais la certitude d'être aimée de moi ne peut être pour vous d'aucun avantage. Vous le voyez, je suis dans la dure nécessité de faire tout ce que je puis pour vous rendre malheureuse. Mon cœur se brise, mon sang se glace, quand je songe que le devoir, que l'honneur m'imposent de renverser les plus douces espérances de ma passion.

ROSAURA.

Je vous plains plus que vous ne pouvez vous l'imaginer; quoique j'aie feint d'éprouver de la colère de votre constance héroïque, je l'ai approuvée intérieurement, et je vous trouve d'autant plus digne de mon amour que je vous vois plus décidé à préférer l'honneur à votre inclination. Si vous aviez consenti à abandonner votre client pour me plaire, j'aurais profité de ma fortune, mais je n'aurais eu aucune estime pour votre mérite; me réjouissant de l'effet de la trahison, j'aurais méprisé le traître.

ALBERTO.

Ces sentiments sont bien dignes d'une belle ame renfermée par le ciel dans le plus beau des corps! Tant de vertu ne fait qu'augmenter l'amour que ces beaux yeux avaient fait naître. O signora Rosaura! pour l'amour de Dieu, ne tourmentez plus mon pauvre cœur.

ROSAURA.

M'ordonnez-vous de partir?

ALBERTO.

Je mets ma réputation dans vos mains. Cet entretien si plein d'héroïsme et de vertu, Dieu sait comment il sera interprété par ceux qui n'ont point entendu nos paroles.

ROSAURA.

Je n'ai plus qu'une chose à vous dire, et je m'en vais.

ALBERTO.

Je l'écouterai avec avidité.

ROSAURA.

Je vous aime et je vous aimerai tant que je vivrai.

ALBERTO.

Aurez-vous le courage de m'aimer quand vous serez malheureuse par ma faute?

ROSAURA.

Je vous aimerai précisément parce que votre vertu aura causé mon malheur.

ALBERTO.

Un pareil amour mériterait une autre récompense.

ROSAURA.

Je suis née malheureuse, je mourrai malheureuse.

ALBERTO.

Je voudrais vous consoler, et je ne sais que dire.

ROSAURA, *à part, en pleurant.*

Sort cruel! destin contraire!

ALBERTO, *à part.*

L'attendrissement m'oppresse le cœur.

(*Entre Beatrix.*)

BEATRIX.

Me voici de retour.

ALBERTO, *à part.*

Il faut convenir qu'elle est arrivée à temps.

BEATRIX.

Qu'est-ce que cela veut dire, que je vous voie ainsi tous deux troublés? On dirait que Rosaura a les yeux pleins de larmes.

ROSAURA.

Ma chère amie, allons-nous-en.

BEATRIX.

Je vois ce que c'est; ce seigneur avocat, dont le cœur est dur comme le marbre, est demeuré inflexible à vos peines et à vos larmes. Il veut plaider la cause, n'est-il pas vrai? Il veut défendre le seigneur Florindo et perdre la pauvre Rosaura? Eh quoi! vous ne daignez pas même me répondre! Il faut convenir que vous n'êtes guère poli. Que dites-vous, Rosaura, du seigneur Alberto? Mais vous ne répondez rien non plus! vous restez là comme deux statues. Voulez-vous que je vous dise? vous avez tout l'air de deux insensés, et pour ne pas perdre l'esprit comme vous, je vous souhaite le bonjour et je vais à mes affaires.

(*Elle sort.*)

ROSAURA.

Seigneur Alberto, ayez pitié de moi.

ALBERTO.

Vous savez quels sont mes engagements.

ROSAURA.

Je ne vous dis pas d'avoir pitié de mon bien, mais de ma personne.

ALBERTO.

Comment? de quelle manière?

ROSAURA.

En m'accordant de l'amitié.

(*Elle sort.*)

ALBERTO, *seul.*

Hélas! je n'en puis plus. O Dieu! dans quel état est mon cœur! Hélas! je meurs, je ne respire plus.

(*Il se jette sur un siége. — Entrent Florindo et un laquais.*)

LE LAQUAIS, *à Florindo en le retenant.*

Arrêtez que je l'avertisse, et puis vous entrerez.

FLORINDO, *dans la porte.*

Je veux passer.

LE LAQUAIS.

Mais pourtant...

FLORINDO.

Va-t-en au diable!

(*Il entre malgré le laquais. Alberto en l'apercevant se lève.*)

ALBERTO.

Bonjour, seigneur Florindo. (*à part.*) Il l'a vue, il l'a rencontrée.

FLORINDO.

J'ai bien l'honneur de vous saluer. (*à part.*) Est-il nécessaire d'en voir davantage? Rosaura était dans son appartement à traiter avec lui du prix de sa trahison.

ALBERTO.

Qu'avez-vous, seigneur Florindo? vous tourmentez-vous parce que vous avez vu la signora Rosaura dans mon cabinet. Si vous saviez...

FLORINDO.

Cela suffit, seigneur Alberto; je vous prie de me rendre mes papiers.

ALBERTO.

Quels papiers?

FLORINDO.

Tous ceux que vous avez à moi; les procédures, les contrats, les copies, les écritures, le résumé. Veuillez me remettre tout.

ALBERTO.

Vous plaisantez, sans doute?

FLORINDO.

C'est juste, j'oubliais. Avant de retirer mon dossier, il faut que je paie ce que je vous dois. Ayez la bonté de me dire ce qu'il faut que je vous compte pour tout ce que vous avez bien voulu faire pour moi.

ALBERTO.

Vous m'étonnez, seigneur Florindo; je n'étais convenu d'aucun prix pour mes peines. Quand j'aurai plaidé la cause, vous me donnerez ce que vous voudrez.

FLORINDO.

Non, non, monsieur, il n'est pas nécessaire que vous vous donniez cet embarras. La cause ne se plaidera pas.

ALBERTO.

Non! Et pourquoi pas?

FLORINDO.

Je veux transiger ; je ne veux pas risquer le certain pour l'incertain. Je ne vous demande que mon dossier.

ALBERTO.

Seigneur Florindo, vous n'avez affaire ni à un aveugle ni à un sourd. Je comprends très bien la cause de cette résolution inopinée. Vous avez vu votre adversaire sortir de mon appartement, et cette circonstance confirme le soupçon que vous aviez conçu sur mon caractère. Mais si vous aviez été présent à notre entretien, vous auriez été bientôt tranquillisé en voyant jusqu'où vont ma fidélité, mon intégrité.

FLORINDO.

Je suis parfaitement tranquille, mais je veux que vous me rendiez mon dossier parce que la cause ne se plaidera plus.

ALBERTO.

Vous rendre le dossier ! La cause ne se plaidera plus ! Faire un pareil affront à un homme comme moi

FLORINDO.

Vous ne pouvez pas vous plaindre de moi, je vous ai averti à temps ; non-seulement vous ne vous êtes pas corrigé, mais vous avez encore ajouté à vos torts ; tant pis pour vous.

ALBERTO.

Hélas ! il n'est que trop vrai qu'il arrive dans ce monde des cas, des accidents dont l'homme ne saurait se défendre, et qui font paraître coupable la personne la plus innocente, la plus pure. Je suis dans cette position, je vous le proteste, je vous le jure. Les apparences se réunissent contre moi; mais je suis innocent, je suis honnête, je suis Alberto, je suis ce que j'ai toujours été.

FLORINDO.

Nierez-vous que vous soyez amoureux de la signora Rosaura ?

ALBERTO.

Non, j'ai trop de respect pour la vérité ; je ne le nierai point. J'aime la signora Rosaura comme moi-même, je l'aime de tout mon cœur. Mais qu'est-ce que cela fait? Me croiriez-vous capable de trahir mon client pour favoriser une femme qui me plaît? Non, seigneur Florindo, je mourrai plutôt que de commettre une semblable iniquité.

FLORINDO.

Je vous répéterai à ce sujet ce que je vous ai déjà dit une fois. Si vous l'aimez, je vous plains; mais il n'est pas convenable que vous couriez le risque de parler contre une personne à laquelle vous êtes attaché.

ALBERTO.

Si mon amour pour elle était né avant que je me fusse engagé avec vous, je n'aurais pas, pour tout l'or du monde, accepté de plaider contre elle. Mais il a pris naissance dans un moment où j'étais déjà engagé et où je ne pouvais manquer à ma promesse sans nuire à ma réputation.

FLORINDO.

Mais si je vous en dégage, moi, cela ne vous suffit-il pas ? Si je suis prêt à vous payer vos honoraires, cela ne vous satisfait-il pas ?

ALBERTO.

Cela ne me suffit pas, cela ne me satisfait pas. L'argent, je le méprise; une affaire de plus ou de moins ne m'importe guère. Je tiens à mon honneur, à ma réputation, à ma propre estime. Que dirait de moi Venise, si j'y retournais sans avoir plaidé cette cause pour laquelle tout le monde sait que je suis venu à Rovigo? La vérité se fait bientôt jour, et ce serait en vain que, par considération pour moi, vous voudriez la cacher; les mauvaises langues se feraient gloire de la publier. On dirait dans les places publiques, dans les boutiques, dans les cabinets, dans les tribunaux : Alberto est revenu à Venise sans avoir plaidé sa cause. Pourquoi ? Parce qu'il s'est épris de sa belle adversaire, et que son client, se méfiant de sa probité, de sa délicatesse, lui a redemandé son dossier et l'a remercié. Bel honneur, belle gloire que je me serais acquis en venant à Rovigo ! Non, signor Florindo, il ne sera pas dit que j'ai quitté ce pays sans plaider une cause qui me tient si fort à cœur.

FLORINDO.

C'est bien. Pour aujourd'hui il n'en est plus question. Plus tard nous verrons.

ALBERTO.

Comment, il n'en est plus question? N'est-elle pas fixée pour l'audience de relevée?

FLORINDO.

J'ai été chez le juge pour faire changer l'ordre, et je l'ai prié de notifier la suspension à l'avocat adverse.

ALBERTO.

Et l'a-t-il notifiée?

FLORINDO.

L'huissier était sorti; mais cela sera fait avant midi.

ALBERTO.

Ah ! seigneur Florindo, puisqu'il en est encore temps, portons remède à un si grand désordre ; empêchons cette suspension, laissons venir la cause cette après-midi. Pour un soupçon, pour une susceptibilité, pour une idée qui n'est fondée sur rien, ne nous perdons pas tous les deux à la fois. Nous réjouirions trop nos ennemis.

FLORINDO.

Non, ma résolution est prise. Mes soupçons ne sont pas fondés sur rien. J'ai en mains la certitude que vous avez voulu me trahir.

ALBERTO.

Juste ciel! qu'est-ce que j'entends? Quel coup de poignard vous me portez! Si dans toute autre occasion on me faisait une insulte pareille, je ferais rentrer les paroles dans la gorge à celui qui aurait eu la témérité de les prononcer; mais dans la position où je me trouve, il ne me reste qu'à vous prier, qu'à vous conjurer, par charité, de me dire sur quel fondement vous avez pu me croire un traître.

FLORINDO.

Non-seulement toutes les apparences sont contre vous, mais encore le comte lui-même m'assure que vous vous êtes entendu avec la signora Rosaura pour me faire perdre sa cause, afin de vous faire aimer d'elle.

ALBERTO.

Ah! l'infâme, ah! le scélérat! Si un serment ne m'empêchait pas de parler, je vous ferais frémir en vous rapportant les maximes, les plans par lesquels cette ame si vile a tenté de me séduire. Et vous, seigneur Florindo, vous préférez le croire, lui qui est votre ennemi, plutôt que moi qui suis votre propre avocat?

FLORINDO.

Pour ne faire tort à personne, je suspendrai toute croyance et la cause ne se plaidera pas.

ALBERTO.

Si elle ne se plaide pas, je suis ruiné.

FLORINDO.

Mais je vous parle franchement. Je ne veux point courir le risque de la perdre avec les doutes que j'ai dans l'esprit.

ALBERTO.

Il n'y a aucun motif de douter; nous ne perdrons pas. La cause est si évidente que je vous promets une victoire complète.

FLORINDO.

Et si je la perds malgré cela?

ALBERTO.

Si vous la perdez par ma faute, je m'engage à payer tous les frais de la première instance et de l'appel. Je suis prêt à vous en signer une obligation, et si vous voulez, je m'en vais le faire à l'instant même. Si une obligation ne vous suffit pas, je vous donnerai pour garantie tout ce que je possède; les frais de la cause ne pourront pas monter si haut; mais n'importe, je vous donnerai encore ma chemise, je vous donnerai mon cœur, pourvu que je sauve mon honneur, ma réputation. Mon cher signor Florindo, vous êtes un homme honnête, vous êtes un homme de bien; ayez pitié de moi. Je vous supplie, par charité, de me laisser plaider cette cause, de permettre que j'efface la tache que le malheur, mais plus encore la malice d'un imposteur, a imprimée sur mon honorable caractère. Le seul patrimoine de l'honnête homme est son honneur; l'honneur est la plus précieuse richesse de l'avocat. On estime plus un homme honnête qu'un homme savant. Ne m'enlevez pas ce beau trésor que j'ai jusqu'à présent si soigneusement gardé; allez trouver le juge, rétractez la suspension, laissez venir la cause; fiez-vous à moi, croyez-moi, croyez que je mourrais plutôt mille fois que de souiller par une action indigne ma conscience et ma réputation. Je vous le répète, c'est par charité que je vous le demande.

(Entre Lelio.)

LELIO, *qui a entendu les dernières paroles, à part.*

Qu'est-ce qu'Alberto peut demander ainsi à Florindo par charité?

FLORINDO, *à part.*

Je me sens malgré moi disposé à le croire. Ce serait une trop grande scélératesse s'il me trahissait!

LELIO.

Qu'y a-t-il, mon ami? vous me paraissez bien triste? Quelle est la faveur si grande que vous implorez par charité?

ALBERTO.

Je vais vous le dire. Je me préparais à plaider; je me figurais que j'étais en présence du juge, et dans le feu de ma harangue, je la terminais par demander justice et charité.

LELIO.

C'est trop fort. Je vous demande pardon, mais il me semble qu'il ne faut pas pousser trop loin l'hyperbole.

ALBERTO.

Vous avez parfaitement raison: je le sais aussi bien que vous; mais tout dépend des lieux et des occasions. Cette fois mon plaidoyer était d'une nature telle que je ne pouvais pas le terminer d'une autre façon.

FLORINDO.

Seigneur Alberto, j'ai senti la force de vos arguments. Je vais prier le juge de retenir définitivement la cause pour aujourd'hui.

ALBERTO.

Que le ciel en soit loué! J'attends avec impatience le moment de faire connaître au monde qui je suis.

LELIO.

Chacun sait que vous êtes un excellent orateur.

ALBERTO.

Ah! mon ami, j'espère faire connaître une chose plus importante encore.

LELIO.

Je ne vous comprends pas.

FLORINDO.

Je le comprends, cela suffit. Après le dîner je serai à vos ordres.

ALBERTO.

Puis-je en être certain?

FLORINDO.

Très certain.

ALBERTO.

Que le ciel vous bénisse! Approchez, c'est de grand cœur.

(*Il l'embrasse.*)

FLORINDO, *à part.*

Si le comte m'a trompé, il m'en rendra raison.

(*Il sort.*)

LELIO.

Mon ami, maintenant que nous sommes seuls, je vais me débarrasser d'un poids qui m'oppresse. Le bruit s'est répandu à Rovigo que vous êtes amoureux de la signora Rosaura, et cela me déplaît infiniment, puisque, si cela était, j'en serais la cause, pour vous avoir conduit dans une soirée où elle se trouvait.

ALBERTO.

A dire vrai, vous savez que je vous avais prié de me laisser à la maison et que vous m'avez voulu à toute force emmener avec vous. Je vous avais avoué auparavant que la signora Rosaura me plaisait; mais comme je ne m'étais pas entretenu longuement avec elle et que je ne connaissais pas les qualités de son cœur, j'étais en état de la voir avec indifférence. Mais je vous confesse aussi que la soirée d'hier et l'entretien que j'ai eu avec elle ce matin ont achevé de me rendre amoureux.

LELIO.

Et la cause, comment ira-t-elle?

ALBERTO.

Très bien, s'il plaît à Dieu.

LELIO.

Est-ce que vous la plaiderez avec le même zèle en faveur de votre client?

ALBERTO.

Ne suis-je pas ici pour cela?

LELIO.

Et vous parlerez contre votre maîtresse?

ALBERTO.

Sans la plus légère difficulté.

LELIO.

Mais cela peut-il se faire? Peut-on agir contre une personne que l'on aime?

ALBERTO.

Cela se peut fort bien.

LELIO.

Mon cher ami, expliquez-moi comment cela peut se faire, car je n'en suis nullement persuadé.

ALBERTO.

Je vous l'expliquerai de deux façons: moralement et physiquement. Moralement, quant à moi, considérant mon devoir, je ne règle jamais ma conduite par mes affections, mais par la prudence, et du moment où je me trouve dans un engagement auquel je ne pourrais me soustraire sans honte et sans danger pour ma réputation, je fais en sorte que ma vertu triomphe du mouvement intérieur. Physiquement, je vous dirai que les passions de l'homme sont de différents genres; que quand l'une est fortement excitée l'autre cède; que quand l'imagination est frappée d'une vive impression pour un objet il ne lui reste pas de loisir pour s'occuper d'un autre. Mais je vais achever de vous convaincre par un argument pratique et naturel. Ce sont deux choses fort différentes que d'agir par hasard ou par profession. Si je n'étais pas avocat, je ne saurais pas, je ne pourrais pas parler contre une personne que j'aime; mais parlant par profession, je le fais machinalement, par habitude, et je me mets à plaider pour remplir un devoir et sans réfléchir à ma passion.

LELIO.

Votre système est fort beau, mais je ne sais pas s'il est communément suivi.

ALBERTO.

Tous les hommes d'honneur le suivent. Quand vous voyez un avocat qui plaide, vous pouvez dire hardiment: Cet orateur est tellement transformé dans la personne de son client, qu'il est incapable de la moindre distraction.

LELIO.

J'admirerai et je me réjouirai en même temps de votre magnanime action.

ALBERTO.

Je n'aurai pas de mérite à faire mon devoir.

LELIO.

D'ailleurs, j'éprouve un regret infini d'avoir causé la moindre peine à votre cœur. Croyez que je l'ai fait innocemment, et je vous en demande bien sincèrement pardon.

ALBERTO.

Si les hommes pouvaient prévoir les conséquences de tout ce qu'ils font, ils commettraient bien moins de fautes.

LELIO.

Ne m'humiliez pas davantage, j'en ressens un chagrin plus qu'ordinaire.

ALBERTO.

Que voulez-vous? la chose est ainsi. Celui qui fuit le monde est un homme sauvage, celui qui y reste se perd. On dirait qu'il n'y a pas d'autre plaisir sur la terre que le jeu, le vin et les femmes. Le jeu ruine la bourse, le vin détruit la santé, les femmes privent presque toujours de la raison. Que le monde serait heureux si l'on se livrait à la conversation de gens honnêtes, sages, prudents et du même sexe que soi! C'est là ce qui procure de l'avantage aux hommes, de l'honneur à la république, un bon exemple à la jeunesse. C'est là ce qui développe les grands hommes, pleins de bonnes maximes et de sagesse, nés à la fois pour le bien public et particulier. L'étude des livres est bien moins profitable que l'habitude des entretiens honnêtes et savants. Par les livres on apprend d'une manière pénible et fatigante; en causant on s'instruit avec plaisir et facilité; car lorsqu'il unit l'*utile dulci*, si fort recommandé par Horace, l'homme apprend tout en se divertissant. Mais ces réflexions m'ont entraîné si loin que je ne songeais plus à ma cause. De même, quand je commencerai à plaider, je serai complètement identifié avec elle; puis quand je cesserai de m'occuper de la grande action qui *requirit totum hominem*, il est possible que je me laisse séduire par l'amour qui est la plus forte, la plus violente passion de notre misérable humanité.

(Il sort.)

LELIO, *seul.*

Le seigneur Alberto a fait plus d'impression sur mon esprit par ces quatre paroles que n'en auraient fait dix professeurs. On aime mieux écouter un ami qu'un précepteur, et les leçons données avec douceur font plus d'effet que celles qui sont proférées à grand bruit. Voilà ce que l'on gagne à fréquenter les hommes instruits; on apprend toujours avec eux quelque chose de bon.

(Il sort.)

SCÈNE III.

Le théâtre représente le salon de compagnie de Beatrix avec les tables de jeu, les flambeaux et les cartes dans l'état de confusion où ils sont restés depuis la soirée de la veille.

COLOMBINE, ARLEQUIN.

COLOMBINE.

Nous voici toujours au même point. Depuis hier au soir tu n'as rien fait. Les siéges, les tables, les flambeaux, les cartes, tout est pêle-mêle.

ARLEQUIN.

Puisque tu aimes tant la propreté, pourquoi ne te mets-tu pas à tout ranger, nettoyer, épousseter, sans me rompre la tête à moi?

COLOMBINE.

Grand animal! Faut-il donc que je fasse tout?

ARLEQUIN.

Je fais ma partie dans la cuisine.

COLOMBINE.

Allons donc; prends ces flambeaux et va les nettoyer.

ARLEQUIN.

C'est bien, je consens à nettoyer les flambeaux, mais tu feras le reste.

COLOMBINE.

Je ramasserai les cartes.

(Ils s'approchent tous deux de la table.)

ARLEQUIN *en soulevant un flambeau y trouve les deux sequins laissés par Alberto.*

Ah!

COLOMBINE.

Qu'est-ce qu'il y a?

ARLEQUIN, *voulant cacher les deux pièces.*

Rien.

COLOMBINE.

Si tu as trouvé de l'argent je suis de moitié.

ARLEQUIN.

Qui trouve, trouve; ceci est à moi.

COLOMBINE.

Deux sequins! Il y en a un pour chacun.

ARLEQUIN.

Cela ne te regarde pas; c'est à moi, te dis-je.

COLOMBINE.

Cela n'est pas vrai. Les pourboires et choses semblables se partagent entre les domestiques.

ARLEQUIN.

Je n'entends rien à ce partage. Qui trouve, trouve.

COLOMBINE.

Je le dirai à madame.

ARLEQUIN.

Dis-le à qui tu voudras; ces deux sequins sont à moi.

COLOMBINE.

Cela n'est pas vrai. Il y en a un pour chacun; nous verrons.

ARLEQUIN.

Oui, nous verrons.

COLOMBINE.

Je veux un sequin, dussé-je te faire un procès!

ARLEQUIN.

Je ne te le donnerai pas, dussé-je me faire pendre!

(Entre le docteur [illegible]zoni.)

LE DOCTEUR.

Eh! quelqu'un [illegible] est-elle?

COLOMBINE.

Non, monsieur : elle est sortie avec ma maîtresse, et ces [illegible] ne sont pas encore rentrées.

LE DOCTEUR.

L'heure avance ; il faut dîner. Cette après-midi la cause vient, et mademoiselle ne se trouve pas.

COLOMBINE, *à Arlequin.*

Me donneras-tu mon sequin?

ARLEQUIN.

Non, mademoiselle.

COLOMBINE.

Tu es un voleur.

ARLEQUIN.

Je suis un honnête homme. Si tu y avais des droits, je te le donnerais.

COLOMBINE.

J'y ai bien certainement des droits. Attends. Seigneur docteur, vous qui êtes avocat, veuillez décider une dispute que nous avons, Arlequin et moi.

ARLEQUIN.

Veuillez nous dire votre opinion, mais sans honoraires.

LE DOCTEUR.

Parlez ; ce sera sans doute une affaire de grande importance! Je l'écouterai, en attendant que Rosaura revienne.

COLOMBINE.

Sachez, seigneur docteur...

ARLEQUIN.

Laissez-moi parler. Sachez, seigneur avocat, que ces deux sequins sont à moi...

COLOMBINE.

Cela n'est pas vrai. Nous devons les partager.

ARLEQUIN.

Cela n'est pas vrai du tout.

LE DOCTEUR.

Que chacun parle à son tour, si vous voulez que je vous entende.

COLOMBINE.

Arlequin a trouvé deux sequins sous le flambeau : ils y ont été laissés par un joueur pour les domestiques : par conséquent nous devons les partager.

ARLEQUIN.

Cela n'est pas vrai ; qui trouve, trouve.

COLOMBINE.

Nous faisons tout ensemble dans la maison ; il faut par conséquent que nous partagions aussi les profits.

ARLEQUIN.

Il n'est pas vrai que nous fassions tout ensemble, car je couche dans mon lit et Colombine dans le sien.

COLOMBINE.

Dites, seigneur docteur, qui de nous deux a raison?

ARLEQUIN.

Ces deux sequins ne sont-ils pas à moi?

LE DOCTEUR.

Croyez-moi ; agissez en bons amis, en bons camarades, prenez-en un chacun.

COLOMBINE, *à Arlequin.*

As-tu entendu?

ARLEQUIN.

Je n'en ferai rien.

COLOMBINE.

C'est un docteur qui l'a dit.

ARLEQUIN.

C'est un ignorant.

LE DOCTEUR.

Insolent!

(Entre le comte Ottavio.)

LE COMTE.

Qu'est-ce qui se passe ici? Il me paraît qu'on se querelle.

LE DOCTEUR.

Cet insolent m'a manqué de respect.

LE COMTE

Coquin! ne connais-tu pas le docteur?

ARLEQUIN.

Il prétend que je dois partager avec Colombine ces deux sequins que j'ai trouvés sous le flambeau.

LE COMTE.

Montre-moi ces deux sequins.

ARLEQUIN.

Les voici. C'est moi qui les ai trouvés.

COLOMBINE.

Il faut que nous les partagions.

LE COMTE.

Ces deux sequins sont à moi ; je les avais mis au jeu hier au soir. Je les prends, et vous autres, allez au diable!

ARLEQUIN.

Comment?...

COLOMBINE.

J'en suis bien aise ; ce n'est ni toi, ni moi.

LE DOCTEUR.

Voilà le procès terminé.

ARLEQUIN.

Monsieur le comte, mes deux sequins.

LE COMTE.

Si tu parles, je te rosse.

ARLEQUIN.

Maudite Colombine! c'est ta faute ; mais tu me le paieras.

(Il sort.)

COLOMBINE.

Oui, je suis bien aise qu'il ne les ait pas,

lui. Monsieur le comte, je pense que vous les avez pris pour me les donner.

LE COMTE.

Ne me rompez pas la tête.

COLOMBINE, *à part.*

Le misérable! Voilà comme ils font tous; ils vont dans la société pour escroquer et ils font du jeu une profession.

(*Elle sort.*)

LE DOCTEUR, *à part.*

Monsieur le comte ne se gêne pas.

LE COMTE.

Où est la signora Rosaura?

LE DOCTEUR.

Je l'ignore. Elle est sortie avec la signora Beatrix, et moi aussi je l'attends.

LE COMTE.

Eh bien! la cause se plaidera-t-elle aujourd'hui?

LE DOCTEUR.

Oui, monsieur.

LE COMTE.

J'avais entendu dire qu'elle était remise.

LE DOCTEUR.

Je l'avais entendu comme vous; mais il y a à peu près deux heures que le greffier m'a fait dire qu'elle était retenue.

LE COMTE, *à part.*

Florindo aura donc négligé mes avis? (*haut.*) Qu'espérez-vous de cette cause?

LE DOCTEUR.

J'ai bonne espérance, cependant l'issue est toujours incertaine. Je voulais parler au juge; mais il n'a pas voulu me recevoir en particulier.

LE COMTE.

Croyez-vous que la signora Rosaura mette beaucoup d'importance à son procès?

LE DOCTEUR.

Comment voulez-vous qu'il en soit autrement? Il s'agit pour elle de tout ce qu'elle a au monde.

LE COMTE.

Je sais, moi, ce qui l'occupe plus que son procès.

LE DOCTEUR.

Quoi?

LE COMTE.

C'est de se moquer de nous tous.

LE DOCTEUR.

Comment?

(*Entrent Beatrix et Rosaura.*)

BEATRIX.

Je salue ces messieurs.

LE COMTE.

Je suis votre esclave.

LE DOCTEUR.

Je suis bien aise de vous voir de retour, mademoiselle ma nièce. Il me semble qu'il est temps de rentrer à la maison.

ROSAURA.

Mon cher oncle, permettez-moi de rester aujourd'hui à dîner chez la signora Beatrix.

LE DOCTEUR.

Non, vraiment, mademoiselle. C'est aujourd'hui que la cause se plaide, et il faut que vous veniez avec moi au tribunal.

ROSAURA.

Moi, au tribunal! Pourquoi faire? Je vous demande bien pardon, mais je ne veux pas y aller.

LE COMTE.

Allez-y au contraire, croyez-moi. Votre beauté fera plus d'effet que les discours de votre avocat.

LE DOCTEUR.

Je n'espère aucun avantage de la présence de ma nièce, mais c'est l'usage de ce barreau. Il faut que les clients paraissent en personne.

ROSAURA.

De quel front voulez-vous que je soutienne en public la présence du juge et les regards de l'audience; je n'y suis point accoutumée.

LE COMTE.

Pauvre petite! vous craignez la présence du juge et les regards de l'audience; mais les yeux de l'avocat adverse vous consoleront.

ROSAURA, *à part.*

L'insolent!

LE DOCTEUR.

Comment! qu'y a-t-il de nouveau?

LE COMTE.

Rien, monsieur, si ce n'est que votre cliente, votre nièce, conspire contre vous, contre moi, contre elle-même.

LE DOCTEUR.

Mais de quelle façon?

LE COMTE.

Elle est amoureuse du Vénitien.

LE DOCTEUR, *à Rosaura.*

Cela est-il vrai?

LE COMTE.

Ne la voyez-vous pas? Son silence confirme mes paroles. Je vous conseille, seigneur docteur, d'aller trouver le juge, de lui représenter ce fait, dont je suis prêt à porter témoignage, et à demander la remise de l'affaire. (*à part.*) D'une façon ou d'une autre, il faut que je parvienne à gagner du temps.

LE DOCTEUR.

Sachez, monsieur le comte, que si j'allais faire un pareil rapport au juge, je n'y gagnerais que de me rendre ridicule. Qu'importe que ma cliente soit amoureuse ou non de son adversaire; c'est moi qui déduis les moyens, c'est moi qui plaide la cause, et le résultat dépend de moi; aussi, avec votre permission, je n'en demanderai point la remise.

LE COMTE.

Vous êtes un homme peu prudent. Allez, plaidez, perdez; mais je vous déclare que si Rosaura reste sans fortune, si elle n'a pas les vingt mille ducats, je déchire le contrat et je retire ma promesse. Elle ne sera pas digne d'être ma femme.

(Il sort.)

ROSAURA, *à part.*

C'est maintenant que je commence vraiment à désirer de perdre mon procès et de demeurer pauvre.

BEATRIX, *au docteur.*

Vous voulez donc sacrifier la malheureuse Rosaura? Le comte ne peut la souffrir.

LE DOCTEUR.

Combien de mariages se font sans amour et qui finissent par être fort heureux! N'est-ce pas une belle chose que d'être comtesse?

ROSAURA.

La paix du cœur est préférable aux titres et aux richesses; si je gagne mon procès et si j'épouse le comte, vous verrez, mon oncle, combien, avec ma fortune, je serai malheureuse à côté d'un mari qui me haïra. Vivre sans cesse avec un homme que moi-même j'abhorrerai! Etre obligée de lui obéir, de feindre de l'aimer, de lui prodiguer des caresses! Ah! c'est là une peine telle qu'on n'en éprouve pas dans l'enfer! Pauvres femmes! si parmi celles qui m'écoutent il y en a qui sont dans la position que je viens de décrire, puissent-elles pleurer avec moi et conseiller aux parents et aux amis des malheureuses jeunes filles de ne point disposer tyranniquement de leur main et de ne point sacrifier leur cœur à l'idole de l'ambition ou de l'intérêt!

(Elle sort.)

LE DOCTEUR.

Quand il s'agit de discuter l'article de la liberté, les femmes en savent plus que les docteurs; mais aucun juge ne leur donnera raison; car il ne serait pas juste de préférer une vaine passion à l'honneur et à l'avantage des familles.

(Il sort.)

BEATRIX, *seule.*

Quand on entend Rosaura, elle a raison; quand on écoute le docteur, il n'a pas tort. Il est bien certain que dans un pareil procès l'arrêt serait toujours contre nous. Et pourquoi? parce que les juges sont des hommes. Ah! si les femmes siégeaient dans les tribunaux, il y aurait de beaux jugements en faveur de notre pauvre sexe.

(Elle sort.)

ACTE TROISIÈME.

SCÈNE I.

Le théâtre représente la salle du tribunal; il y a trois tables et plusieurs chaises.

Entrent ALBERTO, *en habit noir; un* SOLLICITEUR, *avec le dossier; un* DOMESTIQUE, *tenant le manteau de l'avocat sous le bras;* FLORINDO *et* LELIO.

FLORINDO.

Je ne vois pas venir nos adversaires.

ALBERTO.

Il est encore de bonne heure. Voyez, il n'est que vingt heures [1].

LELIO.

Je suis fâché que vous n'ayez pas voulu dîner.

ALBERTO.

Quand je dois parler le soir, je ne dîne jamais.

FLORINDO.

Voici nos adversaires.

[1] Environ deux heures après midi, plus ou moins, selon la saison.

ALBERTO.

Plaçons-nous. *(Tout le monde s'asseoit.)* Seigneur Lelio, mettez-vous où vous voudrez.

LELIO, *se mettant de côté.*

Je me tiendrai ici pour vous admirer

(Entrent le docteur Balanzoni, avec un dossier; Rosaura, voilée, vêtue simplement; un solliciteur. — On se salue mutuellement. — Rosaura ne regarde pas Alberto, ni Alberto Rosaura. — Le docteur donne la main à sa nièce et la fait asseoir sur le banc; il s'assied ensuite lui-même et fait mettre son solliciteur à côté de lui. — Puis entrent le juge, en robe; le greffier, le commandador et le lecteur. — Tout le monde se lève. Le juge se place au milieu, ayant le greffier à côté de lui, le commandador, debout, derrière, et le lecteur debout, près de la table du juge, du même côté que le docteur Balanzoni. — Le juge agite la sonnette.)

LE DOCTEUR, *se levant.*

Nous sommes ici, très illustre seigneur, pour plaider la cause Balanzoni contre Aretusi. Vous n'avez pas voulu lire mon mémoire à consulter; veuillez donc m'ordonner ce que je dois faire.

LE JUGE.

Je n'ai pas voulu lire votre mémoire à consulter dans cette cause, parce que ce n'est pas la coutume pour notre tribunal de recevoir des informations particulières. Vos raisons doivent être dites contradictoirement.

LE DOCTEUR.

Mes raisons sont toutes déduites dans ce mémoire; si Votre Seigneurie illustrissime veut bien le lire...

LE JUGE.

Il ne suffit pas que je lise; il faut que votre partie l'entende. Si vous le désirez, le lecteur du tribunal le lira tout haut.

LE DOCTEUR.

Si vous permettez, je le lirai.

LE JUGE.

Comme il vous plaira.

(*Le lecteur passe de l'autre côté et va s'asseoir derrière; le docteur s'assied et lit son mémoire. Pendant ce temps, Alberto, un crayon à la main, prend des notes. Rosaura tient les yeux baissés. Elle et Alberto évitent de se regarder.*)

LE DOCTEUR *lit.*

ROVIGEENSIS DONATIONIS
PRO
DOMINA ROSAURA BALANZONI
CONTRA
DOMINUM FLORINDUM ARETUSI.

« Très illustre seigneur,

« S'il est vrai, ainsi qu'il est reconnu pour vrai en justice, que *unusquisque rei suæ sit moderator et arbiter*, c'est-à-dire que chacun est le maître de disposer de ses biens à son gré, il sera aussi vrai et incontestable que le feu seigneur Anselme Aretusi, père du seigneur Florindo, ma partie dans cette cause, a pu bénéficier, par sa donation, la pauvre et malheureuse Rosaura Balanzoni, qui, à l'aide de ma faible voix, demande du tribunal de Votre Seigneurie illustrissime la pleine confirmation de ladite donation.

« Dans l'année 1724, le feu seigneur Anselme Aretusi pria le feu Pellegrino Balanzoni, père de cette infortunée, de la lui céder pour fille adoptive, attendu que, depuis dix ans qu'il était marié, son union était restée stérile. Pellegrino Balanzoni avait trois filles, et, en conséquence, ayant égard à la prière d'Anselme, il se priva de celle-ci, afin de satisfaire son ami, d'où il s'ensuivit qu'elle passa de la puissance de son père légitime et naturel en celle de son père adoptif. *Quia per adoptionem acquiritur patria potestas.*

« Pour prix, ou, si vous l'aimez mieux, comme récompense de ce que le père naturel lui avait cédé sa propre fille, et le consolait ainsi, dans sa douleur, d'être privé d'enfants, il fit à sa fille adoptive une donation de tous ses biens libres, montant à une somme de vingt mille ducats, se réservant la disposition par testament de mille ducats, pour la validité de la donation. Si le père adoptif était mort sans laisser d'enfants de son mariage, il n'y aurait personne qui pût disputer à la donataire les biens libres du donateur; mais le seigneur Florindo, notre partie, étant né deux ans après, il attaque cette donation, la prétend nulle et en demande la révocation ou l'annulation. Or, voici le point de droit qu'il s'agit de décider : la donation conserve-t-elle sa force, malgré la survenance d'un enfant mâle au donateur? Au premier aspect, il semble que je doive craindre une décision contraire à ma cliente, mon adversaire se fondant sur l'article suivant : *Per supervenientiam liberorum revocatur donatio legis. Si unquam codice de revocandis donationibus.* Mais, en examinant de plus près l'acte de donation, les circonstances et les conséquences, j'espère obtenir du juge un arrêt favorable.

« Diverses raisons, toutes très fortes et très convaincantes, me font regarder la victoire comme certaine.

« En premier lieu, et avant tout, il faut observer que, quand la donation dont il s'agit fut faite, douze années de mariage s'étaient passées pour le donateur sans qu'il eût jamais eu d'enfants, d'où il pouvait raisonnablement se persuader qu'il n'en aurait point. Ce fut sur cette assurance que le père naturel de ma cliente se priva de sa tendre fille, et, sans la donation préalable, il ne l'aurait point cédée.

« Mais, ce qui est plus fort, c'est que, comptant sur cette donation, le père naturel a pourvu honorablement ses deux autres filles et ne s'est point occupé de celle-ci. Il a partagé entre elles deux sa fortune, et, convaincu que la troisième jouirait des biens du donateur, il est mort sans lui laisser la plus légère part de sa succession; de sorte que, si ma cliente perd son procès, elle sera réduite à la misère, sans secours, sans dot, sans maison, sans aliments

« Le seigneur Florindo, notre partie, au contraire, s'il perd, comme il perdra infailliblement les vingt mille ducats, conservera la dot de sa mère, consistant en cinq mille ducats; il conservera les biens substitués qui valent plus de trente mille ducats, ainsi qu'il est justifié par les pièces qui ont été soumises à Votre Seigneurie illustrissime.

« Les diverses raisons que j'ai alléguées jusqu'à présent, toutes tirées du fond même de la cause et prouvées par la vérité des faits, pourraient suffire pour engager l'esprit du très savant juge à prononcer un arrêt favorable ; mais comme nous autres jurisconsultes, *erubescimus sine lege loqui*, et que les lois nous crient : *quidquid dicitur probari debet*, je vais maintenant prouver par des autorités ce que j'ai jusqu'à présent avancé :

« La donation doit être maintenue, parce que *donatio perfecta revocari non potest. Clarius in paragrapho donatio*, *quæstione primâ*, *numero tertio*, et cela nonobstant l'objection *per supervenientiam liberorum revocatur donatio ;* car cela s'entend quand la donation est faite à un étranger et non pas quand elle est faite à un enfant : *lege si totas, codice de inofficiosis donationibus. Sed sic est* que la présente donation a été faite à une fille adoptive, *quæ per adoptionem æquiparatur filio legitimo et naturali ; ergo* la donation n'est pas révocable.

« Mais j'ai gardé pour le dernier le plus fort de mes arguments et celui par lequel je renverse toutes les raisons de ma partie. La donation dont il s'agit, bien qu'elle ait l'apparence d'une donation *inter vivos*, attendu qu'elle devait avoir son effet *tantum post mortem donatoris*, est plutôt une donation *causâ mortis*, *ut habetur ex toto titulo de donationibus causâ mortis.* Or, la donation *causâ mortis habet vim testamenti. Lege secundâ in verbo legatione, digestis de dote prelegata ; ergo*, si elle ne devait pas être *maintenue comme donation, elle devrait encore l'être comme testament.* Il est vrai que *mens hominis est ambulatoria usque ad ultimum vitæ exitum ;* mais, précisément pour cela, le donateur, en mourant, n'ayant point révoqué la donation, il a indiqué par-là qu'il voulait qu'elle fût regardée comme sa dernière volonté, qu'il fallait observer et exécuter.

« Je conclus donc que la donation n'est point révocable, que la donataire est digne de compassion, et que ce sentiment s'unissant à la justice dans l'ame de Votre Seigneurie illustrissime, le succès de sa cause, ainsi que je l'ai dit en commençant, me paraît infaillible. »

(*Il fait une révérence au juge. — Alberto se lève, remet quelques papiers au lecteur qui s'approche du tribunal. Rosaura lève la tête, et, voyant qu'Alberto va parler, elle fait un geste de désespoir et s'essuie les yeux avec son mouchoir. Ceux d'Alberto tombent par hasard sur les siens ; il fait un geste d'admiration, puis il se remet et commence son plaidoyer.*)

ALBERTO.

L'avocat de ma partie, que je respecte infiniment, a déployé un grand luxe de science, une élégance extrême de langage ; mais j'ajouterai, s'il veut bien me le permettre, que sa discussion a été confuse, que ses arguments ont été faibles, ou, pour mieux dire, que ce n'étaient que des sophismes. Je répondrai dans le style vénitien, selon l'usage de notre barreau, c'est-à-dire dans notre dialecte natal qui, pour la vigueur des termes et de l'expression, peut se comparer aux langues les plus polies, les plus épurées du monde. Je répondrai la loi à la main, la loi de Venise qui vaut le code tout entier, tout le Digeste de Justinien, parce qu'elle est fondée sur la loi de nature, d'où sont dérivées toutes les lois du monde. Si je ne réponds point aux arguments que mon adversaire a tirés doctement des écrivains anciens, ce n'est pas parce qu'ils me sont inconnus ; car nous autres aussi, avant de recevoir le bonnet de docteur et même après, nous sommes obligés d'étudier le droit commun, afin d'en être instruits à fond et de connaître les diverses opinions des docteurs sur les questions de jurisprudence ; mais si je laisse de côté le texte impérial, c'est parce que nous avons notre texte vénitien, qui est abondant, clair, instructif, et si, à défaut de celui-ci, dans le nombre infini des cas possibles, il s'en présentait un qui n'eût pas été prévu ou décidé par le statut, la raison naturelle est la base fondamentale sur laquelle repose en paix l'esprit du très savant juge. Nous avons les cas suivis, les cas jugés, les ordonnances particulières du magistrat, l'équité, l'examen des circonstances, toutes choses qui ont infiniment plus de poids que les maximes des commentateurs. Celles-ci, le plus souvent, ne servent qu'à jeter de la confusion dans la matière, à obscurcir la raison et à troubler l'esprit du juge qui, n'ayant plus de liberté pour juger, s'assujétit aux opinions des docteurs, qui pourtant n'étaient que des hommes comme lui, et qui peuvent avoir décidé comme ils l'ont fait d'après quelque motif, d'après quelque passion personnelle. Je prie le juge de me pardonner si je me suis trop écarté de ma cause, mais j'ai cru nécessaire de me justifier, en présence d'un adversaire, partisan du droit commun, et devoir donner quelque relief à notre barreau vénitien, respecté dans le monde entier, et qui plus d'une fois a été choisi pour décider des procès entre des princes souverains.

Maintenant je vais me livrer tout entier à ma cause et répondre directement aux raisons de ma partie. J'admire beaucoup le beau plaidoyer de mon confrère Balanzoni, plaidoyer composé à loisir, sans s'échauffer le sang, sans se fatiguer la mémoire; mais, pour dire la vérité, ce que j'admire bien davantage encore dans ce plaidoyer ou dans cette consultation, c'est l'art avec lequel il a cherché à embrouiller la cause, à obscurcir le droit, afin que ni le juge ni l'avocat n'y entendissent rien; mais l'avocat l'a compris et le juge le comprendra.

(*Le docteur s'agite.*)

Qu'avez-vous, mon confrère? vous secouez la tête? Et pourtant je vous demanderai sur quoi roule cette grande cause, quel est ce grand point de droit? Est-ce un point nouveau? un point qui n'ait jamais été décidé? Moi je vous dis que c'est un point qu'un stagiaire rougirait de traiter dans une conférence. Je ne veux, pour prouver la vérité de ce que je dis, qu'une seule pièce que mon honoré confrère, le seigneur Balanzoni, n'a pas eu le courage de lire et que moi je lirai en temps et lieu. Le seigneur Anselme, père de mon client, était marié depuis dix ans sans avoir d'enfant, et il regardait comme un malheur une circonstance dont tant de personnes, à sa place, se seraient réjouies, et il désirait avoir des enfants pour avoir des embarras. Dans cette position il trouva un père, plus malheureux encore que lui, puisqu'il avait trois filles qui ne l'en laissaient pas manquer; il lui en demanda une pour fille adoptive et ce père la lui donna volontiers, et il les lui aurait données toutes trois s'il avait voulu les prendre. Anselme emmena avec lui cette enfant qui avait alors trois ans; il se laissa séduire par ses attraits innocents naturels à cet âge, et deux ans après il se décida à lui faire une donation de tout son bien. Mais remarquez avec quelle prudence, avec quelle précaution, avec quel préambule salutaire cet homme sage et prévoyant fit cette même donation. Et ici qu'il me soit permis, avant de traiter le point de droit, avant de répondre aux objections de ma partie, de lire cette pièce, qui est la base fondamentale de toute la cause, cette donation que mon confrère, peut-être *non sine quare*, n'a pas cru devoir lire, et que, dans ma franchise, je veux avant tout examiner. Allons, seigneur lecteur, veuillez nous lire clairement, posément et nettement le contrat de donation coté n° 4.

LE LECTEUR, *lisant du nez.*

« Ce jourd'hui 24 novembre 1725, à Rovigo... »

ALBERTO.

Bravo, seigneur nasillard, vous tirez votre voix de loin.

LE LECTEUR.

« Le noble seigneur Anselme Aretusi, considérant qu'après dix années de mariage il n'a point eu d'enfants... »

ALBERTO.

Considérant qu'après dix années de mariage il n'a point eu d'enfants... Allez toujours, courage.

LE LECTEUR.

« Et craignant de mourir... »

ALBERTO.

Et craignant de mourir...

LE LECTEUR.

« Sans savoir à qui laisser sa fortune... »

ALBERTO.

Et craignant de mourir, sans savoir à qui laisser sa fortune... Courage, compère nasillard.

LE LECTEUR.

« Ayant pris pour fille adoptive... »

ALBERTO.

Pour fille adoptive... Une fille adoptive qui veut enlever la succession à l'enfant légitime! Ce serait une belle chose, vraiment! Continuez.

LE LECTEUR.

« La signora...

(*Il ne peut déchiffrer ce qui suit.*)

ALBERTO.

Allons, continuez.

LE LECTEUR.

« La signora... »

(*Il hésite encore.*)

ALBERTO, *l'imitant.*

La signora... Continuez ou je lirai, moi.

LE LECTEUR.

« La signora... Rocaura Balanzoni. »

ALBERTO.

Que diable dites-vous là? Ou bien vos yeux vous trompent, ou bien vous ne savez pas lire, mon ami. Montrez-moi cela. Suivez-moi des yeux pour voir si je dis bien. (*Il prend le papier.*) « Ayant pris pour fille adoptive la signora Rosaura Balanzoni, il lui a fait, comme il lui fait par les présentes, donation de tous ses biens libres, présents et futurs, meubles et immeubles. » Là, tenez-vous tranquille, cela suffit. (*Il rend le papier au lecteur.*) Je demande si le donateur aurait pu exprimer plus clairement son intention? Il s'afflige de n'avoir point d'enfant, il craint de mourir sans héritiers, et c'est pour cela qu'il donne tous ses biens à sa fille adoptive. Mais s'il avait eu des enfants, il ne les aurait point donnés; et s'il lui vient des enfants, la donation sera révoquée. Mais, dit-on, il ne l'a point révoquée. Qu'importe! s'il ne l'a point révoquée lui, la loi l'a révoquée. Que dit la loi? Elle dit que si un père, par une donation, fait tort aux droits de ses enfants, la donation est nulle. Cette donation fait-elle tort aux droits du fils du donateur? Peu de chose peut-être; elle le dépouille seulement complètement de toute la fortune paternelle. Mais, dit ma partie, il lui reste la dot de sa mère, il lui reste les biens substitués; il est pourvu *aliunde*. Ce ne sont point là des biens paternels; ce n'est pas de son père qu'il les a hérités, mais de sa mère, de ses ancêtres. Les biens paternels sont les biens libres, sur lesquels les enfants ont le droit de prendre leur légitime et dont leur père ne peut les déshériter sans juste cause. Mais comment ce bon père aurait-il voulu déshériter son fils, lui qui s'affligeait de n'avoir point d'enfants et qui désirait un héritier? En présence d'une loi si claire, si juste, si équitable, si naturelle, je ne sais ce que l'on peut vouloir alléguer; et cependant on a trouvé quelque chose. Mon docte adversaire a dit... Qu'a-t-il dit? Toutes choses qui n'ont rien de commun avec l'affaire. Il a vu que son bâtiment allait couler à fond, et il s'est jeté à la mer, et il s'est accroché tantôt à un mât, tantôt au gouvernail, mais il n'a cessé de perdre sa prise et il s'est noyé. Examinons un peu ses arguments et réfutons-les, non pas que cela soit nécessaire à la cause, mais parce que c'est le devoir de l'avocat. En premier lieu il dit: La donation doit être maintenue, parce qu'elle n'est pas révocable. C'est exactement comme s'il disait: Je suis ici parce que je ne suis pas là. Mais pourquoi suis-je ici? parce qu'elle n'est pas révocable. Ecoutons cette belle raison. Pardonnez-moi, confrère Balanzoni; mais cette fois l'attachement pour votre sang vous a aveuglé. Votre cliente est votre nièce; je vous plains. Il dit: Quand le donateur a fait cette donation, il y avait douze ans qu'il était marié et il n'avait pas encore d'enfants, de sorte qu'il pouvait facilement se persuader qu'il n'en aurait jamais. Voyez si c'est là une raison à donner à un juge!... Quel âge avait la signora Hortense Aretusi quand son mari Anselme a fait cette donation? Voyez, mon cher lecteur, prenez la pièce cotée numéro huit *tergo*.

LE LECTEUR *prend la pièce numéro huit et lit.*

« Acte de décès de la signora Hortense Aretusi. »

ALBERTO.

Non, non, numéro huit *tergo*.

LE LECTEUR.

Acte de décès... »

ALBERTO.

Tergo, tergo. (*Le lecteur regarde Alberto et sourit avec modestie.*) Ah! je vois ce que c'est; vous ne savez pas ce que veut dire *tergo*. Retournez la pièce numéro huit et regardez à droite. Oh! l'excellent lecteur.

LE LECTEUR.

« Attestation d'après laquelle, dans l'année mil sept cent vingt-quatre... »

ALBERTO.

C'est l'année de la donation.

LE LECTEUR.

« La signora Hortense, épouse du seigneur Anselme Aretusi avait... »

ALBERTO.

Avait...

LE LECTEUR.

« Trente-deux ans. »

ALBERTO.

Trente deux ans.

LE LECTEUR.

« Et qu'elle était à cette époque... »

ALBERTO.

Cela suffit, vous me faites mal au cœur. Elle avait trente deux-ans et son mari désespérait d'avoir des enfants? On ne dira pas pourtant qu'il avait fermé boutique parce qu'il n'avait plus de fonds à mettre dans son commerce. Oh! le cher docteur Balanzoni! Écoutez mieux encore. C'est sur la foi de cette assurance, dit-on, que le père de ma partie a cédé sa fille à Aretusi, et sans cela il ne la lui aurait pas donnée. Pourquoi n'a-t-il pas exigé en même temps de la signora Hortense une obligation par laquelle elle se serait engagée à divorcer d'avec son mari? Mais si elle n'a point passé cette obligation, quelque autre sans doute l'a passée pour elle, puisque c'est sur cette assurance qu'il a pourvu ses deux autres filles et qu'il leur a donné tous ses biens, et rien à celle-ci. Or, le fait est qu'il n'a rien laissé et que par conséquent elle n'a rien. Et de cela ma partie tire un argument pour démontrer qu'il faut maintenir la donation, parce que, dit-il, une pauvre fille ne doit pas rester tout-à-fait dépouillée. Il est fort juste en effet de la vêtir; mais si pour la vêtir, il faut dépouiller un autre, il vaut mieux qu'elle reste nue, car elle trouvera bien quelqu'un qui la vêtira. Elle reste sans maison, sans aliments? Mais n'a-t-elle pas son oncle qui est frère de monsieur son père, ce qui l'oblige, en cas de besoin, de venir au secours de ses neveux? Après que mon confrère a eu dit ces belles choses, il s'est engagé à les prouver toutes, parce que les jurisconsultes comme lui dédaigneraient de parler sans avoir le code à la main. Et pourtant il s'est contenté d'en prouver une seule; et il eût mieux valu pour lui qu'il ne l'eût point prouvée, parce que sa preuve tourne contre lui-même. Il a dit : La survenance des enfants n'est pas une objection, parce qu'elle n'a d'effet que contre des étrangers et non pas contre un autre enfant. Or la fille adoptive est considérée comme un enfant légitime et naturel; *ergo* la donation n'est pas révocable. Faux argument, encore plus fausse conséquence. L'enfant adoptif est considéré comme un enfant légitime et naturel quand il n'y a point d'enfants légitimes et naturels; mais en présence de ceux-ci l'enfant de choix cède à l'enfant de la nature. Et il y a plus; quand il s'agirait même d'enfants légitimes et naturels, si le père avait donné à l'un au détriment des autres, la donation serait nulle. Et il y a plus encore; si le père avait donné à un enfant légitime et naturel, unique à l'époque de la donation, et si plus tard il lui en survenait un ou plusieurs autres, la donation serait révoquée; à plus forte raison doit-elle être révoquée dans le cas où nous nous trouvons, où il s'agit d'exclure un fils en faveur d'une étrangère. Voilà donc les grandes objections, voilà les terribles preuves! Ce sont des choses sans aucune valeur, choses indignes de la gravité du juge qui les écoute, et que moi, le plus chétif de tous les avocats, je rougis presque de réfuter longuement. Mais j'arrive au dernier argument, à celui que mon adversaire a réservé pour le dernier, parce qu'il l'a regardé comme le plus fort, mais que moi je range avec tous les autres. Il dit : Arrêtez, car si la donation m'échappe comme donation, je vous offre un petit échange, et en place de donation nous en ferons un testament. Et là-dessus il me fait la distinction légale de la donation *inter vivos* et *causâ mortis;* et parce que le donataire ne pouvait jouir de l'effet de la donation qu'après la mort du donateur, il dit : C'est une donation *causâ mortis* et la donation *causâ mortis habet vim testamenti,* et le donateur n'ayant point fait d'autre testament, cette donation doit être regardée comme son testament. Voilà ce que dit mon très honoré adversaire; voyons maintenant ce que je lui réponds; et, comme je veux être le plus court possible, je me contenterai d'un seul dilemme. Voulez-vous que ce soit une donation ou bien un testament? Si c'est une donation, elle est nulle; et si c'est un testament il ne vaut guère mieux. C'est un de ces arguments que les philosophes ont appelés cornus, et remarquez qu'il l'enveloppe de tous côtés. Si c'est une donation, elle est nulle parce que la survenance d'un enfant révoque la donation; si c'est un testament, il ne vaut guère mieux, parce que le testament fait au détriment des enfants, quand il les prive de la succession et de la légitime est nul *ipso jure;* il est nul par la loi de Venise et par toutes les lois du droit commun. Or, donation nulle, testament nul, c'est là une fourchette d'où vous ne sortirez pas sans perdre votre matador; mais le matador, vous l'avez déjà perdu et moi j'ai gagné la cause. Je l'ai gagnée parce que je sais à qui je parle; je l'ai gagnée parce que je sais de quoi je parle. Je parle à un juge qui m'entend et qui est plein de science, et je parle d'une chose qui est aussi claire que la lumière du jour. Toute la discussion, la controverse, le jugement roule sur une seule pièce. Cette pièce est nulle; elle doit être révoquée, et elle sera révoquée, parce que la donation ne peut être maintenue ni comme donation ni comme testament; parce qu'un fils légitime et naturel ne doit pas être privé de la succession paternelle en faveur d'une étrangère; parce que dans le cas présent, où il s'agit de vérité et de justice, il ne saurait être question de compassion; parce que si ma partie reste pauvre, ce sera la faute de son père naturel et non pas de son père adoptif, par qui elle a été élevée et nourrie pendant tant d'années, aux dépens de son fils que je défends, et aujourd'hui, ce qu'Anselme Aretusi a fait par charité, l'avocat Balanzoni le peut faire et le fera par obligation et par devoir. Ce sera donc un effet de la justice et de la bonté de Votre Seigneurie illustrissime de révoquer la donation, et au préalable de révoquer tout arrêt à ce contraire, en tout et pour tout, conformément à nos conclusions, et vous pardonnerez l'insuffisance de l'avocat qui a mal parlé.

(Il s'incline et passe derrière le tribunal où le domestique lui rend son manteau et son chapeau; puis, se couvrant la bouche de son mouchoir, il sort. — Le juge agite la sonnette. Tout le monde se lève, excepté le juge et le greffier.)

LE COMMANDADOR.

Messieurs, que tout le monde se retire.

(Toute l'audience salue le juge et s'éloigne. Le docteur donne la main à Rosaura, qui s'essuie les yeux.)

LE DOCTEUR.

Ne pleurez pas; il y a encore de l'espérance.

ROSAURA.

Elle est vaine; je suis perdue.

(Elle sort avec le docteur et le solliciteur.)

LELIO, *à Florindo.*

Qu'en dites-vous? A-t-il bien parlé?

FLORINDO, *en sortant, à Lelio.*

On ne saurait mieux.

(*Le juge dicte à voix basse l'arrêt au greffier, qui écrit; pendant ce temps le lecteur et le commandador s'entretiennent ensemble à l'écart.*)

LE COMMANDADOR.

Comment se fait-il, seigneur Agapito, que vous soyez lecteur et que vous ne sachiez pas lire?

LE LECTEUR.

Je vais vous le dire. Cette pauvre jeune personne me faisait tant de pitié que mes yeux se remplissaient de larmes et que je n'y voyais plus du tout.

LE COMMANDADOR.

Pour moi, j'aimerais mieux que ce fût le seigneur Florindo qui gagnât.

LE LECTEUR.

Pourquoi?

LE COMMANDADOR.

Parce qu'il donnerait un plus fort pourboire.

LE LECTEUR.

Mais que dites-vous de cet avocat vénitien? C'est là un homme admirable. Vous pouvez le croire quand c'est moi qui vous le dis.

LE COMMANDADOR.

C'est certainement un homme de talent, mais à Venise j'en ai entendu une foule qui en avaient plus que lui.

LE LECTEUR.

Vraiment! Ah! si je puis, je veux être lecteur à Venise.

LE COMMANDADOR.

Et vous ne savez pas ce que veut dire *tergo*.

LE LECTEUR.

Vous vous mêlez toujours de ce qui ne vous regarde point.

(*Le juge agite la sonnette.*)

LE COMMANDADOR, *va à la porte et crie.*

Que les parties rentrent.

(*Entrent le docteur et son solliciteur, Florindo, Lelio et le solliciteur d'Alberto.*)

LE GREFFIER. *Il se lève et lit l'arrêt.*

« Le très illustre seigneur... »

LE DOCTEUR.

Je vous prie de ne pas vous donner la peine de lire le préambule, nous désirons seulement connaître le dispositif de l'arrêt.

LE GREFFIER, *lisant.*

« Omissis, etc., consideratis, considerandis, etc., a décrété et arrêté, et décrétant et arrêtant, révoque, annule et déclare de nul effet la donation faite par feu don Anselme Aretusi en faveur de doña Rosaura Balanzoni; casse le jugement précédemment rendu en faveur de ladite Rosaura Balanzoni, en tout et pour tout, conformément aux conclusions de don Florindo Aretusi, et condamne ladite doña Rosaura aux dépens, etc., et sic, etc., déchargeant, etc., émendant, etc. »

FLORINDO, *à Lelio.*

Nous avons gagné.

LELIO.

Je vous en fais mon compliment.

LE DOCTEUR.

Me condamner aux dépens!

LE JUGE.

Vous avez encore une instance, si vous voulez appeler.

(*Il se lève et sort.*)

LE DOCTEUR.

Je vous remercie infiniment. En attendant, il faut boire ce calice. Partons, je n'ai pas besoin d'en entendre davantage.

(*Il sort avec son solliciteur.*)

FLORINDO.

Seigneur greffier, je vous prie de me faire expédier l'arrêt le plus tôt possible.

LE GREFFIER.

Je n'y manquerai pas.

FLORINDO.

Permettez...

(*Il veut lui donner de l'argent.*)

LE GREFFIER, *faisant semblant de refuser.*

Vous m'étonnez.

FLORINDO, *le lui mettant dans la main.*

Allons, pas de façon.

LE GREFFIER *prend l'argent et sort en le regardant.*

Puisque vous l'ordonnez.

LE COMMANDADOR.

Illustrissime, je vous félicite. Je suis le commandador, pour vous servir.

LE LECTEUR.

Et moi le lecteur.

FLORINDO.

C'est bien; mes amis, je vous comprends; tenez, buvez la goutte à ma santé.

(*Il leur donne de l'argent à tous deux.*)

LE LECTEUR.

Je remercie infiniment Votre Seigneurie illustrissime.

LE COMMANDADOR.

Je souhaite que Votre Seigneurie illustrissime vive mille ans.

FLORINDO, *à Lelio.*

Allons retrouver le seigneur Alberto.

LELIO.

Mon ami, il a bien gagné ses honoraires.

FLORINDO.

Pensez-vous que trente sequins suffisent?

LELIO.

L'action héroïque qu'il a faite en mériterait cent. Vous me comprenez?

FLORINDO.

C'est vrai; je lui en donnerai cinquante à présent, et plus tard il verra qui je suis.

LELIO.

Je ne croyais pas qu'un homme fût capable de tant de vertu.

(Il sort.)

FLORINDO.

Si je rencontre cet infâme comte, je le traiterai comme il le mérite.

(Il sort.)

LE COMMANDADOR.

Combien vous a-t-il donné?

LE LECTEUR, *en montrant l'argent.*

Un ducat.

LE COMMANDADOR.

Et à moi seulement un demi-ducat! Malédiction! un demi-ducat à un homme comme moi et un ducat à lui qui ne sait pas ce que veut dire *tergo*.

(Il sort.)

LE LECTEUR.

Quel grand âne! Il veut se comparer à moi! à un lecteur! C'est moi qui ai fait gagner la cause. J'ai une si belle manière de lire que le juge comprend tout de suite l'importance de la pièce.

(Il sort.)

SCÈNE II.

Le théâtre représente l'appartement de Beatrix.

Entrent BEATRIX *et* COLOMBINE.

BEATRIX.

Je suis bien impatiente de connaître l'issue de ce procès. J'aime la signora Rosaura et je serais très fâchée de la voir malheureuse. J'ai envoyé Arlequin pour qu'il demandât qui a gagné et qui a perdu, et pour qu'il m'en apportât l'avis sur-le-champ.

COLOMBINE.

Vous avez envoyé un très habile homme; il entendra mal et rapportera plus mal encore.

BEATRIX.

Il vient.

(Entre Arlequin.)

ARLEQUIN.

Me voici, réjouissez-vous.

BEATRIX.

Qui a gagné?

ARLEQUIN.

Je n'en sais rien.

BEATRIX.

Si tu n'en sais rien, pourquoi nous dis-tu de nous réjouir?

ARLEQUIN.

Parce qu'au palais j'ai entendu dire que la cause était gagnée.

BEATRIX.

Mais qui l'a gagnée?

ARLEQUIN.

Puisque je vous dis que je n'en sais rien.

BEATRIX.

L'imbécile! Je t'ai envoyé pour t'en informer, et tu reviens sans le savoir!

ARLEQUIN.

Savez-vous qui je crois qui a gagné? les avocats.

COLOMBINE.

Oui, l'un des deux avocats.

ARLEQUIN.

C'est encore une erreur; ils ont gagné tous les deux, parce que tous les deux seront payés.

COLOMBINE.

Tu es un mauvais plaisant.

BEATRIX.

Et je ne saurai donc pas ce qui en est? *(On entend frapper.)* On frappe; Colombine, va voir qui c'est.

COLOMBINE.

J'y cours. Si la signora Rosaura a gagné, elle me donnera pour boire.

ARLEQUIN.

Et puis nous partagerons ensemble.

COLOMBINE.

Oui, comme tu as partagé les deux sequins.

(Elle sort.)

BEATRIX.

Qu'est-ce qu'elle dit des deux sequins?

ARLEQUIN.

Je vais raconter cela à madame... Madame saura que les deux sequins, parce que ce matin... comme le flambeau de M. le comte Ottavio... de sorte que par l'arrêt de M. le docteur Balanzoni... c'est moi qui les ai trouvés... et Colombine, par amour pour les affaires de la maison... Mais pour ces deux sequins, madame saura, parce que je suis un honnête homme, que le flambeau était sur la table et ainsi...

BEATRIX.

Va-t-en au diable, imbécile!

ARLEQUIN.

Très humble serviteur à madame.

(Il sort.)

BEATRIX, *seule.*

Ce garçon ne sait jamais ce qu'il dit. Mais voici le seigneur Alberto; j'apprendrai de lui ce que je désire savoir.

(Entre Alberto.)

ALBERTO.

Je vous demande pardon, madame, si je prends la liberté de vous importuner; un chagrin bien profond m'engage à venir m'épancher auprès de vous, puisque vous avez connaissance du malheureux amour de la signora Rosaura et de moi.

BEATRIX.

Eh bien! comment s'est terminé le procès?

ALBERTO.

J'ai gagné le procès, mais j'ai perdu mon cœur.

BEATRIX.

La pauvre signora Rosaura a donc perdu sa cause?

ALBERTO, *soupirant.*

La pauvre signora Rosaura a perdu sa cause.

BEATRIX.

Oui, je vous conseille de faire comme le crocodile, qui tue d'abord et pleure ensuite.

ALBERTO.

Si vous lisiez dans mon cœur, vous ne parleriez pas ainsi.

BEATRIX.

Mais, seigneur Alberto, que puis-je faire pour vous servir?

ALBERTO.

Je suis venu chez vous parce que je sais que vous avez tant d'amitié pour la signora Rosaura et tant de bonté pour moi; je suis venu vous conjurer, de tout mon cœur et de toute mon ame, de vouloir bien lui peindre mes regrets et l'assurer de ma douleur.

BEATRIX.

Je ne refuse point de faire ce que vous désirez; mais il me semble que cette démarche serait bien plus agréable à la signora Rosaura si vous la faisiez vous-même.

ALBERTO.

Vous concevez qu'il ne m'est pas permis d'aller la trouver chez elle; je n'y ai jamais été, et sous aucun prétexte je n'oserais prendre une pareille liberté.

BEATRIX.

Restez ici; elle viendra peut-être me confier ses peines.

ALBERTO.

Si elle venait je me sauverais; je n'ai pas le courage de la voir, de me trouver face à face avec elle. Je prévois ses reproches, son désespoir; je suis accablé par la seule idée de la juste colère que ma cruauté doit lui faire éprouver.

(*Entre Colombine.*)

COLOMBINE.

Madame, voici la signora Rosaura qui demande à vous voir.

ALBERTO, *à part.*

Malheureux que je suis!

BEATRIX.

Fais-la entrer.

COLOMBINE, *à part.*

La pauvre demoiselle! elle est bien triste! Et c'est cet avocat vénitien qui en est cause.

(*Elle sort.*)

BEATRIX.

La voilà, seigneur Alberto.

ALBERTO.

Hélas! une sueur froide me parcourt tout le corps. Je tremble, je n'en puis plus. Pour l'amour de Dieu! souffrez que je m'en aille ou que je me cache.

BEATRIX.

Voyez; dans cet appartement il n'y a pas d'autre porte que celle-ci. En sortant par-là vous rencontrerez précisément la signora Rosaura. Écoutez; la voilà sur l'escalier.

ALBERTO.

Ah! si elle m'accueille avec colère, je mourrai sous le coup. Je vous en supplie, permettez que je passe sur le balcon, afin que je sache si elle est très vivement touchée de son malheur. Ayez aussi la bonté de ne lui rien dire; rendez-moi, de grace, ce service.

BEATRIX.

Faites ce qui vous plaira, je ne parlerai pas.

ALBERTO.

Fortune, je te remercie! j'entendrai sans être vu et je réglerai ma conduite d'après la sienne.

(*Il passe sur le balcon et ferme la porte après lui.*)

BEATRIX.

Le seigneur Alberto est très amoureux de Rosaura; et pourtant il a eu le courage de parler contre elle! Je n'y comprends rien.

(*Entre Rosaura.*)

BEATRIX.

Ma chère amie, combien j'ai de regrets...

ROSAURA.

Vous avez donc appris la nouvelle?

BEATRIX.

Hélas! oui; mais consolez-vous, il n'en sera que ce que le ciel voudra; le sort viendra à votre secours de quelque autre côté.

ROSAURA.

Ah! ma chère Beatrix, tout est fini pour moi. Mon procès est perdu, et mon oncle, qui est obligé de débourser les dépens de cette instance, n'en veut plus entendre parler et ne veut point appeler.

BEATRIX.

Et le comte que dira-t-il?

ROSAURA.

Le comte a déclaré hautement que si je perdais mon procès, il ne voulait plus m'épouser.

BEATRIX.

Votre oncle désirera sans doute vous emmener avec lui à Bologne?

ROSAURA.

Vous croyez! Il m'a dit au contraire en propres termes qu'il ne veut plus entendre parler de moi, qu'il est sans fortune, qu'il a lui-même des enfants à Bologne et qu'il ne peut venir à mon secours.

BEATRIX.

Quels sont donc vos projets?

ROSAURA.

Le ciel qui voit mon cœur ne m'abandonnera pas.

BEATRIX.

Le seigneur Alberto paraît avoir pour vous de l'inclination, de l'amour même.

ROSAURA.

Oh! ma chère amie, le seigneur Alberto ne tardera pas à retourner à Venise où il ne songera plus à moi. Le barbare! l'inhumain! Si vous l'aviez entendu! On aurait cru que j'étais sa plus cruelle ennemie.

BEATRIX.

Vous m'avez pourtant dit plusieurs fois qu'en considérant l'engagement qu'il avait pris, vous étiez vous-même forcée de le plaindre.

ROSAURA.

Je ne croyais pas qu'il parlât avec tant de chaleur; son plaidoyer m'a anéantie. Son discours m'a déchiré le cœur. Je m'étais flattée qu'il m'aimait, mais il n'en est rien. On ne parle point avec tant de force contre une personne que l'on aime. Il pouvait défendre son client, mais il n'avait pas besoin de me rendre ridicule, moi, ma cause et mon défenseur. Hélas! j'étouffe. Ma chère amie, je vous supplie, faites-moi donner un verre d'eau fraîche.

BEATRIX.

J'irai moi-même en chercher un. En attendant, si vous avez chaud, passez sur ce balcon pour respirer. (*à part.*) Je veux laisser agir la nature.

(*Elle sort.*)

ROSAURA, *seule.*

Elle a raison. J'ouvrirai la fenêtre du balcon et je prendrai l'air. (*Elle ouvre et aperçoit Alberto.*) Hélas! c'est une trahison!

ALBERTO.

Non, signora Rosaura, je ne suis pas venu pour vous trahir, mais pour vous consoler, si je le puis.

ROSAURA.

Ce sera sans doute une consolation du genre de celle que vous m'avez donnée devant le tribunal.

ALBERTO.

Mais ne savez-vous donc pas à quoi j'étais engagé?... N'avez-vous pas vous-même approuvé avec tant de générosité tout ce que m'inspirait le soin de mon honneur et de ma renommée?

ROSAURA.

Je suis malheureuse par votre faute.

ALBERTO.

C'est celui qui a fait le mal qui doit y apporter le remède. C'est par ma faute que vous êtes réduite à une si triste position, et je suis tout prêt à vous en dédommager.

ROSAURA.

O Dieu! Et comment?

ALBERTO.

Vous avez perdu de l'opulence et un mari noble; je vous offre la médiocrité avec un époux roturier.

ROSAURA.

Et quel est l'homme qui consentirait à épouser une infortunée?

ALBERTO.

Moi, signora Rosaura, moi, qui, connaissant votre mérite, votre bonté, votre vertu, l'amitié que vous avez pour moi, serais un ingrat, un barbare, un homme sans cœur, si je n'essayais de réparer par ma main le mal que vous a fait ma bouche.

ROSAURA.

Mal chéri, douces peines, heureuses pertes, qui me rendent la femme la plus fortunée de la terre! Mais, ô Dieu! vous me flattez, vous me le dites seulement pour apaiser le trouble de mon ame.

ALBERTO.

Je vous le dis du fond de mon cœur, je vous le dis inspiré par un véritable amour. Et, pour preuve de ma sincérité, je confirme ma promesse par un serment et je vous offre ma main.

ROSAURA.

Oh! que cette main m'est chère! ô tendre main, tu ne me fuiras point; tu es mon espérance, mon refuge, mon unique consolation. Je te presse, je t'adore, je me recommande à toi; aie pitié d'une pauvre infortunée.

ALBERTO.

Oui, ma chère, ma bien-aimée..

(*Entre Beatrix, suivie d'un laquais portant un verre d'eau.*)

BEATRIX.

C'est bien, c'est très bien; je me réjouis infiniment de ce que je vois. Rosaura, je vous apporte un verre d'eau, mais je pense qu'il vous en faudrait maintenant plus d'un pour amortir cette nouvelle ardeur.

ROSAURA.

Mon amie, je ne sais plus où je suis.

BEATRIX.

Si vous ne le savez pas, je vous le dirai: vous êtes auprès d'un brave jeune homme qui vous consolera de la perte de votre procès.

ALBERTO.

Elle est auprès d'un homme d'honneur, qui, par l'amour le plus pur du monde, s'efforce de consoler une pauvre jeune fille pleine de vertus et de mérite, qu'ont accablée des malheurs de tout genre.

BEATRIX.

Vous avez un cœur adorable. Vous voulez donc l'épouser?

ALBERTO.

Je me croirai trop heureux si elle daigne m'agréer.

BEATRIX.

Si elle daigne! Je vous réponds qu'elle daignera. (*à part.*) A sa place je daignerais aussi.

(*Entrent Lelio et Florindo.*)

LELIO, *à Alberto.*

Avec la permission de la signora Beatrix. Mon ami, nous vous avons cherché de tous côtés sans vous trouver. Nous avons enfin appris que vous étiez ici et nous avons pris la liberté d'y venir pour vous embrasser et pour vous consoler de l'action héroïque que vous avez faite.

ALBERTO.

Qu'en pensez-vous, seigneur Florindo? Etes-vous encore jaloux en me voyant auprès de votre partie adverse?

FLORINDO.

Non, mon cher seigneur Alberto, je vous demande pardon au contraire de mes injustes soupçons. Vous êtes l'homme le plus pur, le plus prudent, le plus sage du monde; c'est à vous que je dois mon succès. Je devrais beaucoup faire pour récompenser vos travaux si méritoires, si extraordinaires; mais pour le moment je vous prie de vouloir bien accepter comme arrhes de mes obligations ces cinquante sequins que je vous offre.

(*Il lui présente une bourse.*)

ALBERTO.

Mon très cher seigneur Florindo, ce n'est ni par orgueil ni par avarice que je refuse l'offre généreuse que vous me faites; car un homme, quelle que soit sa profession, ne doit jamais rougir de recevoir le prix de ses travaux; et, quant à mon mérite, cinquante sequins surpassent ce que j'aurais droit de réclamer. Je vous prie donc de vouloir bien me dispenser de les accepter et de permettre que je les refuse sans vous offenser, sans vous faire de chagrin. La raison pour laquelle j'agis ainsi est raisonnable et juste. Mon plaidoyer a réduit à la misère la pauvre signora Rosaura, et je ne veux pas que l'on pense que j'aie sacrifié à l'intérêt l'amour que j'avais pour elle, ou que l'on dise que j'aie accepté le prix de mon honorable cruauté.

FLORINDO.

Ce sont là des sentiments héroïques et sublimes, dignes d'un homme de votre mérite et de votre vertu.

ALBERTO.

Dites d'un avocat d'honneur.

FLORINDO.

Mais je vous prie de ne pas me laisser la honte de me croire ingrat envers vous.

ALBERTO.

La foi que vous avez eue en moi, en dépit de toutes les fausses apparences qui me donnaient un air coupable, est une ample récompense pour toutes mes peines.

FLORINDO.

Puisque vous refusez cet argent, faites-moi un plaisir; je vous le demande en grace, daignez accepter cette bague comme une marque de ma reconnaissance. Elle ne vaut pas cinquante sequins, et quoique vous n'ayez pas voulu recevoir d'honoraires, vous prendrez du moins un souvenir.

ALBERTO.

Je ne veux point, par une opiniâtreté affectée, confondre la vertu avec l'impolitesse. J'accepte la bague que vous me donnez, et regardez le bel usage que j'en fais; en votre présence je la mets au doigt de ma fiancée.

LELIO.

Comment, vous allez l'épouser?

FLORINDO.

Rosaura sera votre femme?

ALBERTO.

Oui, monsieur, oui, mon maître, elle sera ma femme. Elle avait besoin d'un homme qui réparât ses malheurs, j'avais besoin d'une compagne qui assurât le bonheur et qui fît la gloire de ma maison; et en faisant la balance de son mérite et de ma position, je trouve qu'à ce marché je gagne beaucoup plus qu'elle.

LELIO.

Je m'en réjouis infiniment, et la noce se fera chez moi, si vous y consentez.

ALBERTO.

J'accepte de tout mon cœur; et puisque le seigneur Florindo m'a donné cette bague, je le prie de vouloir bien être compère de l'anneau de ma femme[1].

FLORINDO.

J'accepte très volontiers l'honneur que vous me faites. Signora Rosaura, mon aimable commère, je vous demande pardon d'avoir été votre ennemi; à l'avenir vous trouverez en moi un bon serviteur et compère.

(1) Dans l'état de Venise, les témoins du mariage s'appellent compères de l'anneau.

ROSAURA.

J'agrée avec plaisir vos généreuses expressions. Je regrette le motif qui nous a rendus ennemis, et je me trouverai fort honorée de votre amitié.

BEATRIX.

Ma chère petite fiancée, venez que je vous embrasse; je pleure de joie.

(Elle l'embrasse.)

LELIO.

Mais le comte, que dira-t-il?

BEATRIX.

Il a déclaré que si Rosaura perdait son procès, il ne voulait plus l'épouser.

ALBERTO.

Nous ne pouvons cependant conclure ce mariage tant que le comte n'aura pas déchiré son contrat. Il faut que nous trouvions moyen d'arranger promptement cette affaire.

FLORINDO.

Je me charge de rompre le contrat du comte, car je commencerai par lui rompre la tête. L'infâme! l'imposteur! le calomniateur! le menteur!

(Entre le docteur en habit de voyage.)

LE DOCTEUR.

Serviteur à la compagnie.

ROSAURA.

Mon oncle en habit de voyage!

LE DOCTEUR.

Oui, mademoiselle, je vais à Bologne. J'ai appris que vous étiez ici, et je suis venu pour vous voir avant de partir.

ROSAURA.

Et que deviendrai-je à Rovigo sans vous? Que voulez-vous que je fasse pour subsister?

LE DOCTEUR.

Ma chère enfant, vous me déchirez le cœur, mais je ne sais qu'y faire; je suis pauvre aussi. Comme vous je comptais sur le gain du procès; nous avons été tous deux trompés.

ROSAURA.

Consolez-vous, le ciel a eu soin de moi.

LE DOCTEUR.

Ah! et de quelle manière?

ROSAURA.

J'épouse le seigneur Alberto.

LE DOCTEUR.

Dites-vous la vérité, mon enfant?

ALBERTO.

Oui, monsieur, c'est la vérité. Elle sera ma femme, pourvu que monsieur le docteur Balanzoni approuve ce mariage.

LE DOCTEUR.

Comment donc! j'en suis enchanté. Vous ne pouviez me donner une nouvelle plus heureuse. Seigneur avocat, vous trouverez en moi, un oncle affectionné et un très humble serviteur.

ALBERTO.

Et moi je vous respecterai comme un oncle, et j'ose dire comme mon maître...

LE DOCTEUR.

Maintenant je m'aperçois que vous vous moquez de moi.

ALBERTO.

Il est malheureux qu'avant de conclure ce mariage il soit nécessaire de faire que le comte renonce d'une manière authentique à ses prétentions.

LE DOCTEUR.

Tranquillisez-vous, il y a déjà renoncé.

FLORINDO.

Comment! où est donc le comte?

LE DOCTEUR.

Il est retourné dans ses montagnes; mais avant de partir il m'a rendu, avec des injures sans nombre, le contrat déchiré, et le voici.

ALBERTO.

Puisqu'il en est ainsi, nous pourrons nous marier quand nous voudrons.

ROSAURA.

Je n'y vois pas de difficulté.

BEATRIX.

Quand l'occasion est là il est inutile de l'attendre.

ALBERTO.

Je vous donne donc la main en présence de monsieur votre oncle, de votre compère, et du seigneur Lelio.

ROSAURA.

Et moi je l'accepte, et je promets d'être votre épouse.

ALBERTO.

Signora Rosaura, ma tendre épouse, ma chère femme, maintenant il va être temps de mettre en pratique cette belle vertu dont vous connaissez déjà si bien la théorie. Vous allez passer de l'heureux état de liberté à l'état pénible du mariage. Je vous aime, je vous aimerai toujours; j'espère que dans ma maison il ne vous manquera rien. Je vous conduis dans une grande ville où abondent les richesses, les plaisirs, les divertissements; mais c'est précisément pour cela qu'il faudra vous préparer à mettre en œuvre toute votre vertu. N'abusez point de l'amour de votre mari, ne vous enorgueillissez pas de votre aisance, usez avec modération des plaisirs et des divertissements ; car l'amour s'entretient par l'amour, les familles se conservent par la prudence, et les plaisirs sont durables quand on y met de la discrétion. Pardonnez-moi si je me permets tout de suite, et pour ainsi dire à la première vue, de vous faire une espèce de leçon ; car si tous les maris parlaient de même à leurs femmes le jour de leurs noces, on verrait bien moins de ménages malheureux, bien moins de familles ruinées, bien moins de femmes déshonorées. Il n'y a rien qui fasse plus de tort à une femme, que trop de condescendance de la part d'un imprudent mari.

FIN DE L'AVOCAT VÉNITIEN.

PUBLICATIONS

DE LA MAISON

ED. GUÉRIN ET CIE,

RUE DU DRAGON, N° 30, A PARIS (1).

JOURNAL DES JEUNES PERSONNES (*Troisième année*); une livraison paraît le 1er de chaque mois, imprimée sur beau papier satiné et accompagnée de lithographies, dessins de broderie, musique, etc. — Prix : 6 fr. par an pour Paris, 7 fr. 50 c. pour les départements, et 9 fr. pour l'étranger. — On ne peut s'abonner pour moins d'un an, et toujours du 1er janvier.

Depuis 1835 il se publie une édition ornée de six lithographies de *modes*, soigneusement coloriées (une tous les deux mois). Le prix de cette édition est de 7 fr. 50 c. pour Paris, 9 fr. pour les départements, et 10 fr. 50 c. pour l'étranger.

PRINCIPAUX COLLABORATEURS.

MM. le vicomte d'Arlincourt, Bazin, Henri Berthoud, Émile Deschamps, Jules de Saint-Félix, Léon Guérin, baron Guiraud de l'Académie française, Alphonse de Lamartine de l'Académie française, Laurentie, X. Marmier, Ed. Menechet, prince Élim Mestcherski, baron de Mortemart, Th. Muret, Charles Nodier de l'Académie française, le comte de Peyronnet, Amédée Pichot, Michel Raymond, le comte Jules de Rességuier, N. A. de Salvandy, A. Soumet de l'Académie française, de Saint-Prosper, Saint-Valry, comte Horace de Viel-Castel, etc., etc., et Mesdames duchesse d'Abrantès, Constance Aubert, de Bawr, L.-Sw. Belloc, baronne Aloïse de Carlowitz, El. Celnart, princesse de Craon, Julie Delafaye-Brehier, Desbordes-Valmore, A. Dupin, Sophie Gay, comtesse d'Hautpoul, Émilie Marcel, Menessier-Nodier, Caroline d'Oleskewitch, de Senilhes, Amable Tastu, de Tercy, Élisa Voïart, etc., etc.

Le Journal des Jeunes Personnes est arrivé à sa *troisième* année, avec un succès toujours croissant qu'explique et justifie le mérite des écrivains distingués qui concourent à sa rédaction, autant que la pureté de ses principes; rien de plus élégant à la fois et de plus moral ne saurait être mis entre les mains des *Jeunes Personnes*, et l'extrême modicité du prix permet à toutes les mères de procurer à leurs filles cet agréable délassement.

ALBUM du Journal des Jeunes Personnes, pour l'année 1834.

C'est une charmante collection de lithographies dessinées par nos premiers artistes, sur des sujets pris dans les articles du Journal des Jeunes Personnes (2e année, 1834). Le format permet de joindre chaque lithographie à l'article dont le dessin est tiré. Prix : 7 fr. 50 c. pour Paris et les départements. — Il n'en reste qu'un petit nombre d'exemplaires. — Il reste encore aussi quelques *Album* de la 1re année du Journal (1833), même prix que celui de 1834.

LE LIVRE DES JEUNES PERSONNES, Extraits de prose et de vers, *choisis dans les meilleurs écrivains français anciens et mo-*

(1) On peut s'adresser à cette maison pour l'achat et l'expédition de toute espèce d'ouvrages. Une simple lettre de demande suffit, sans envoi de *fonds* ni de *mandats;* la maison fait toucher le montant des factures au domicile des demandeurs et *sans frais*, après réception des envois. On doit dire par quel mode d'expédition on veut être servi, Roulage ordinaire, Roulage accéléré, ou Messageries.

dernes, avec une préface par M. Charles Nodier de l'Académie française. 1 vol. in-8° de plus de 500 pages, *à deux colonnes*, contenant la matière de quatre volumes ordinaires. Prix : 6 fr., et par la poste, 8 fr.

Dans nos meilleurs écrivains anciens et modernes, tout n'est pas de nature à être mis sous les yeux des jeunes personnes; cependant, il est convenable qu'elles connaissent, au moins par quelques-unes de leurs plus belles pages, tous ceux de nos écrivains dont il ne leur serait pas permis de lire les œuvres. C'est le but qu'ont voulu atteindre les éditeurs du *Livre des Jeunes Personnes*, en leur offrant un recueil où tout est pur, où rien n'est médiocre, et dont chaque article porte pour signature un nom célèbre dans les lettres françaises, depuis et au-delà le grand siècle de Louis XIV, jusqu'à l'époque actuelle.

LE PAYSAGISTE, Cours d'études progressives de paysages, publié en *vingt* livraisons composées chacune de *cinq* dessins lithographiés par M. J. Coignet, et suivi d'un *Traité de perspective*. Prix : pour Paris et les départements, sur papier Raisin, 30 fr.; sur papier Jésus, 36 fr. Pour l'étranger, 34 et 40 fr.

Le *Paysagiste* a pour but de mettre l'art du dessin, dans sa spécialité la plus attrayante et la plus gracieuse, à la portée de toutes les intelligences; les dessins, au nombre de 100, dont cette charmante collection se composera, exécutés avec tout le talent qui distingue M. J. Coignet, n'ont besoin d'aucun texte explicatif. Pour les comprendre il suffit de les voir; la marche du crayon y est assez apparente pour qu'il soit facile aux yeux les moins exercés de la reconnaître et à la main la plus novice de la suivre. Le *Paysagiste* peut dispenser d'un maître de dessin dans les villes où on ne peut en trouver; mais là où il en existe, il peut offrir, à très modique prix, une suite d'excellents modèles qu'ils ne pourraient trouver nulle part aussi complets et qu'ils sauront d'autant mieux apprécier que le nom de M. J. Coignet est connu de tous les artistes. — *La 12e livraison a paru;* il en paraît une tous les 20 jours; l'ouvrage sera terminé *au mois de septembre.*

L'ÉCHO BRITANNIQUE, Revue mensuelle de la Littérature, des Sciences, des Arts et des Mœurs de la Grande-Bretagne. Année 1835; nouvelle série.

L'Écho Britannique paraît le 10 de chaque mois par livraison de *cinq feuilles* grand in-8° (80 pages *à deux colonnes*, équivalant à plus de 200 pages ordinaires) imprimé sur beau papier satiné, avec des caractères neufs fondus exprès; chaque livraison est ornée d'une lithographie toujours dessinée par un de nos premiers artistes, et reproduisant, soit des portraits de personnages célèbres, soit des scènes de mœurs, soit des sites et des monuments de la Grande-Bretagne, ou des Indes anglaises.

Prix : pour Paris et les départements, 10 fr. pour trois mois, 18 fr. pour six mois, 30 fr. pour l'année.

Cette fixation paraîtra modique si on considère que *l'Echo*, devenu l'égal en étendue des recueils les plus volumineux, ne coûtera cependant qu'à peine la moitié de leur prix.

Les personnes qui, comme essai, ne souscriront d'abord que pour un *trimestre*, ou pour un *semestre*, n'auront à payer, pour complément de leur année, quand elles renouvelleront, que jusqu'à concurrence de 30 francs.

Les souscripteurs des départements qui prendront un abonnement d'un an n'auront *aucun envoi de fonds* à faire; il suffira d'une simple lettre de demande (*même non affranchie*) adressée au Bureau de *l'Echo*. On fera toucher *à domicile* et *sans frais.*

Économie politique, Histoire, Biographie, Voyages, Beaux-Arts, Littérature, Mœurs, Mouvement industriel, etc.; telles sont les grandes divisions de ce Recueil, terminé par des Variétés et par un Bulletin bibliographique des principales productions de la presse britannique.

Ajouter que la direction en est confiée à M. Amédée Pichot, c'est expliquer le succès qu'il obtient et qui s'accroît à la publication de chaque livraison.

ARTAXERCE

(Artaserse)

TRAGÉDIE LYRIQUE EN TROIS ACTES,

PAR METASTASE.

NOTICE

SUR MÉTASTASE ET SUR L'ARTAXERCE.

Quel que soit le rang que Métastase obtienne par son talent entre les poètes célèbres, il a sur eux tous une supériorité incontestable, celle du bonheur. Sa vie donnerait la tentation de croire à la fatalité, à une étoile. Combien d'écrivains, nés dans des conditions plus favorables, doués d'un génie bien autrement puissant et créateur, se sont heurtés contre d'éclatantes persécutions, ou contre cet obstacle plus dur encore, parce qu'il est obscur et de tous les jours, le *res angusta domi* de Juvénal, la pauvreté, la misère! Sans faire ici de lieux communs sur les Milton, les Tasse, les Cervantès, les Camoëns, rappelons-nous le grand Corneille assis dans l'échoppe d'un savetier pendant qu'on répare sa chaussure. Eh bien! voilà Métastase que, dès son jeune âge, la fortune prend par la main pour le conduire elle-même à tous les honneurs, à toutes les jouissances. En vain il abuse de ses faveurs ou les refuse; elle s'obstine, revient à la charge, triomphe tour à tour de ses dissipations ou de son désintéressement; et enfin il meurt comme il a vécu, ce Polycrate de la littérature; il meurt comblé de bien-être, de louanges et d'années. Adorons le hasard; quand il veut faire un heureux il choisit souvent plus mal.

Né à Rome, le 3 janvier 1698, fils d'un pauvre artisan, Pierre Métastase [1], dès l'enfance et sans culture, balbutia des vers dans une langue dont le mécanisme tout musical fournit si aisément la rime, et, au besoin, dispense d'idées. A dix ans il improvisait au Champ de Mars; un de ses auditeurs, amené par le hasard, le fameux jurisconsulte Gravina, s'approche et veut lui donner une pièce d'or. L'enfant refuse; il était déjà poète! Ce refus devient la première origine de toute sa fortune; Gravina, également frappé de cette double précocité de sentiments et de génie, au lieu de lui faire l'aumône d'un peu d'or, résolut de lui faire celle de l'instruction. Il le demande à son père, l'obtient, lui prodigue ses savantes leçons qu'un riche n'aurait pu acheter, façonne son talent, le trempe dans l'étude, et amateur de la tragédie antique, prépare et encourage son élève à la transplanter en Italie. Metastase avait quatorze ans quand, sous les yeux, et par les exhortations d'un tel maître, il composa son *Giustino*.

Pour lui donner la richesse avec la gloire, Gravina veut le forcer à être jurisconsulte. Métastase se cabre devant un travail ingrat, et cette imprudence lui réussit encore. Inquiet de l'avenir de son fils adoptif, Gravina, comme indemnité peut-être de l'avoir fait poète, se croit obligé de lui laisser en mourant la plus grande partie de sa fortune.

Voilà donc à vingt ans le fils du pauvre artisan dans l'opulence, mais non pour longtemps cette fois. Comme s'il était, par pressentiment, dans le secret de son bonheur, il jette à toutes les folies, il épuise sans pré-

(1) Son père s'appelait *Trapassi*; le jeune poète, d'après un usage renouvelé de quelques érudits du moyen-âge, adopta pour nom la traduction grecque du sien.

voyance ce qui lui est venu sans effort. En deux ans il est ruiné, et sa ruine est comme le ressort secret qui le lance vers sa haute destinée. Réduit à quitter Rome pour fuir ses créanciers, il rencontre à Naples une grande actrice, la Romanina, en devient amoureux, et le plaisir le rejette dans la poésie. C'est pour elle qu'il écrit ses premiers ouvrages. Sa *Didone abbandonnata* obtient un succès de fanatisme dans toute l'Italie. La perte de sa fortune l'avait rendu à la gloire ; la gloire lui rend bientôt sa fortune.

Le bruit de son nom retentit jusqu'en Allemagne. Apostolo Zeno, en possession auprès de l'empereur Charles VI du poste de *poeta Cesareo*, se désigne lui-même pour successeur le rival qui fait pâlir sa renommée. Ici le bonheur tient vraiment du prodige ; de nos jours, en France, on n'y croira pas.

Métastase va donc, en 1730, jouir à Vienne de ce traitement de trois mille florins qui est venu le chercher ; et dans son insouciante générosité, en quittant sa famille, il lui abandonne tout ce qu'il avait gagné jusque là. Le succès l'accompagne. Ses nouveaux ouvrages renchérissent sur la vogue de leurs aînés, *Demofonte*, la *Clemenza di Tito, il Giuseppe riconosciuto*, et cette *Olimpiade* qu'un suffrage universel proclame la *divine*.

Le hasard tenait toujours pour lui en réserve quelque chance favorable. La Romanina, cette amie dont il s'était séparé, lui laisse par testament vingt-cinq mille écus romains. Métastase n'accepte pas le legs et le renvoie à je ne sais quel mari pauvre et obscur que l'actrice avait eu dans un coin de l'Italie. Mais ce legs, s'il ne servit pas à l'accroissement de sa fortune, ajouta du moins à sa renommée en lui procurant le mérite d'une belle action, qui au fond de sa conscience n'était qu'une expiation peut-être.

Une suspension involontaire de tant de succès vint en 1740 le distraire de cette monotonie de prospérité. Après la mort de Charles VI, et pendant la guerre de Sept-Ans, plus de fêtes à la cour de Vienne, plus de spectacles ; les *chants avaient cessé*. Métastase n'écrivait plus que quelques cantates pour les jeunes archiduchesses, des allégories de circonstance, comme l'*Amor prigioniero* pour la naissance du prince qui fut depuis Joseph II. Faut-il croire qu'il ait trouvé près de Marie-Thérèse quelque consolation mystérieuse à ce repos forcé de son génie ? Dans une fiction récente un romancier prêtait à Elisabeth une intrigue amoureuse avec Shakspeare. Le cas est ici plus grave ; l'impératrice avait un mari, et Elisabeth n'était que vierge. Nous ne rechercherons point si c'est témérairement que la voix publique soupçonna l'héroïne, qui haranguait en latin la diète de Hongrie, de goûter trop complaisamment dans le tête-à-tête l'italien de Métastase[1]. Ce qu'il y a de sûr, c'est que dans sa vieillesse il recevait encore de Marie-Thérèse les billets les plus affectueux.

Pour dernier trait de cette constante félicité, le poète avait dans sa bibliothèque quarante éditions différentes de ses œuvres. Il avait refusé plusieurs dignités enviées, le titre de conseiller aulique, la croix de Saint-Etienne ; il n'avait pas même voulu être baron ! Il y a là tant d'esprit qu'on ne peut plus dire que ce soit du bonheur !

Il y a plus que de l'esprit, il y a une vraie et noble modestie dans la résistance qu'il opposa constamment à Marie-Thérèse et au pape Clément XIV, qui le pressaient dans sa vieillesse d'aller se faire couronner à Rome. « Je suis trop vieux, disait-il, pour monter au Capitole. » Il comprit sans doute que son front ne devait pas aspirer au laurier qui n'ombragea que la tombe du Tasse.

Ce fut le 22 avril 1782, dans sa quatre-vingt-quatrième année, que Métastase, sur qui s'étaient accumulés tous les dons de la nature, beauté, talent, vertus, caractère aimable, tous les avantages de la société, fortune, amour, estime, gloire, échangea une vie si heureuse contre l'immortalité.

Sans parler ici de quelques autres écrits, Métastase a laissé soixante-trois tragédies lyriques ou opéras de divers genres, douze oratorios, quarante-huit cantates ou scènes lyriques, un grand nombre d'élégies, d'idylles, de *Canzonette*, au premier rang desquelles il faut placer le petit poème délicieux intitulé *la Libertà à Nice* qui commence par ces vers :

Grazie agl' inganni tuoi
Alfin respiro, o Nice...

Pour que tout fût extraordinaire dans sa destinée, les critiques de divers pays se sont rencontrés d'accord en le jugeant. Oh merveille ! Laharpe et Schlegel n'ont sur lui qu'un même langage. L'un si dédaigneux pour Shakspeare, l'autre si injuste pour Racine, chantent en duo les louanges de ce poète d'opéras. Bien plus, les deux maîtres du dix-huitième siècle, rivalisent d'hyperboles à sa gloire. Suivant J.-J. Rousseau, « c'est le poète du cœur, le seul génie fait pour émouvoir par le charme de l'harmonie poétique et musicale. » Écoutez Voltaire : « Cer-

(1) Il était doué de tous les avantages extérieurs. Sa figure était imposante ; ses yeux noirs avaient une singulière expression ; sa taille était haute et bien proportionnée.

taines scènes de Métastase sont dignes de Corneille quand il n'est pas déclamateur, et de Racine quand il n'est pas faible. » Nous n'avons rien à ajouter à de tels jugements, qui soulagent d'autant notre conscience de l'admiration officielle d'un traducteur.

Parmi les nombreuses tragédies lyriques dont Métastase offrait le choix à cette collection, l'Artaxerce semblait mériter la préférence, comme la source de plusieurs imitations qui ont paru en notre langue. Celle de Lemierre, en 1766, ne reçut qu'un accueil douteux. M. Delrieu fut plus heureux, et la sienne obtint, en 1808, un succès qui le conduisit à moitié chemin de l'Institut. Environ deux ans après, au grand théâtre de Bordeaux, M. Delaville commença par un Artaxerce la carrière qu'il devait fournir si honorablement sur notre théâtre français.

Le sujet est emprunté à Justin (liv. 3, ch. I); mais ce sujet, déjà traité par Crébillon sous le titre de *Xercès*, tel qu'il est présenté par l'historien, n'offrirait que des ressorts bien vulgaires et bien usés au théâtre, sans la belle création du personnage d'Arbace et de l'intrigue dont il devient le mobile. Cette conception appartient tout entière à Metastase; et au prix, il est vrai, d'une forte invraisemblance (celle de l'arme sanglante imprudemment emportée par Artaban, et plus imprudemment encore confiée à son fils), le poète en fait sortir des situations qui attestent un génie éminemment inventeur et dramatique, quoique, dans le nombre, on remarque plus d'une réminiscence affaiblie du Cid et de Rodogune[1].

Habile et original dans l'art d'enchaîner des combinaisons, Métastase semble-t-il toujours reproduire avec la même supériorité l'expression vive et énergique, le mouvement tumultueux des passions? Les sentiments qu'il prête à ses personnages n'ont-ils pas quelque chose d'un peu traditionnel? L'antithèse ne mêle-t-elle pas trop souvent au pathétique du dialogue, son factice alliage? N'est-il pas bien rare qu'une émotion individuelle palpite sous la phrase cadencée de l'interlocuteur, plus rare encore qu'il s'élève à ces hautes pensées qui sont comme autant de révélations sur les caractères humains ou la destinée des empires? Çà et là seulement quelques maximes vulgaires de la philosophie du dix-huitième siècle se glissent avec une allure furtive, comme dans la première scène d'Artaxerce[1]. Il est piquant de voir *Il poëta Cesareo* faire, pour trois mille florins, avaler à petites doses par la cour d'Autriche les doctrines de l'égalité révolutionnaire.

Au surplus, et suivant l'observation de Schlegel, on ne saurait juger les ouvrages de Métastase, soit pour le plan, soit pour le dialogue, comme des tragédies, mais comme des drames lyriques. Sous ce point de vue, ils prêtent à un rapprochement curieux avec l'opéra tel qu'on l'entend de nos jours. Point de morceaux à plusieurs voix, point de larges chœurs aux paroles et aux sentiments contrastés. A la fin de chaque scène, le personnage qui doit sortir, qu'il soit seul, ou avec d'autres interlocuteurs, entonne une petite ariette dont les paroles ne sont souvent qu'une réflexion vague, une froide comparaison, tout-à-fait étrangère au cri du cœur. Si tous les personnages se sont trouvés réunis dans une scène principale, ils disparaissent l'un après l'autre, dans une série de courtes scènes, qui se succèdent jusqu'à ce qu'elles arrivent à un monologue; et pas un d'eux ne manque à la formalité de chanter, pour sa sortie, la petite ariette de rigueur, à peu près comme dans cette fameuse symphonie d'Haydn, où chaque exécutant, après avoir fini sa partie, se retirait en éteignant sa lumière, jusqu'à ce que de tout un grand orchestre il ne restât plus que ténèbres et silence.

Cette symétrie glaciale a de quoi nous étonner; nous nous demandons comment, à cent ans de distance, on trouvait tant de délices à ce qui nous paraîtrait aujourd'hui si bizarre, tranchons le mot, si ridicule. A une telle question il y aurait bien des réponses. D'abord, ignore-t-on tout ce qu'il entre de conventionnel, tout ce que l'habitude réclame dans les jouissances que donnent les arts? Le procédé de Métastase ne présente-t-il pas d'ailleurs quelque analogie avec celui du vaudeville, si fort à la mode parmi nous, et où l'action, l'intérêt, le mouvement d'une scène s'arrêtent devant l'impérieuse ritournelle, pour faire place à un couplet qui n'est souvent qu'une froide sentence, une comparaison, une pointe frivole? Et même dans la plupart de nos grands opéras contemporains, jugez-vous donc si naturel qu'au moment où le drame est dans sa plus violente crise, il s'élève de l'orchestre un gai signal de valse qui entraîne tous les chanteurs à sa suite, et que

(1) D'autres emprunts faits à nos deux tragiques se trouvent aussi clair-semés dans le dialogue; nous avons cru devoir en signaler en notes quelques exemples.

(1) *I suoi produca*
Non i merti degli avi: il nascer grande
È caso e non virtù.

vous décorez du nom de vive et pathétique *stretta*. Ajoutons qu'à l'époque où écrivait Métastase, le public avait des goûts plus calmes, plus simples; qu'il n'était pas déjà blasé par la multiplicité des pièces, le pêle-mêle des émotions et des idées. Et puis, c'était encore le temps des grands chanteurs, de ces phénomènes de l'art musical, dont l'histoire nous révèle l'inconcevable influence sur leurs auditeurs. Une ariette de l'un suffisait pour désarmer le bras des assassins apostés contre lui dans une église; l'autre, par une ariette, relevait un roi de son affaissement moral, lui commandait de régner et se faisait obéir. Voyez encore à présent quelle impulsion électrique un air de Rubini communique même à nos *dilettanti-fashionables*; vous concevrez alors comment tous ces petits airs, soupirs passionnés des voix les plus harmonieuses, produisaient jadis autant et plus d'effet peut-être que les combinaisons brillantes et bruyantes, qui foisonnent dans les partitions modernes.

Artaxerce fut représenté pour la première fois pendant le carnaval de 1730. Singulière pièce de carnaval. Les plaisirs même d'un temps consacré à la folie gardaient alors quelque chose de sérieux et de solennel. — La musique était de Vinci.

Nous regretterions qu'on fît à Métastase le tort de juger son style sur notre traduction. Lui aussi c'est un *rude jouteur* par la précision, la pureté, la suave mélodie du langage, dont il nous a fallu désespérer de donner même une faible idée.

Si le lecteur sourit de quelques fadaises galantes, qui étaient alors comme la monnaie courante des opéras, et qui donnent parfois aux héros amoureux l'air de nouveau-débarqués du fleuve *de Tendre*, il comprendra que nous ne pouvions, que nous n'avons pas dû peut-être en effacer entièrement la trace; c'est presque une date. Un grand écrivain est de son temps par ses défauts, comme de tous les temps par ses beautés.

PAUL DUPORT.

ARTAXERCE

TRAGÉDIE LYRIQUE.

PERSONNAGES.

ARTAXERCE, prince et ensuite roi de Perse, ami d'Arbace et amant de Semira.

MANDANE, sœur d'Artaxerce, amante d'Arbace.

ARTABAN, commandant des gardes du roi, père d'Arbace et de Semira.

ARBACE, ami d'Artaxerce et amant de Mandane.

SEMIRA, sœur d'Arbace et amante d'Artaxerce.

MEGABISE, général, confident d'Artaban.

L'action se passe dans le palais des rois de Perse, à Suse.

ACTE PREMIER.

SCÈNE I.

Un jardin intérieur dans le palais du roi de Perse; sur ce jardin ouvrent divers appartements. Il fait nuit; on aperçoit le palais éclairé par la lune.

MANDANE, ARBACE.

ARBACE.

Adieu.

MANDANE.

Écoute-moi, Arbace.

ARBACE.

Chère Mandane, l'aurore va paraître, et si Xercès venait à connaître que je suis entré dans ce palais au mépris de son ordre barbare, le transport d'amour qui m'a guidé ne me suffirait pas pour ma défense, et le titre de sa fille te serait inutile à toi-même.

MANDANE.

Ta crainte n'est que trop juste. Tu marches à travers les périls dans ce palais des rois; mais tu peux demeurer dans les murs de Suse. Xercès te bannit de son palais et non de la ville. Toute espérance n'est pas encore perdue. Tu sais qu'Artaban, ton illustre père, dirige à sa volonté le cœur de Xercès, et qu'il a le droit d'entrer à toute heure dans le séjour de son maître; d'ailleurs Artaxerce, mon frère, s'honore de ton amitié. Vous avez grandi ensemble en gloire et en vertu. La Perse vous vit toujours unis pour les plus périlleuses entreprises; vous vous instruisiez l'un l'autre par une émulation mutuelle. Les troupes t'admirent, le peuple t'adore, et le royaume regarde ton bras comme son plus solide rempart; au milieu de tant d'amis tu trouveras quelque protection.

ARBACE.

C'est nous abuser, chère Mandane; en vain ton frère voudrait me prêter son appui; quand il s'agit de défendre Arbace, il n'est pas moins suspect que mon père. La voix du sang dans mon père, dans Artaxerce la voix de l'amitié, rendent douteuses toutes les excuses dont ils se servent pour moi; et quant à la foule inconstante des amis, elle n'est jamais où la faveur du monarque n'est plus. Oh! combien de regards, jadis respectueux, sont devenus hautains en ma présence! Et de quel côté veux-tu que j'entrevoie de l'espoir? Mon séjour dans cette ville ne sert qu'à augmenter tes dangers et mon supplice; il t'expose en fomentant les soupçons de Xercès; il me tourmente par la cruelle pensée que je dois me trouver toujours si voisin de tes beaux yeux sans les contempler jamais. O toi qui fais tout mon bien! oui, puisque mon seul crime est d'être né sujet, je veux, je veux mourir ou te mériter. Adieu.

MANDANE.

Cruel! auras-tu la constance de me quitter ainsi?

ARBACE.

Moi cruel! moi! chère Mandane. Non, ton père seul est tyran; Xercès seul est injuste.

MANDANE.

Hélas! il doit mériter quelque pardon quand il te refuse l'hymen où tu aspires; son rang, ce qu'il doit au monde, la distance qui nous sépare... Et savons-nous si peut-être en armant son front de fierté ce tendre père ne gémit pas secrètement de sa rigueur [1]?

ARBACE.

Il pouvait sans outrage me refuser ta main; mais devait-il me chasser avec indignité et me donner les noms de vil et de téméraire sujet. Ah! princesse, ses injures retentissent dans le plus profond de mon cœur. Si mes aïeux n'ont pas porté le diadème, ils l'ont du moins soutenu sur la tête des siens; si le sang royal ne coule pas dans mes veines, j'ai du moins eu assez de valeur pour sauver les jours de son fils. Qu'il étale son mérite et non celui de ses aïeux; une haute naissance est un hasard et non pas une vertu; et si la justice y présidait, si les royaumes étaient le partage de ceux qui sont dignes de régner, peut-être Arbace serait au rang de Xercès et Xercès au rang d'Arbace.

MANDANE.

Montre devant celle qui t'adore plus de respect pour son père.

ARBACE.

Ah! quand je reçois une si grande offense et qu'on m'ôte la liberté de nourrir une passion innocente, me borner à la plainte c'est déjà un assez grand effort de respect.

MANDANE.

Pardonne-moi de te le dire; je commence à douter de ton amour. Tant de colère me surprend, et je ne saurais croire que tu puisses allier dans ton cœur la haine du père et l'amour de la fille.

ARBACE.

Mandane, que dis-tu? ma haine est une preuve de mon amour. Je m'irrite avec trop de fureur parce que je t'adore avec trop de violence, et que je me vois près de t'abandonner, pour ne plus te revoir peut-être; oui, peut-être est-ce la dernière fois... O Dieu! tu pleures! Ah! ne pleure pas, chère moitié de moi-même; ma faiblesse est assez grande sans l'augmenter par tes larmes. Sois insensible aujourd'hui; laisse-moi partir; imite la cruauté de ton père.

(1) Et pourquoi voulez-vous qu'inhumain et barbare
Il ne gémisse pas du sort qu'on me prépare?
RACINE. — *Iphigénie.*

MANDANE.

Demeure, attends encore. Ah! cher amant, mon cœur ne peut supporter la vue de ton départ; c'est moi qui veux m'éloigner. Adieu, toi, mon unique bien.

ARBACE.

Chère princesse, adieu.

MANDANE.

AIR.

Conserve-toi fidèle; pense que je reste dans la douleur, et quelquefois du moins rappelle-toi mon souvenir. Pour moi, tel est mon amour qu'en m'entretenant avec mon cœur je croirai te parler encore.

(*Elle sort.*)

SCÈNE II.

ARBACE, ARTABAN, *qui entre avec une épée nue et sanglante.*

ARBACE.

Ordre affreux! funeste départ! Pourquoi l'instant qui me sépare du seul objet qui m'attache à la vie ne peut-il me donner la mort?

ARTABAN.

Mon fils, Arbace.

ARBACE.

Seigneur?

ARTABAN.

Donne-moi ton épée.

ARBACE.

La voici.

ARTABAN.

Prends la mienne; fuis, dérobe ce sang à tous les yeux.

ARBACE.

O Dieu! de quel sein a donc coulé ce sang?

ARTABAN.

Pars; tu sauras tout de moi.

ARBACE.

Mais cette pâleur, mon père, ces regards inquiets jettent la terreur dans mon ame. Je frémis de ne t'entendre prononcer qu'avec peine des sons inarticulés. Parle, réponds-moi.

ARTABAN.

Tu es vengé; Xercès est mort de cette main.

ARBACE.

Que dis-tu? qu'entends-je? qu'as-tu fait?

ARTABAN.

Mon cher fils, ton injure était un coup de poignard pour moi. Je suis devenu coupable en ta faveur.

ARBACE.

En ma faveur, coupable! Ce comble manquait à ma misère. Et maintenant quel est ton espoir?

ARTABAN.

J'ourdis une grande trame. Tu régneras peut-être. Pars; mon dessein exige que je demeure.

ARBACE.

Je suis confondu dans cet affreux moment.

ARTABAN.

C'est trop t'arrêter.

ARBACE.

O Dieu!

ARTABAN.

Pars, il suffit; laisse-moi en liberté.

ARBACE.

AIR.

Quel jour! malheureux Arbace! Au milieu de tant de chagrins, je palpite, je tremble, et tout mon sang glacé se refoule sur mon cœur. Je prévois la douleur de ce que j'adore, et je pleure la vertu de mon père.

(Pendant qu'Arbace chante cet air, Artaban, sans l'écouter, jette partout des regards inquiets, et prête l'oreille pour régler sa conduite sur ce qu'il pourra voir ou entendre. Arbace sort après son air.)

SCÈNE III.

ARTABAN, *ensuite* ARTAXERCE, MÉGABISE, ET DES GARDES.

ARTABAN.

Courage, ô mes pensées! le premier pas vous oblige à tous les autres. Arrêter sa main sur la moitié du crime, c'est se rendre coupable sans en attendre de fruit[1]. Que tout le sang royal soit versé jusqu'à la dernière goutte; et qu'un vain scrupule de vertu ne vous fasse point obstacle. Un grand forfait, quoi qu'en dise le vulgaire, n'est jamais sans gloire. Combattre avec soi-même, résister aux remords, se conserver invincible au milieu de tant de sujets d'effroi, voilà les vertus qui accompagnent un crime illustre. Mais je vois le prince. Il faut recourir à l'artifice. *(haut.)* Quels cris! quel tumulte!.. Ah! Seigneur, toi dans ces lieux avant le jour! Qui a pu allumer dans ton sein cette colère qui brille au milieu de tes pleurs?

ARTAXERCE.

Cher Artaban, combien tu me deviens nécessaire! conseil, secours, vengeance, fidélité!

ARTABAN.

Prince, je frémis en écoutant tes ordres confus; explique-toi mieux.

ARTAXERCE.

O Dieu! mon père vient d'être égorgé sur sa couche, dont on a violé l'asile.

ARTABAN.

Comment?

ARTAXERCE.

Je l'ignore. A la faveur du silence et de l'ombre de cette nuit funeste, le barbare assassin s'est mis à couvert en commettant son crime.

ARTABAN.

O folle et coupable soif du trône! Et quelle compassion, quel lien sacré du sang pourrait enchaîner ta fureur?

ARTAXERCE.

Ami, je te comprends! C'est mon indigne frère, c'est Darius qui est le coupable.

ARTABAN.

Et quel autre assassin nocturne eût pu pénétrer dans le palais? qui se serait approché du lit royal? Ses fureurs passées, son caractère turbulent, si avide du sceptre paternel... Ah! que je prévois de périls pour tes jours! Veille sur toi, je t'en supplie! Un crime est le chemin qui conduit à un autre. Venge ton père, assure ta propre vie.

ARTAXERCE.

Ah! s'il se trouve un sujet zélé, qui soit touché de la mort de son roi, qui ait horreur de ce forfait, et qui me chérisse moi-même, qu'il coure et punisse le parricide, le traître.

ARTABAN.

Gardes! écoutez dans Artaxerce un prince, un fils et votre roi. Exécutez son ordre, punissez le coupable. Je suis votre chef, je dirigerai votre courroux et vos fureurs. *(à part.)* La fortune favorise mes desseins.

ARTAXERCE.

Arrête! Où cours-tu? écoute. Qui sait si les mânes de mon père ne frémiraient pas plus de la vengeance que du crime. Darius est fils de Xercès.

ARTABAN.

La pitié serait un sacrilége; qui tue son père n'est pas un fils.

AIR.

L'ombre d'un père et d'un roi frémit sur la rive infernale, tandis qu'elle attend le repos et la vengeance. Je la vois, je l'entends qui te montre d'un œil farouche une large blessure dans ce sein dont tu as reçu la vie.

(Il sort.)

(1) Aussi bien sur mes pas c'est creuser un abîme
Que d'arrêter ma main sur la moitié du crime.
CORNEILLE. — *Rodogune.*

SCÈNE IV.

ARTAXERCE, MEGABISE.

ARTAXERCE.

Quelle victime on va frapper, ah! Megabise!

MEGABISE.

Écarte ces incertitudes. Un seul coup va punir un impie et t'assurer un trône.

ARTAXERCE.

Mais si ma colère allait passer pour l'effet de mon ambition? Cette pensée, cette odieuse pensée suffirait pour troubler le repos de ma vie. Non, non! qu'on aille révoquer l'ordre.

MEGABISE.

Seigneur, que fais-tu? Il est temps, il est temps désormais de te rappeler tes injures personnelles. Ton frère barbare t'a donné plus d'une fois des leçons d'inhumanité.

ARTAXERCE.

Dois-je l'imiter dans ses fautes? Son crime ne justifie pas le mien. Est-il un forfait si révoltant dont le monde n'ait vu un exemple? Il n'y aura plus de coupables, si l'exemple d'autrui suffit pour autoriser les injustices.

MEGABISE.

Mais c'est une loi de la nature de se défendre soi-même. Darius t'immole si tu ne l'immoles pas[1].

ARTAXERCE.

Les dieux, touchés de mon péril, se feront un devoir de me dérober aux coups d'un frère criminel.

(*Il va pour sortir.*)

SCÈNE V.

LES MÊMES, SEMIRA.

SEMIRA.

Où vas-tu, prince? où vas-tu?

ARTAXERCE.

Adieu, Semira.

SEMIRA.

Tu me fuis, Artaxerce! Daigne m'entendre avant de partir.

ARTAXERCE.

Laisse-moi, ne m'arrête pas.

SEMIRA.

Accueilles-tu ainsi celle qui soupire pour toi?

ARTAXERCE.

Écouter plus long-temps, Semira, c'est me rendre trop infidèle à mon devoir.

(1) Je ne veux point, Seigneur, accuser votre frère;
Mais peut-être il fera ce que vous n'osez faire.
RACINE. — *Britannicus*.

SEMIRA.

Eh bien! va donc, ingrat, je comprends tes mépris.

ARTAXERCE.

AIR.

Idole de mon ame, ah! par pitié, ne me donne pas le nom d'ingrat. Le ciel me rend déjà bien assez infortuné; l'amour, les dieux, mon cœur et le tien, voilà les témoins de ma fidélité, les garants de l'ardeur dont je brûle pour tes beaux yeux.

(*Il sort.*)

SCÈNE VI.

SEMIRA, MEGABISE.

SEMIRA.

Que je vois de sujets de crainte! Mon frère Arbace part avant l'aurore; je rencontre mon père les armes à la main, et il ne me parle pas! Artaxerce, dans son agitation, accuse le ciel et m'abandonne. Megabise, que se passe-t-il? Si tu le sais, réunis dans une seule crainte toutes celles qui partagent mon cœur.

MEGABISE.

Quoi donc? ignores-tu seule que Xercès vient d'être assassiné dans son sommeil, que Darius est l'assassin, et que le palais s'enflamme aux divisions des deux frères?

SEMIRA.

Qu'entends-je? je vois tout. Malheur pour nous! malheur pour la Perse!

MEGABISE.

Belle Semira, cesse de t'affliger. Quel intérêt prends-tu dans les querelles ambitieuses et dans les forfaits de la famille royale? crains-tu qu'il ne manque un souverain à la Perse? Nous n'aurons, nous n'aurons que trop aisément à qui obéir. Que le sang de deux frères rivaux se répande et inonde le trône; quel que soit le vainqueur, je vois cette guerre avec indifférence.

SEMIRA.

Dans les désastres d'un empire chacun se fait un parti, et dans un sujet fidèle l'indifférence est un crime. J'apprends qu'un fils impie s'est souillé du sang de son père, qu'Artaxerce est en péril, et tu veux que je contemple ces événements tragiques en spectatrice tranquille et sans chagrin, comme le malheur d'Oreste dans les fictions de la scène!

MEGABISE.

Je sais qu'Artaxerce règne sur le cœur de Semira. Mais écoute, ne t'abuse point: ou Artaxerce triomphe de son frère, et une fois monté sur le trône il te dédaignera; ou il va succomber, et son oppresseur voudra le voir dans le tombeau; vainqueur ou vaincu, il est perdu pour toi. Veux-tu suivre les conseils d'un ami fidèle? Choisis un amant de ton rang. Tu sais que l'amour se nourrit d'égalité, et si jamais tu veux adopter mes avis, alors, princesse, ressouviens-toi d'un cœur qui t'adore.

SEMIRA.

Le conseil est digne de toi, mais je t'en veux donner un autre en récompense, et je le crois plus sage que le tien: renonce à m'aimer.

MEGABISE.

Et qui peut te voir sans t'aimer ?

SEMIRA.

Et qui te force à me voir? Fuis-moi, et cherche une femme plus sensible à ton amour.

MEGABISE.

Que me servirait de fuir? Je porte ton image dans mon cœur; mon ame, accoutumée à t'admirer de près, t'admire encore de loin; l'habitude de t'aimer est une seconde nature; l'imagination se représente encore ce qui ne frappe plus les yeux.

AIR.

Un songe retrace au guerrier des armées, des forêts au chasseur, au pêcheur des filets et un hameçon. C'est ainsi que, plongé dans une illusion charmante, je rêve à la beauté qui sans cesse est l'objet de mes vœux et de mes soupirs.

(Il sort.)

SCÈNE VII.

SEMIRA, *seule.*

Daignez, ô divinités protectrices de la Perse, daignez conserver Artaxerce à l'empire. Hélas! je le perds s'il triomphe de Darius. Sujet, il aspirait à ma main; monarque, il la dédaignera! Mais qu'importe! Ah! une si précieuse vie n'est-elle pas un digne équivalent à ma douleur? Que mon amant règne, qu'il vive! vouloir sa mort plutôt que de renoncer à lui serait un vœu sacrilége. Non, grands dieux! je ne me repens point des souhaits que j'ai faits pour lui[1].

AIR.

Désirer, par un excès de tendresse, la perte d'une moitié de soi-même dans l'objet qu'on adore, c'est la plus affreuse de toutes les douleurs. Au milieu des miennes, je serai heureuse, si mon amant soupire et se dit: Semira était digne de trouver un cœur plus reconnaissant.

(Elle sort.)

SCÈNE VIII.

Le palais.

MANDANE, *et ensuite* ARTAXERCE.

MANDANE.

Où fuir, par où m'échapper? qui viendra m'arracher par pitié de ce palais impie? Quel parti prendre? Sœur, amante, fille infortunée! le même instant me ravit mes frères, mon père et mon amant.

ARTAXERCE.

Ah! Mandane.

MANDANE.

Artaxerce, Darius est-il encore vivant? Est-ce par le sang de ton frère que tu veux à ton tour commencer la carrière du crime?

ARTAXERCE.

Ma sœur, j'aspire à me conserver innocent. Un zèle indiscret, hélas! a fait échapper de mes lèvres un ordre cruel; à peine était-il prononcé que j'en ai frémi. Pour en empêcher l'exécution, je parcours avec inquiétude le palais et je cherche en vain Artaban et Darius.

MANDANE.

Voici Artaban.

SCÈNE IX.

LES MÊMES, ARTABAN.

ARTABAN.

Seigneur!

ARTAXERCE.

Ami!

ARTABAN.

Je te cherche.

ARTAXERCE.

Et moi je courais sur tes traces.

ARTABAN.

As-tu quelque crainte?

ARTAXERCE.

Oui, j'appréhende...

ARTABAN.

N'appréhende rien. C'en est fait, Artaxerce est mon roi; Darius est puni.

ARTAXERCE.

Dieux!

MANDANE.

O désespoir!

(1) Qu'il vive, c'est assez; je l'ai voulu sans doute,
Et je le veux encor, quelque prix qu'il m'en coûte.
Je n'examine point ma joie ou mon ennui;
J'aime assez mon amant pour renoncer à lui.
RACINE. — *Bajazet.*

ARTABAN.

Le prince parricide s'est offert lui-même sans défense aux coups de tes soldats.

ARTAXERCE.

Hélas !

ARTABAN.

Tu soupires ! J'ai obéi à tes ordres.

ARTAXERCE.

Ah ! tu devais les interpréter avec plus de sagesse.

MANDANE.

Tu devais prévoir son horreur, son repentir.

ARTAXERCE.

Tu devais enfin avoir compassion d'un fils qui, privé de son père, n'était pas maître des premiers mouvements de sa douleur.

ARTABAN.

Cette prévoyance eût été superflue en moi. Les gardes ont été si pressés d'obéir que j'ai vu Darius immolé, avant que d'avoir distingué les coups qu'on lui portait.

ARTAXERCE.

Ah ! les cruels n'auront pas impunément trempé les mains dans le sang de leurs rois.

ARTABAN.

Mais, Seigneur, ton ordre seul leur a donné cette audace ; toi seul es le premier auteur du coup qu'ils ont frappé.

ARTAXERCE.

Il est trop vrai ; oui, je vois mon crime. Je l'avoue, Artaban, je suis coupable.

ARTABAN.

Toi, coupable ! de quoi ? d'un acte de justice qui punit un forfait ? d'une vengeance due à Xercès ? Console-toi, et songe qu'en immolant ton frère tu punissais un parricide, un impie.

SCÈNE X.

LES MÊMES, SEMIRA.

SEMIRA.

Artaxerce, remets-toi !

ARTAXERCE.

Quel sujet, Semira, t'amène en ces lieux avec ces transports de joie?

SEMIRA.

Darius n'est point l'assassin de Xercès.

MANDANE.

Qu'entends-je ?

ARTAXERCE.

Et d'où le sais-tu ?

SEMIRA.

On vient d'arrêter l'abominable meurtrier ; il est demeuré prisonnier de tes troupes auprès des murs du jardin. Sa fuite, le lieu, ses discours entrecoupés, sa pâleur, et son glaive encore fumant de sang, tout a décelé son crime.

ARTABAN.

Mais son nom ?

SEMIRA.

Chacun le tait ; j'ai beau le demander, chacun baisse les yeux en silence.

MANDANE, *à part.*

Ah ! si c'était Arbace !

ARTABAN, *à part.*

Mon fils est prisonnier !

ARTAXERCE.

Ainsi donc je suis un impie ! ainsi donc Artaxerce va s'asseoir sur un trône encore teint du sang de l'innocence, et sera l'horreur de la Perse et du monde !

SEMIRA.

Quoi ! Darius aurait-il péri ?

ARTAXERCE.

Il n'est plus, Semira ; l'ordre exécrable est sorti de ma bouche. Plus de repos pour moi tant que je vivrai ; la voix du remords criera toujours au fond de mon cœur ; je verrai les ombres irritées de mon père, de mon frère, me poursuivre de leurs menaces et durant le jour et dans mon sommeil ; et les furies vengeresses, qui ne se reposent jamais, secouer partout sous mes yeux (digne supplice d'un fratricide !), secouer les noirs flambeaux qu'elles allument dans le Phlégéton.

MANDANE.

Artaxerce, à quel excès t'emporte ta douleur ? Une erreur involontaire n'est point un crime, ou du moins est un crime excusable.

SEMIRA.

Que ton courroux se reporte sur un objet plus digne. Justifie-toi aux yeux de l'univers par le châtiment du meurtrier.

ARTAXERCE.

Où est ce monstre ? Qu'on l'amène.

ARTABAN.

Je cours hâter l'arrivée du prisonnier.

ARTAXERCE.

Arrête. Artaban, Semira, Mandane, par pitié, ne me quittez point, secourez-moi. Je voudrais en ce moment voir tous mes amis autour de moi. Mon cher Arbace, où est-il ? Artaban, est-ce là la tendresse qu'il m'a jurée dès le berceau ? lui seul m'abandonne-t-il ainsi ?

MANDANE.

Ignores-tu qu'il fut banni du palais pour avoir demandé la main de ta sœur ?

ARTAXERCE.

Ah ! qu'Arbace vienne ; je l'absous.

SCÈNE XI.

LES MÊMES, MEGABISE, ARBACE, *désarmé, au milieu des gardes.*

MEGABISE.

Arbace est le coupable.

ARTAXERCE.

Comment?

MEGABISE, *montrant Arbace qui s'avance plongé dans l'abattement.*

Voyez sur son visage les preuves de son crime.

ARTAXERCE.

Mon ami!

ARTABAN.

Mon fils!

SEMIRA.

Mon frère!

MANDANE.

Mon amant!

ARTAXERCE.

Est-ce donc ainsi, Arbace, que tu reparais devant moi? Un si grand crime a-t-il pu être conçu dans ton sein?

ARBACE.

Je suis innocent.

MANDANE.

Plût au ciel!

ARTAXERCE.

Mais si tu es innocent, défends-toi; éclaircis les soupçons, les indices, et que la preuve de ton innocence brille à tous les regards.

ARBACE.

Je ne suis pas coupable; voilà toute ma défense.

ARTABAN, *à part.*

Puisse-t-il persister à se taire!

MANDANE.

Pourtant ta fureur contre Xercès?

ARBACE.

Était juste.

ARTAXERCE.

Ta fuite?

ARBACE.

Elle est vraie.

MANDANE.

Ton silence?

ARBACE.

Est nécessaire.

ARTAXERCE.

La confusion qui règne sur ton visage?

ARBACE.

Convient à ma situation.

MANDANE.

Et le fer teint du sang de Xercès?

ARBACE.

Était dans ma main, je l'avoue.

ARTAXERCE.

Et tu n'es pas criminel?

MANDANE.

Et tu n'es pas l'assassin?

ARBACE.

Je suis innocent.

ARTAXERCE.

L'apparence, malheureux, t'accuse et te condamne.

ARBACE.

Je le vois; mais l'apparence est trompeuse.

ARTAXERCE.

Semira, tu ne dis rien?

SEMIRA.

Je reste confondue.

ARTAXERCE.

Parle, Artaban.

ARTABAN.

Hélas! je me confonds aussi quand je cherche à l'excuser.

ARTAXERCE.

Malheureux! que faire? Dois-je, dans mon ami le plus cher, punir le plus cruel, le plus affreux ennemi? Impitoyable Arbace, pourquoi me témoigner une si grande fidélité? Ce commerce si doux, cette amitié, ces preuves d'une vertu incorruptible n'étaient donc que les artifices d'une ame coupable! Que ne puis-je du moins oublier ce jour où, au milieu de la mêlée, accourant à mon secours quand j'allais succomber sous le nombre des ennemis, tu sauvas ma vie au prix de ton généreux sang. Je n'éprouverais pas aujourd'hui en vengeant mon père la douleur d'être ingrat envers toi.

ARBACE.

Seigneur, ne ravis pas à l'innocence accablée ton premier attachement; si jamais j'en fus digne, je le suis aujourd'hui.

ARTABAN.

Téméraire! Et de quel front peux-tu demander l'amitié du roi? Fils perfide! tu fais ma honte et mon supplice.

ARBACE.

Mon père aussi conspire à ma perte!

ARTABAN.

Que voudrais-tu de moi? que ma pitié me rendît le complice de tes crimes? Prouve, Seigneur, prouve ta justice. Moi-même je demande sa punition. Qu'il ne lui serve pas pour sa défense d'avoir Artaban pour père. Oublie ma fidélité, oublie ce sang répandu tant de fois dans les combats pour le salut de la Perse; joins au sang que j'ai versé le sang du misérable!

ARTAXERCE.

O trop constante foi!

ARTABAN.

Prononce, et s'il te reste pour lui quelque attachement, mets-le désormais en oubli.

ARTAXERCE.

Oui, je prononcerai; mais où mon cœur en trouvera-t-il la force?

AIR.

Hélas! laissez-moi respirer un instant. Ma raison n'est point capable de prendre un parti; je me trouve à la fois juge, ami, amant, coupable et roi.

(*Il sort.*)

SCÈNE XII.

MANDANE, SEMIRA, ARBACE, ARTABAN, MEGABISE, *gardes.*

ARBACE, *à part.*

Malheureux Arbace, quand tu es innocent devrais-tu souffrir tant d'outrages?

MEGABISE, *à part.*

Que va-t-il arriver?

SEMIRA, *à part.*

Combien de maux je redoute!

MANDANE, *à part.*

Plus de repos pour mon cœur.

ARTABAN, *à part.*

Contraignons mon effroi.

ARBACE.

Tu ne me regardes point, ô mon père? J'aurais souffert tout autre accusateur sans me plaindre; mais m'entendre accuser, entendre demander ma mort par celui qui m'a donné la vie, ah! c'est le comble de l'horreur pour mon ame tremblante. Je frissonne! Qu'un père ait du moins pitié de son fils.

ARTABAN.

AIR.

Je ne suis plus ton père, tu n'es plus mon fils. Je ne sens point de pitié pour un traître; toi seul tu as causé ton péril; toi seul fais le tourment de ton père.

SCÈNE XIII.

ARBACE, SEMIRA, MANDANE, MEGABISE, *gardes.*

ARBACE.

Mais par quel si grand crime, ô dieux impitoyables, ai-je excité votre colère? Qu'au moins Semira m'entende et me plaigne.

SEMIRA.

AIR.

Que je te voie innocent, et je t'entendrai si tu le veux; je ferai tout pour toi... Mais tant que je te vois coupable, je ne dois pas te plaindre et ne sais pas te défendre.

SCÈNE XIV.

ARBACE, MANDANE, MEGABISE, *gardes.*

ARBACE.

Et personne ne me donnera la mort? Ah! Megabise, si tu as pitié...

MEGABISE.

Ne me parle point.

ARBACE.

Ah! princesse...

MANDANE.

Fuis loin de moi.

ARBACE.

Écoute, ami.

MEGABISE.

Je n'écoute point un traître.

ARBACE.

O toi que je j'adore! toi mon unique bien!

MANDANE.

Malheureux! oses-tu m'appeler ton bien? puis-je recevoir une main qui a tué mon père?

ARBACE.

Je ne l'ai point tué.

MANDANE.

Qui donc a fait le crime? Parle.

ARBACE.

Je ne puis... ma bouche...

MANDANE.

Ta bouche est vouée au mensonge.

ARBACE.

Mon cœur...

MANDANE.

Oses-tu parler de ton cœur, lorsqu'il reste insensible à l'horreur de son forfait?

ARBACE.

Je suis...

MANDANE.

Tu es un traître.

ARBACE.

Je suis innocent.

MANDANE.

Innocent!

ARBACE.

Je le jure.

MANDANE.

Perfide!

ARBACE, *à part.*

Hélas! combien me coûte l'attentat de mon

père. (*haut.*) Chère Mandane, si tu savais...

MANDANE.

Je connais assez ta haine contre Xercès.

ARBACE.

Mais tu n'entends pas...

MANDANE.

J'ai entendu tes menaces.

ARBACE.

Quelle est ton erreur !

MANDANE.

Mon erreur fut de te croire vertueux et de t'aimer.

ARBACE.

Et maintenant ?...

MANDANE.

Je t'abhorre.

ARBACE.

Tu es ?...

MANDANE.

Ton ennemie.

ARBACE.

Tu veux ?...

MANDANE.

Ta mort.

ARBACE.

Ta première tendresse ?...

MANDANE.

S'est tournée tout entière en fureur.

ARBACE.

Et tu refuses de me croire ?

MANDANE.

Non ; je ne te crois pas, malheureux.

AIR.

Dis-moi que tu es un sacrilége, que tu as un cœur de rocher ; alors, traître, je te croirai. (*à part.*) Je voudrais l'oublier, le haïr ; mais je ne puis trouver en moi cette haine que me commande mon devoir. (*haut.*) Oui, nomme-toi un monstre, et je te croirai. (*à part.*) Non, tous mes efforts sont impuissants pour le haïr.

(*Elle sort.*)

SCÈNE XV.

ARBACE, GARDES.

ARBACE.

Le sort a épuisé tous ses traits sur moi ; ils ont tous porté, tous à la fois. Je perds mon ami, ma sœur m'outrage, mon père m'accuse, mon amante est dans la douleur ; et je dois me taire, et je ne puis parler ! Est-il un mortel dont l'ame soit plus déchirée que la mienne ? Grace, justes dieux ! si votre courroux s'attache ainsi à ma perte, vous exigez de moi trop de constance.

AIR.

Comme un vaisseau sans voile et sans agrès, je sillonne une mer agitée ; les vagues frémissent, le ciel s'obscurcit, les vents se déchaînent ; l'art devient impuissant, et je suis contraint de me laisser sans résistance aux caprices de la fortune. Malheureux ! en cet état je suis abandonné de tout le monde ; je n'ai plus avec moi que l'innocence qui m'entraîne au naufrage.

ACTE DEUXIÈME.

SCÈNE I.

Les appartements du roi.

ARTAXERCE, ARTABAN.

ARTAXERCE.

Gardes, qu'Arbace sorte de sa prison, qu'on l'amène ici. J'ai satisfait à ta demande. Ah ! veuille le ciel que cette entrevue puisse être utile à le sauver !

ARTABAN.

Je ne voudrais pas, Seigneur, que ma demande fût interprétée par toi comme une faiblesse de père ou une espérance mal fondée de trouver Arbace innocent. Son crime est trop manifeste ; il doit mourir. Ta sûreté est le seul motif qui me porte à le revoir. La cause de son forfait reste encore un mystère ; on ignore les complices. Je vais tenter de découvrir tous ses secrets.

ARTAXERCE.

Combien je porte envie à ton courage, Artaban ! Je m'abîme dans la douleur en voyant le péril d'un ami ; toi tu restes impassible, et c'est ton fils que l'on condamne.

ARTABAN.

Ah ! que je paie cher au fond du cœur cette fermeté qui paraît sur mon visage ! Oui, j'ai entendu aussi le cri de la nature, j'ai connu aussi les faiblesses d'un père ; mais le devoir triomphe au milieu de mes incertitudes. Il n'est point mon fils, le traître qui m'a fait rougir d'une action si noire. J'étais sujet avant d'être père.

ARTAXERCE.

Ta vertu même me parle pour Arbace. Je te dois d'autant plus que tu le défends moins. Ah ! je paierais tes services de trop d'ingratitude si je pouvais d'un œil indifférent contempler ton supplice dans le sien. Cherchons, Artaban, un moyen pour le sauver, un prétexte pour douter de son crime. Unis, je t'en conjure, tous tes efforts aux miens.

ARTABAN.

Que puis-je faire si, quand toutes les circonstances l'accusent, Arbace lui-même se laisse déclarer coupable sans se défendre et en s'obstinant au silence?

ARTAXERCE.

Mais il proclame son innocence; ses lèvres n'ont point l'habitude du mensonge. Son caractère aurait-il changé en un instant? Ah! le malheureux a peut-être quelque motif pour garder un tel silence. Parle-lui, Artaban; il dévoilera peut-être à son père ce qu'il veut taire à son juge. Je m'éloigne; entretiens-le en liberté. Observe, examine son cœur; trouve, si tu peux, une ombre de défense. Concilie le salut de ton fils, le repos de ton roi, la dignité du trône. Abuse-moi, si tu peux, je te le pardonne.

AIR.

Rends-moi le plus cher de mes amis, la moitié de mon ame; justifie-le par intérêt pour ma tendresse. Dès le berceau tu nous as vus compagnons l'un de l'autre, et tu sais que dans toutes mes fortunes j'ai partagé avec lui jusqu'à ce jour tous mes plaisirs et toutes mes peines.

(Il sort.)

SCÈNE II.

ARTABAN, ARBACE, GARDES.

ARTABAN.

Je touche au port. Approche, Arbace, et vous, attendez dans la chambre prochaine le moindre signal que je vous ferai.

ARBACE.

Mon père seul avec moi!

ARTABAN.

Mon fils, je puis sauver ta vie. J'ai demandé exprès à l'imprudent Artaxerce la liberté de t'entretenir. Allons, par une issue qui fut toujours ignorée de lui, je puis, en guidant tes pas, tromper ses gardes et lui-même.

ARBACE.

Tu me proposes une fuite qui serait la preuve de mon crime!

ARTABAN.

Viens, insensé; je te rends la liberté; je te dérobe au courroux du roi; je te guide à la gloire et peut-être à l'empire.

ARBACE.

Que dis-tu? à l'empire!

ARTABAN.

Le sang de nos rois est depuis long-temps, tu le sais, en horreur à toute la nation. Allons; il suffit de te montrer aux troupes agitées; j'ai déjà reçu la foi des principaux chefs.

ARBACE.

Moi, devenir rebelle! la seule pensée m'en fait frémir! Ah! mon père, laisse-moi l'innocence.

ARTABAN.

Tu l'as déjà perdue à tous les yeux. Te voilà dans les fers, et tu parais coupable.

ARBACE.

Mais je ne le suis pas.

ARTABAN.

Et qu'importe? L'innocence, Arbace, est un bien qui repose dans les suffrages crédules de ceux qui l'admirent, et quand ils vous la refusent elle s'anéantit. Le seul juste est l'homme le plus habile à s'en donner les apparences, le plus impénétrable pour voiler ses secrètes pensées devant le tribunal du monde.

ARBACE.

Quelle est ton erreur! Un grand cœur est son tribunal à lui-même! Dans le secret il s'approuve et se condamne, et son imperturbable sérénité méprise les bruits populaires de la foule qui le contemple.

ARTABAN.

Et, fût-il vrai, l'innocence devra-t-elle se préférer à la vie?

ARBACE.

Et cette vie, ô mon père, que crois-tu qu'elle soit?

ARTABAN.

Le plus beau présent, mon fils, que puissent faire les dieux.

ARBACE.

La vie est un bien qui, chaque jour, diminue par l'usage; tous les moments pendant lesquels on en jouit sont comme autant de pas vers son terme; et dès le berceau, dès l'heure de sa naissance, l'homme entre dans le chemin de la mort.

ARTABAN.

Et quoi? devrais-je disputer ton salut contre toi-même? Ne cherche plus maintenant d'autre raison que ma volonté. Hâte-toi.

ARBACE.

Non. Pardonne; c'est le premier de tes ordres auquel j'aurai désobéi.

ARTABAN.

Eh bien! la force vaincra ta résistance. Suis-moi.

(Il veut l'entraîner.)

ARBACE, *résistant.*

Laisse-moi, mon père, tu mets mon respect à une trop forte épreuve. Si tu emploies la violence, je ferai...

ARTABAN.

Tu me menaces, ingrat! Parle, que feras-tu

ARBACE.

Je ne sais; mais je ferai tout pour ne pas te suivre.

ARTABAN.

Eh bien! voyons qui l'emportera de nous deux. Suis-moi, allons.

(Il le saisit par le bras.)

ARBACE.

Holà! gardes.

ARTABAN.

Silence!

ARBACE.

Holà! gardes; rendez-moi mes fers, remenez-moi dans ma prison.

(Artaban quitte le bras d'Arbace en apercevant les gardes.)

ARTABAN, *à part.*

La fureur me transporte.

ARBACE.

Mon père, un dernier adieu.

ARTABAN.

Va, fils indigne, je ne t'écoute pas.

ARBACE.

AIR.

Tu me chasses avec indignation; ta sévérité m'accable; je n'espère plus t'apaiser, retrouver en toi quelque pitié, si tu n'en éprouves pas en ce moment. Quelle injuste et cruelle rigueur! repousser l'amour d'un malheureux fils, d'un fils désespéré qui n'est pas coupable!

(Il sort avec les gardes.)

SCÈNE III.

ARTABAN, *ensuite* MEGABISE.

ARTABAN.

Triomphe, Artaban, des faiblesses de ton cœur. Qu'un fils téméraire s'abandonne à sa destinée! Hélas! je ne puis le condamner au fond de mon ame, et je l'aime, parce qu'il ne me ressemble pas; je me courrouce contre lui et je l'admire à la fois; je frémis et soupire de colère et de compassion.

MEGABISE.

Que fais-tu? Où s'égarent tes pensées? Peux-tu ainsi rester irrésolu, inactif? Il ne s'agit plus de réfléchir, mais d'exécuter. Le conseil des satrapes se rassemble; autant de victimes réunies. Nous y trouverons tous tes rivaux; leur trépas t'aplanit la route du trône. Qu'Arbace soit délivré!

ARTABAN.

Ah! Megabise, quel est mon désespoir! Mon fils refuse le trône et la liberté. Il ne prend plus soin de ses jours; il se perd lui-même et nous avec lui.

MEGABISE.

Que dis-tu?

ARTABAN.

Je viens de lutter avec lui vainement.

MEGABISE.

Courons à sa prison le délivrer de force.

ARTABAN.

Le temps même que nous perdrions à triompher de sa fidélité et de la valeur des gardes, donnerait au roi le loisir de se mettre en défense.

MEGABISE.

Il est trop vrai. Eh bien! frappons d'abord Artaxerce et sauvons ensuite Arbace.

ARTABAN.

Mais la vie de mon fils demeure en otage.

MEGABISE.

Voici notre ressource. Partageons notre suite; nous fondrons dans le même instant, toi sur la prison, moi sur le palais.

ARTABAN.

Ah! ce partage nous affaiblirait trop tous deux.

MEGABISE.

Il faut pourtant prendre un parti.

ARTABAN.

Le plus sûr est de n'en pas prendre encore. Il me faut du temps pour renouer les fils rompus de la trame que je prépare.

MEGABISE.

Et si cependant on condamne Arbace?

ARTABAN.

L'extrémité du péril nous fera recourir au plus prompt remède. Il te suffit, à cette heure, de feindre avec moi et de me conserver la foi de nos partisans. Cependant, avec adresse, je m'appliquerai à séduire les gardiens; je n'ai pas cru jusqu'à présent en avoir besoin, et je regardais comme une imprudence de multiplier les risques sans nécessité.

MEGABISE.

Dispose de moi à ton gré.

ARTABAN.

Ne va pas me trahir, ami.

MEGABISE.

Te trahir! Ah! Seigneur, qu'as-tu dit? Me crois-tu tant d'ingratitude? Je me rappelle mes humbles commencements; c'est à toi que je dois tout ce que je possède; tu m'as tiré de la foule pour m'élever aux plus hauts emplois. Moi te trahir! Ah! Seigneur, qu'as-tu dit?

ARTABAN.

C'est peu, Megabise, de ce que j'ai déjà fait pour toi; tu connaîtras mon amitié si la fortune m'est favorable. Je sais ton amour pour Semira, et, loin de le condamner, je veux...

La voici, mon ordre va t'assurer sa tendresse et nous unir par des liens plus étroits.

MEGABISE.

O bonheur !

SCÈNE IV.

LES MÊMES, SEMIRA.

ARTABAN.

Ma fille, voici ton époux.

SEMIRA, *à part.*

O Dieu ! qu'entends-je ? (*haut.*) O mon père, est-il temps de serrer des nœuds d'hyménée quand mon frère ?...

ARTABAN.

Il suffit. Cet hymen peut le secourir.

SEMIRA.

Le sacrifice est grand ; Seigneur, daigne y mieux réfléchir. Je suis...

ARTABAN.

Bien téméraire de résister à ma loi. Voici ton époux ; telle est ma volonté, qu'elle te suffise.

AIR.

Aime-le, et si ton cœur lui refuse des sentiments de tendresse, respecte du moins en silence la main qui te le donne. Tu cesseras d'être rebelle en voyant allumer les flambeaux d'hyménée.

(*Il sort.*)

SCÈNE V.

SEMIRA, MEGABISE.

SEMIRA.

Écoute, Megabise. Toi qui m'assures de ton amour, puis-je en espérer une preuve en ma faveur ?

MEGABISE.

Que ne ferais-je point, beauté chérie, pour t'obéir ?

SEMIRA.

Je crains pourtant un refus.

MEGABISE.

Bannis cette crainte, en me dictant ta loi.

SEMIRA.

Eh bien ! si tu m'aimes, renonce à cet hyménée.

MEGABISE.

Moi ?

SEMIRA.

Oui ; c'est le moyen de détourner le courroux de mon père.

MEGABISE.

Je t'obéirais, si je n'avais l'espoir que tu cherches à m'abuser.

SEMIRA.

Non, je ne t'abuse point.

MEGABISE.

Je ne puis ajouter foi à tes paroles. Tu prends plaisir à exciter mes alarmes, je le vois trop.

SEMIRA.

Tu te joues des espérances que tu m'avais données. Je t'ai cru plus généreux amant.

MEGABISE.

Et toi, princesse, je te croyais moins cruelle.

SEMIRA.

Est-ce là la preuve d'une ame vraiment noble ?

MEGABISE.

Est-ce là une demande raisonnable à faire à un amant ?

SEMIRA.

Je t'ouvrais une voie pour signaler glorieusement ta vertu, sans faire couler mes larmes.

MEGABISE.

Je la veux signaler, mais par d'autres effets.

SEMIRA.

Mon espoir a donc été frivole !

MEGABISE.

N'attends pas de moi un semblable effort.

SEMIRA.

Quoi ! mes plaintes ?...

MEGABISE.

N'étoufferont pas ma tendresse.

SEMIRA.

Mes prières...

MEGABISE.

Ne pénétreront point dans mon ame.

SEMIRA.

Eh bien ! j'obéirai à mon père ; mais écoute : ne te flatte point que je consente à t'aimer. Je détesterai à jamais le lien funeste qui va m'unir à toi ; tu seras toujours à mes yeux un objet d'horreur, je te le jure ; tu auras cette main, mais le cœur n'est pas pour toi.

MEGABISE.

Eh bien ! je ne le demande pas ; je me contente de te voir mon épouse, et si pour vengeance il te suffit de me haïr, hais-moi : je ne m'en plaindrai pas.

AIR.

Ne crains point que je te prodigue les noms d'ingrate et de perfide ; te posséder, même comme ennemie, me paraîtra encore un bonheur. Insensé l'amant qui veut enchaîner jusqu'aux sentiments de celle qu'il adore !

(*Il sort.*)

SCÈNE VI.

SEMIRA, *et ensuite* MANDANE.

SEMIRA.

Quelle succession de traverses vient en un

seul jour mettre le comble à mes maux ! Mandane, écoute-moi.

MANDANE.

Cesse de m'arrêter, Semira.

SEMIRA.

Où cours-tu ?

MANDANE.

Je vais paraître dans le conseil.

SEMIRA.

Je t'y suivrai, si je puis secourir le malheureux Arbace.

MANDANE.

Nous y porterions des intérêts trop contraires ; tu demandes sa vie, et moi je veux sa mort.

SEMIRA.

C'est l'amante d'Arbace qui tient ce langage?

MANDANE.

Ce langage est celui d'une fille de Xercès.

SEMIRA.

Mon frère n'est point coupable, ou, s'il l'est, sa faute est la tienne, et ce n'est que pour t'avoir trop aimée.

MANDANE.

C'est là le plus grand de ses crimes. Je dois me justifier par son trépas, et me venger de la honte qu'il imprime à un cœur dont la tendresse devait l'exciter à remplir son devoir, et, pour mon supplice, l'a rendu perfide.

SEMIRA.

Et ne suffit-il pas, pour le punir, de la rigueur des lois qui suspendent le glaive sur sa tête, sans y joindre tes efforts?

MANDANE.

Non, les lois ne suffisent pas. Je crains l'amitié dans Artaxerce, l'attachement dans les grands et dans les satrapes, et je redoute en lui ce prestige secret, cet ascendant protecteur qui brille sur son front et lui fait trouver partout des amis.

SEMIRA.

Eh bien! cruelle, va précipiter les coups, accuse-le, obtiens sa mort, mais auparavant mesure tes forces et ton courage ; rappelle-toi les espérances, les sentiments, la foi promise, les transports, l'échange de soupirs, les premiers regards et l'image de cet amant qui apprit à ton cœur les premières paroles d'amour.

MANDANE.

Que t'ai-je fait, cruelle Semira, et de quel droit viens-tu réveiller cette coupable compassion qui se révolte contre mon devoir [1] et que je n'étouffe en mon sein que par un excès de courage?.. Pourquoi avec cette image qui abat toute ma force, renouveler le combat de mes pensées?

AIR.

Si j'ai cru triompher de mon amour, laisse-moi mon erreur, laisse-moi me flatter que je n'aime plus. Puisque la haine est mon devoir, tu ne le sais que trop, pourquoi me montrer l'obstacle que ce devoir trouve dans mes vœux?

(*Elle sort.*)

SCÈNE VII.

SEMIRA, *seule.*

Contre lequel de mes maux dois-je chercher d'abord à m'affermir? Mandane, Arbace, Megabise, mon père, tous sont mes ennemis, chacun me frappe dans mes sentiments les plus chers : tandis que je résiste à l'un, je reste exposée sans défense à tous les autres, et je ne puis soutenir seule tant d'atteintes si rudes.

AIR.

Quand l'onde irritée d'un fleuve cherche à sortir de son lit, le laboureur effrayé court de tous côtés sur la rive ; mais il s'épuise en efforts inutiles, et s'il arrête le débordement d'un côté, le torrent vainqueur se fraye une route par mille autres.

(*Elle sort.*)

SCENE VIII.

La grande salle du conseil avec un trône d'un côté, et des siéges de l'autre pour les grands de l'état. Une table et un fauteuil à la droite du trône.

ARTAXERCE, *précédé d'une partie de ses gardes et des grands et suivi du reste des gardes, ensuite* MEGABISE.

ARTAXERCE.

Fidèles soutiens de la Perse, je viens me dévouer aux inquiétudes qui environnent le trône de mon père. Les commencements de mon règne sont mêlés de tant de troubles funestes que ma main encore inexpérimentée craint de saisir les rênes de l'état. Vous qu'animent le zèle, la valeur, l'expérience et la fidélité, pour prix de l'amitié dont mon père vous honora, servez-moi de guides dans la carrière du gouvernement.

MEGABISE.

O mon maître! Mandane et Semira demandent accès près de toi.

ARTAXERCE.

O ciel! qu'elles entrent. Je vois le motif différent qui les amène toutes deux.

(1) Que t'ai-je fait, Pauline, et de quel droit viens-tu
Avec toute ta force ébranler ma vertu!
CORNEILLE. — *Polyeucte.*

SCÈNE IX.

LES MÊMES, MANDANE, SEMIRA.

SEMIRA.

Grace, Seigneur!

MANDANE.

Vengeance, mon frère! Je demande la mort d'un coupable.

SEMIRA.

Je demande la vie d'un innocent.

MANDANE.

Le crime est avéré.

SEMIRA.

Le criminel incertain.

MANDANE.

L'apparence condamne Arbace.

SEMIRA.

La raison l'absout.

MANDANE.

Le sang qui a coulé du sein de notre père réclame un supplice terrible.

SEMIRA.

Le sang du fils, qui eût coulé sans Arbace, demande une récompense.

MANDANE.

Ressouviens-toi...

SEMIRA.

N'oublie pas...

MANDANE.

Que la rigueur est le seul appui du trône.

SEMIRA.

Que la clémence en est le plus beau droit.

MANDANE.

Que la douleur d'une fille malheureuse excite ta colère.

SEMIRA.

Que les plaintes d'une sœur éplorée t'apaisent.

MANDANE.

Tout le monde, excepté sa sœur, attend le sacrifice de ses jours.

SEMIRA.

Grace !

MANDANE.

Vengeance !

(*Elles tombent aux genoux du roi.*)

ARTAXERCE.

Levez-vous, ô ciel ! levez-vous. Combien mes douleurs surpassent les vôtres ! Semira craint ma rigueur et Mandane ma clémence. Artaxerce, fils aussi bien qu'ami, soupire en voyant les craintes de Mandane et de Semira. Moi seul je rassemble vos deux afflictions. Ah ! viens, Artaban, viens me consoler. As-tu quelque moyen de défendre Arbace? s'est-il justifié?

SCÈNE X.

LES MÊMES, ARTABAN.

ARTABAN.

Votre compassion et la mienne sont inutiles; il dédaigne ou désespère de se sauver.

ARTAXERCE.

L'ingrat veut-il me réduire à le condamner?

SEMIRA.

Ah! le condamner, cruel! Ainsi tombera sous un infâme couteau le frère de Semira, l'honneur de la Perse, l'ami, le défenseur d'Artaxerce. Malheureux Arbace! plaintes superflues! douleur méprisée!

ARTAXERCE.

Semira, vous m'accusez à tort de cruauté. Que puis-je faire, s'il ne peut se défendre? Que feriez-vous? que ferait Artaban? Gardes, amenez Arbace. Que le père lui-même soit le juge de son fils, qu'il l'entende, et qu'il lui fasse grace, s'il le peut. Je dépose toute mon autorité royale entre ses mains.

ARTABAN.

Comment!..

MANDANE.

Et l'amitié l'emporterait ainsi sur le devoir! C'est ne pas vouloir punir que de remettre à un père la punition du coupable.

ARTAXERCE.

Je la remets à un père dont la foi m'est connue, qui accuse son fils que je voudrais défendre, et qui saura mieux le punir que moi.

MANDANE.

Mais c'est toujours un père.

ARTAXERCE.

C'est pour cela qu'il a une double raison de punir l'assassin. Moi, je n'ai que la mort de Xercès à venger sur Arbace; il doit venger sur son fils avec plus de sévérité et la mort de son roi et son propre déshonneur.

MANDANE.

Ainsi donc...

ARTAXERCE.

Si Arbace est coupable, j'assure une victime aux mânes de Xercès et ne suis point ingrat envers mon défenseur.

ARTABAN.

Ah! Seigneur, cette épreuve...

ARTAXERCE.

Est digne de ta vertu.

ARTABAN.

Que dira-t-on d'un tel choix?

ARTAXERCE.

Qu'en peut-on dire? (*aux grands.*) Parlez, avez-vous quelque motif à opposer?

MEGABISE.

Le silence général confirme le choix que tu as fait.

SEMIRA

Mon frère approche.

MANDANE.

Hélas!

ARTAXERCE.

Qu'on l'entende.

ARTABAN, *à part.*

O mes sentiments, contenez-vous!

(*Il va s'asseoir près de la table.*)

MANDANE, *à part.*

Mon cœur, calme-toi.

SCÈNE XI.

LES MÊMES ARBACE, *enchaîné au milieu de quelques gardes.*

ARBACE.

Suis-je donc assez odieux à la Perse pour la voir tout entière rassemblée au spectacle des injustices de ma fortune? O mon roi...

ARTAXERCE.

Appelle-moi ton ami; je veux l'être tant que je pourrai douter de ton crime; et comme ce beau nom ne sied point à un juge, le soin de prononcer sur toi est remis à ton père.

ARBACE.

A mon père?

ARTAXERCE.

A lui.

ARBACE, *à part.*

Je frissonne d'horreur!

ARTABAN.

Quelle est ta pensée? Tu admires peut-être ma constance?

ARBACE.

Je frémis, ô mon père, en te voyant à cette place et en songeant à ce que je suis et à ce que tu es. Comment as-tu pu te faire mon juge? comment conserves-tu ce visage intrépide et ne te sens-tu pas déchirer le cœur?

ARTABAN.

Tu ne dois point rechercher quels sentiments intérieurs me dominent, ni quel rapport existe entre ce qui se passe au fond de mon cœur et l'expression de mon visage. Quoi que je puisse être à tes yeux, je le suis par ta faute. Si tu avais su marcher sur les traces d'un père qui t'aime, nous ne serions point devant ce tribunal, moi ton juge et toi l'accusé.

ARTAXERCE.

Malheureux père!

MANDANE.

Nous ne sommes point ici pour entendre vos plaintes. Qu'Arbace se défende ou qu'il soit condamné.

ARBACE, *à part.*

Quel excès de rigueur!

ARTABAN.

Que l'accusé réponde à mes questions. Arbace, tu parais l'assassin de Xercès. Tu es convaincu de ce crime, voici les preuves : un amour téméraire, une fureur rebelle.

ARBACE.

Le fer, le sang, le temps, le lieu, ma crainte, ma fuite, tout, je le sais, s'unit pour m'accuser du crime, et pourtant je ne l'ai point commis. Je suis innocent.

ARTABAN.

Prouve-le si tu peux. Apaise la colère de Mandane offensée.

ARBACE.

Ah! si tu veux que je souffre avec constance, ne m'attaque point dans un endroit si sensible. A ce nom adoré, père barbare...

ARTABAN.

Tais-toi. Dans ton aveugle et folle impatience, tu ne vois plus avec qui tu parles et qui t'écoute.

ARBACE.

Mais, mon père...

ARTABAN, *à part.*

O mes sentiments, contenez-vous!

MANDANE, *à part.*

Mon cœur, calme-toi!

ARTABAN.

Ton crime demande justification ou repentir.

ARTAXERCE.

Ah! favorise notre compassion.

ARBACE.

Je ne trouve, ô mon roi, ni crime, ni justification, ni sujet de repentir, et quand tu me demanderais mille fois raison de ce forfait, mille fois tu recevrais de moi la même réponse.

ARTABAN, *à part.*

O piété filiale!

MANDANE.

Il est également coupable, soit qu'il parle, soit qu'il se taise. A quoi réfléchit-on? que fait le juge? Est-ce là ce père qui devait venger un double outrage?

ARBACE.

Tu veux ma mort, ô Mandane!

MANDANE, *à part.*

Courage, mon cœur!

ARTABAN.

Princesse, ta colère aiguillonne ma vertu. Que la rigueur d'Artaban laisse à l'empire un grand exemple, un exemple inouï jusqu'à ce jour de justice et de fidélité. Je condamne mon fils; qu'Arbace meure.

(*Il signe la sentence.*)

MANDANE.

O Dieu !

ARTAXERCE.

Ami, suspends l'arrêt fatal.

ARTABAN.

J'ai signé, j'ai rempli mon devoir.

(Il se lève et donne la sentence à Megabise.)

ARTAXERCE.

Honneur impitoyable!

SEMIRA.

Père inhumain!

MANDANE, *à part.*

Hélas! mes larmes me trahissent.

ARBACE.

Mandane pleure! Et pourtant à la fin tu as senti quelque pitié de ma destinée!

MANDANE.

On pleure de plaisir aussi bien que d'affliction [1].

ARTABAN.

J'ai rempli l'office d'un juge sévère. Ah! que la douleur paternelle, ô mon Roi, puisse enfin avoir son cours! Mon fils, pardonne à la barbare loi d'un tyrannique devoir. Souffre, il ne te reste plus long-temps à souffrir. Ne t'épouvante pas de l'aspect du supplice; le plus grand des maux, c'est la crainte des maux eux-mêmes.

ARBACE.

Ma patience chancelle, ô mon père! Me trouver exposé à passer pour coupable aux yeux du monde entier; voir mes espérances moissonnées dans leur fleur, et ma vie éteinte à son aurore; me voir l'horreur de la Perse, de mon amie, de celle que j'adore; savoir que mon père... Ah! père barbare. *(à part.)* Je m'égare. *(haut.)* Adieu.

(Il fait un mouvement pour partir et s'arrête.)

ARTABAN.

Je frissonne!

MANDANE.

Je meurs!

ARBACE.

O téméraire Arbace, où t'emportes-tu? Pardonne, ô mon père! je suis à tes pieds; excuse les transports d'une douleur insensée. Qu'on répande mon sang, je ne m'en plains pas, et au lieu de l'appeler cruelle, je baise la main qui signe ma sentence de mort.

ARTABAN.

Il suffit, lève-toi. Tu as trop de sujets de te plaindre; mais apprends... *(à part.)* O Dieu! *(haut.)* Viens dans mes bras et... Retire-toi.

1. Sire, on pâme de joie ainsi que de tristesse.
CORNEILLE. — *Le Cid.*

AIR.

ARBACE.

Au nom de cet embrassement paternel et de ce dernier adieu, veille sur toi-même, apaise l'objet de mon amour, défends mon roi. Je marche à la mort avec joie, si les malheurs de la Perse peuvent être épuisés sur moi.

(Il sort.)

SCÈNE XII.

MANDANE, ARTAXERCE, SEMIRA, ARTABAN.

MANDANE, *à part.*

Hélas! en le voyant partir je commence à comprendre les angoisses de la mort.

ARTABAN.

Eh bien! au prix de mon sang, princesse, j'ai satisfait à ta colère.

MANDANE.

Ah! malheureux, fuis loin de mes regards, fuis la lumière du jour et les flambeaux de la nuit; cache-toi dans les entrailles de la terre, si la terre veut donner asile à un père aussi insensible que toi.

ARTABAN.

Ainsi, ma vertu...

MANDANE.

Qu'oses-tu dire, inhumain? de quelle vertu te sied-il de te glorifier? La vertu a des bornes, et quand on les dépasse elle se change en férocité.

ARTABAN.

Quoi! n'est-ce pas toi-même qui tout à l'heure enflammait mon courroux?

MANDANE.

Moi-même, et l'on doit m'en louer; si Arbace était encore à juger, je demanderais encore son trépas. Mandane devait venger un père, Artaban devait sauver un fils. Ton partage était la tendresse, et le mien était la haine. Je ne devais point écouter les intérêts d'une tendre amante, mais tu devais mettre en oubli la sévérité d'un juge. Tels étaient ton devoir et le mien.

AIR.

Va, père dénaturé, parmi les monstres qui te cèdent tous en barbarie. Les sables brûlants de l'Afrique, les gouffres inhospitaliers de la mer n'ont rien produit d'aussi cruel que toi.

(Elle sort.)

SCÈNE XIII.

ARTAXERCE, SEMIRA, ARTABAN.

ARTAXERCE.

Chère Semira, à quel point le ciel conjure la perte de notre Arbace!

SEMIRA.

Inhumain! tyran! peux-tu changer si vite? Tu immoles ton ami et tu le pleures après.

ARTAXERCE.

J'ai remis sa vie à la décision de son père, et c'est moi que tu nommes tyran! C'est moi qui l'immole!

SEMIRA.

Ingénieux détour de cruauté! Un père, avec le titre de juge, était l'esclave de la loi; toi, tu es souverain, la loi était ta sujette; il ne pouvait céder à la pitié, et tu le devais. Tu triomphes de voir un fils immolé par les mains de son père, toi aussi insensible à l'amitié qu'à l'amour.

ARTAXERCE.

Que la Perse élève la voix et dise si j'ai manqué de reconnaissance, si je suis touché de ta douleur, si je t'aime encore.

SEMIRA.

Séduite par une illusion qui a long-temps duré, je t'ai cru, jusqu'à ce jour, amant tendre et ami généreux; mais un instant te montre ami perfide et amant sans tendresse.

AIR.

Le tigre d'Arménie dépose sa colère devant l'objet de ses sauvages amours; l'amour fléchit la cruauté du lion; mais tu les surpasses en férocité, et les prières de celle qui t'adore ne trouvent aucun accès dans ton ame.

(Elle sort.)

SCÈNE XIV.

ARTAXERCE, ARTABAN.

ARTAXERCE.

Tu as entendu les reproches de l'ingrate Semira?

ARTABAN.

Entends-tu les cris de fureur de l'injuste Mandane?

ARTAXERCE.

Je suis compâtissant, et elle m'appelle inhumain!

ARTABAN.

Je suis juste, et elle me traite de cruel!

ARTAXERCE.

Est-ce là le prix de ma clémence?

ARTABAN.

Est-ce là la récompense d'une austère vertu?

ARTAXERCE.

Combien, combien je perds en un jour, Artaban!

ARTABAN.

Ah! ne gémis pas, laisse-moi les plaintes. Je suis le plus infortuné de tous.

AIR.

ARTAXERCE.

Ta douleur est grande; mais la mienne est-elle si facile à supporter? Je ne sais en ce moment lequel de l'ami ou du père est le plus à plaindre. Tout ce que je sais, pour mon tourment, c'est que ma tendresse était l'effet de mon propre choix, quand la tienne, au contraire, ne t'était qu'imposée.

(Il sort.)

SCÈNE XV.

ARTABAN, *seul.*

Je suis seul une fois et je respire en liberté après tant de crises! J'ai failli me perdre en m'entendant nommer le juge d'Arbace. Mais ne pensons plus à un péril dont j'ai triomphé. Je me suis sauvé moi-même, il faut maintenant défendre mon fils.

AIR.

Ainsi la foudre qui éclate jette le pasteur étonné dans une immobilité stupide et le fait tomber à terre, le visage couvert de la pâleur de la mort; mais quand il s'est aperçu que sa frayeur était vaine, il se relève, respire, et revient compter ses troupeaux dispersés par l'épouvante.

ACTE TROISIÈME.

SCÈNE I.

L'intérieur de la forteresse où est retenu Arbace; à main droite une petite porte par laquelle on monte au palais.

ARBACE, *ensuite* ARTAXERCE.

ARBACE.

Pourquoi la mort vient-elle lentement, lorsqu'elle est un terme à la douleur? Elle est si prompte pour celui que la félicité environne!

ARTAXERCE.

Arbace!

ARBACE.

O Dieu! que vois-je? Qui te guide en ce séjour d'horreur et de tristesse?

ARTAXERCE.

La compassion, l'amitié.

ARBACE.

Pourquoi viens-tu, Seigneur, chercher des sujets d'affliction?

ARTAXERCE.

Je viens pour te sauver.

ARBACE.

Pour me sauver?

ARTAXERCE.

Ecoute. Précipite tes pas du côté où le palais aboutit à une place solitaire. Fuis dans une autre contrée et gardes-y le souvenir d'Artaxerce; aime-le, vis.

ARBACE.

O mon roi! si tu me crois coupable, pourquoi viens-tu me sauver, et si je te semble innocent pourquoi devrais-je fuir?

ARTAXERCE.

Si tu es coupable je te rends la vie en échange de celle que tu m'as conservée; si tu es innocent je t'offre le seul moyen de salut que te laisse ton silence opiniâtre. Fuis, épargne à la tendresse d'un ami la douleur de t'immoler. Apaise le tumulte de mon ame agitée. Soit que l'amitié m'aveugle, ou que les dieux protégent l'innocence, je ne puis être heureux si tu n'es sauvé. Je crois entendre une voix qui, lorsque je balance ta faute et tes services, crie au fond de mon cœur que le crime est douteux et le bienfait certain.

ARBACE.

Seigneur, laisse-moi mourir. Je parais coupable aux yeux de tout le monde et l'honneur t'oblige à me punir. Je mourrai heureux d'avoir sauvé à mon ami, à mon souverain, une fois la vie et une autre fois l'honneur.

ARTAXERCE.

Non, ce n'est point là le langage d'un criminel! Cher Arbace, ne perdons pas les moments. Il suffira pour mon honneur de répandre le bruit que tu as été puni par un supplice secret, afin de ne point troubler la pompe de ce jour, dans lequel l'Asie me verra pour la première fois prendre place sur le trône.

ARBACE.

Mais ta générosité peut un jour être découverte; alors...

ARTAXERCE.

Ah! pars, ami, je t'en prie, et si mes prières sont impuissantes, je te l'ordonne comme roi.

ARBACE.

J'obéis à mon souverain; qu'Arbace une fois puisse te complaire. Cependant veuille le ciel entendre mes vœux! Qu'Artaxerce règue et que les années de son heureux empire soient marquées par des triomphes! que le monde, devenu son sujet, l'entoure de lauriers et de palmes; que la Parque file lentement ses jours et qu'il garde ce bonheur que je perds et que je ne retrouverai plus qu'en revenant dans ma patrie auprès de mon ami!

AIR.

L'onde écartée de la mer baigne la vallée et la montagne; elle s'étend dans le lit d'un fleuve ou jaillit prisonnière d'une fontaine; toujours elle gémit et murmure tant qu'elle n'est point retournée à la mer, où elle a pris naissance, dont les vapeurs l'ont formée, et où elle espère se reposer de ses longues courses.

(Il sort.)

SCÈNE II.

ARTAXERCE, *seul.*

Ce maintien, cette asurance sur le front sont bien loin de déceler un coupable. Une grande ame ne saurait se déguiser, et le cœur se découvre toujours par le visage.

AIR.

Un nuage qui passe entre le soleil et la terre dérobe souvent la clarté du jour, mais sans en pouvoir cacher entièrement l'éclat. En vain un ruisseau couvre le sable d'un filet de son onde argentée, ce cristal limpide laisse percer les regards jusqu'à son lit jonché de verdure.

(Il sort.)

SCÈNE III.

ARTABAN, MEGABISE, SUITE DE CONJURÉS.

ARTABAN, *entrant du côté opposé.*

Mon fils, Arbace, où es-tu? Il devrait pourtant entendre ma voix. Arbace! ô ciel! où est-il caché? Compagnons, tandis que je cherche mon fils, gardez le passage.

(Il pénètre dans les prisons.)

MEGABISE, *aux conjurés.*

Encore des retards! le temps presse... Mais je ne vois ni Artaban ni Arbace! Que fait-on? Quelle est cette lenteur dans une si grande entreprise? Artaban! seigneur!

(Il pénètre de l'autre côté des prisons.)

ARTABAN.

Je suis perdu, je ne trouve point mon fils; je frissonne, je tremble dans mon incertitude... Peut-être il est caché. Peut-être plus heureux de ce côté... Megabise!

MEGABISE.

Artaban!

ARTABAN.

As-tu trouvé Arbace?

MEGABISE.

Il n'est point avec toi?

ARTABAN.

O Dieu! mon incertitude augmente.

MEGABISE.

Explique-toi! Que lui est-il arrivé?

ARTABAN.

Et qui peut le dire? Je flotte au milieu des angoisses et des soupçons les plus horribles. Combien de funestes images ma frayeur me représente! Qui sait quel a été son sort? qui sait s'il est vivant?

MEGABISE.

Tes soupçons vont trop loin. Artaxerce, Mandane, un ami, une amante, ne pourraient-ils avoir facilité la fuite d'un prisonnier? Voilà le chemin qui conduit au palais.

ARTABAN.

Et par quel motif me cacher sa fuite? Non, Megabise, non, Arbace ne vit plus, et on tait par pitié sa mort à son père.

MEGABISE.

Que les dieux détournent ce présage! Ah! remets-toi du trouble de ton cœur; dégage ton ame d'une agitation qui peut compromettre notre entreprise.

ARTABAN.

Et que pourrais-je entreprendre encore après la perte de mon fils?

MEGABISE.

Seigneur, que dis-tu? Nous aurions en vain séduit, toi les gardes du roi, et moi les troupes? Résous-toi. Artaxerce va bientôt jurer d'observer les lois de l'empire. J'ai empoisonné déjà par ton ordre la coupe sacrée. Voudrions-nous perdre si lâchement le fruit de tant de peines et d'inquiétudes?

ARTABAN.

Ami, si je ne retrouve point Arbace, pour qui dois-je m'inquiéter encore? Mon fils avait toute ma tendresse. Je suis devenu traître pour lui donner un empire; pour lui je me suis rendu horrible à mes propres yeux, et sa perte m'enlève tout l'avantage que j'espérais de mes crimes.

MEGABISE.

Qu'Arbace ait péri ou qu'il vive, il attend de ta main ou l'empire ou la vengeance.

ARTABAN.

Ah! la vengeance seule m'attache encore à la vie. Oui, Megabise, guide-moi où tu voudras; je m'abandonne à toi.

MEGABISE.

Tu le peux, je te mène au triomphe.

AIR.

Que le péril d'un fils et l'amour du trône rallument ton audace et ton courroux! Il est doux à une ame qui a soif de vengeance de sacrifier le repos à sa colère.

(Il sort.)

SCÈNE IV.

ARTABAN, *seul.*

Dieux ennemis, vous avez trouvé le seul moyen de m'inspirer de la faiblesse. A la seule idée du trépas de mon fils, tremblant, désespéré, je ne puis vaincre le trouble intérieur qui m'ôte le pouvoir de me gouverner moi-même.

AIR.

Mon fils, si tu ne vis plus, je mourrai; mais je me ferai précéder sur la rive infernale par un roi que je vais immoler. Obtiens du pâle nocher qu'il retarde ton passage jusqu'à l'arrivée de ton père.

(Il sort.)

SCÈNE V.

Les appartements de Mandane.

MANDANE, *ensuite* SEMIRA.

MANDANE.

Soit que l'habitude de souffrir émousse les sentiments de l'ame, soit que l'on ait en soi-même un présage de l'avenir, je ne puis m'affliger pour Arbace autant que je le devrais. Le malheureux! il conservera la vie. S'il avait péri, je ne le saurais que trop; la renommée est prompte à publier les malheurs.

SEMIRA.

Console-toi, princesse; le ciel te favorise.

MANDANE.

Le roi aurait délivré Arbace?

SEMIRA.

Il lui a donné la mort.

MANDANE.

Comment!

SEMIRA.

Tout le monde en est instruit. Il a terminé secrètement sa malheureuse destinée.

MANDANE.

O présages trompeurs! O mort! Affreuse journée!

SEMIRA.

Tu es vengée; ta cruauté est assouvie. Es-tu satisfaite? ou veux-tu encore d'autres victimes? Parle.

MANDANE.

Ah! Semira, une douleur faible peut parler, une douleur profonde est muette.

SEMIRA.

Non, je n'ai jamais vu pousser plus loin l'inhumanité. Il n'est personne à qui cet affreux événement n'ait coûté des larmes ; tes yeux seuls n'en versent pas.

MANDANE.

Les regrets sont légers quand ils se dissipent en larmes.

SEMIRA.

Eh bien ! si tu n'es pas contente, va repaître tes regards du spectacle de mon frère mort ; fixe les yeux sur sa poitrine inondée de sang, compte ses blessures avec joie... et...

MANDANE.

C'en est trop ; laisse-moi.

SEMIRA.

Moi partir ! moi me taire ! Tant qu'il me restera un souffle de vie, je m'attache à tes pas ; je veux être ta persécutrice et rendre tes jours malheureux.

MANDANE.

O ciel ! ai-je mérité tant d'ennemis ?

AIR.

Tu me crois insensible ! tu m'appelles cruelle ! Cesse ta fureur et tes plaintes ; elles ne vaudront jamais ma douleur pour m'exciter à mourir. Ingrate Sémira ! je ne puis plus supporter cette haine et ce courroux d'une ame indignée contre moi.

(*Elle sort.*)

SCÈNE VI.

SEMIRA, *seule.*

Qu'ai-je fait dans mes transports ? J'ai cru, en faisant partager à une autre mon affliction, en diminuer le poids pour moi-même, et au contraire je n'ai réussi qu'à l'aggraver encore. Quand je cherche quelque soulagement à mes peines dans mes emportements contre Mandane, je perce son cœur sans pouvoir cicatriser la blessure du mien.

AIR.

Non, ce n'est qu'une vaine satisfaction de voir au milieu de ses tourments couler les larmes d'autrui, et l'image de la douleur inspire une sorte d'émulation qui redouble encore nos soupirs.

(*Elle sort.*)

SCÈNE VII.

ARBACE, *ensuite* MANDANE.

ARBACE.

Je ne la trouve point. Ah ! du moins je voudrais apaiser le courroux de ma chère Mandane, la revoir une fois et partir. Pénétrons plus avant ; peut-être... Mais où m'engage ma témérité ? La voici, grand Dieu ! Je n'ai point le courage de me présenter à elle.

(*Il se tient à l'écart.*)

MANDANE, *à un page qui s'éloigne après avoir reçu son ordre.*

Qu'on interdise à tout le monde l'accès de ma retraite. O mon désespoir ! te voilà donc en liberté. Barbare ! j'ai versé le sang de celui que j'adore ; il est temps de verser le mien.

(*Elle s'arme d'un poignard qu'elle dirige contre sa poitrine.*)

ARBACE.

Arrête.

MANDANE.

Ciel !

(*A la vue d'Arbace elle laisse échapper son poignard.*)

ARBACE.

Quelle injuste fureur !

MANDANE.

Toi en ce lieu ! toi libre ! toi vivant !

ARBACE.

La main d'un ami a brisé mes fers.

MANDANE.

Ah ! fuis, éloigne-toi. Malheureuse ! que dira-t-on si on te voit ici ? Ingrat ! laisse-moi ma gloire.

ARBACE.

Et quel autre à ma place, ô ma bien-aimée ! quitter sa patrie sans te revoir ?

MANDANE.

Qu'attends-tu de moi, perfide meurtrier ?

ARBACE.

Princesse, quitte ce langage. Ah ! ton cœur est plus généreux qu'il ne veut le paraître. Je te connais : tu as parlé, ô Mandane ! et Arbace t'a entendue.

MANDANE.

Tu mens ou tu t'abuses, ou ma bouche, entraînée par l'habitude, n'a pas été d'intelligence avec ma pensée.

ARBACE.

Ah ! je suis encore l'objet de ta tendresse !

MANDANE.

Tu es l'objet de ma haine !

ARBACE.

Eh bien ! satisfais-toi, cruelle ! voici mon épée et mon sein ; prends et frappe.

(*Il lui présente son épée nue.*)

MANDANE.

Ta mort serait un bienfait et non pas un supplice.

ARBACE.

Il est trop vrai. Pardonne, je m'égarais ; mais au moins ma propre main va, au défaut de la tienne...

(*Il va pour se tuer.*)

MANDANE.

Que fais-tu? crois-tu que ton sang suffise pour assouvir mon courroux? Je veux que ta mort soit publique, environnée d'infamie, dépouillée de toute marque, de toute apparence de courage.

ARBACE, *jetant son épée.*

Eh bien! barbare, ingrate, je mourrai comme tu le souhaites. Je retourne dans ma prison.

(Il va pour sortir.)

MANDANE.

Arbace, écoute-moi.

ARBACE.

Que veux-tu me dire?

MANDANE.

Ah! le sais-je moi-même?

ARBACE.

Ce qui t'arrête, serait-ce un reste d'amour?

MANDANE.

Cruel! qu'oses-tu souhaiter? Veux-tu voir mon front couvert de rougeur? Sauve-toi, fuis, cesse de m'affliger.

ARBACE.

Ah! tant de compassion est une preuve d'amour.

MANDANE.

Non, ne le crois pas. Mais fuis et sauve tes jours.

DUO.

ARBACE.

Tu m'ordonnes de vivre, beauté chérie; mais me refuser ton amour, c'est me faire mourir.

MANDANE.

O Dieu! quelle peine amère! Que ma rougeur te suffise; je ne puis te rien dire de plus.

ARBACE.

Ecoute-moi.

MANDANE.

Non.

ARBACE.

Tu es...

MANDANE.

Fuis de mes yeux; par pitié, laisse-moi.

ARBACE *et* MANDANE.

Grands Dieux! quand finira votre cruauté? Si l'on ne meurt pas dans une si grande douleur, quelle peine est capable de donner la mort?

(Ils sortent.)

SCÈNE VIII.

Un lieu préparé avec magnificence pour le couronnement d'Artaxerce; d'un côté sont un sceptre et une couronne; au milieu un autel où brûle le feu sacré, surmonté d'une image du soleil.

ARTAXERCE, ARTABAN, UNE NOMBREUSE SUITE, PEUPLE.

ARTAXERCE.

Peuple, je me présente devant vous autant comme un père que comme un roi. Soyez plutôt mes enfants que mes sujets. Je défendrai votre vie, votre gloire et toutes les conquêtes ou tous les présents de la paix ou de la guerre. Vous, défendez mon trône, et faisons ensemble un échange de fidélité et d'amour. Je veux régner avec douceur, mais sans cesser d'être jaloux de l'exécution des lois; et pour vous donner un gage de cette promesse, je vais la consacrer par un serment solennel.

(On apporte une coupe.)

ARTABAN, *présentant la coupe à Artaxerce.*

Voici la coupe sacrée. Pour vous engager par un lien plus puissant, soumettez-vous aux usages de vos ancêtres. *(à part.)* C'est la mort que tu vas boire.

ARTAXERCE.

Dieu de la lumière, qui pares le printemps de fleurs, par qui tout naît et meurt dans le monde, jette tes regards sur moi. Si mes lèvres profèrent le mensonge, fais pleuvoir sur ma tête les traits de ta fureur; que ma vie s'éteigne, comme la flamme s'éteint, sous les libations de la liqueur sacrée; *(Il verse sur le feu de l'autel une partie du breuvage.)* et que ce breuvage salutaire à la vie se transforme en poison dans mon sein!

(Il s'apprête à boire.)

SCÈNE IX.

LES MÊMES, SEMIRA.

SEMIRA.

Défends-toi, Seigneur. Un peuple de rebelles entoure le palais qui retentit de cris séditieux. On aspire à ta mort, on la demande.

ARTAXERCE.

Dieux!

(Il remet la coupe sur l'autel.)

ARTABAN.

Et quel est le coupable qui trahit ainsi sa foi?

ARTAXERCE.

Ah! je m'en aperçois trop tard, c'est Arbace qui est ce traître.

SEMIRA.

Arbace! il a péri.

ARTAXERCE.

Il vit, il vit, l'ingrat! J'ai brisé ses fers, sans respect pour les mânes de Xercès, et j'ai mérité la punition que me destine le ciel. J'ai moi-même été l'artisan de ma ruine.

ARTABAN.

Que crains-tu, ô mon roi? Artaban suffit seul pour ta défense.

ARTAXERCE.

Eh bien! courons punir...

(Il va pour sortir.)

SCÈNE X.

LES MÊMES, MANDANE.

MANDANE.

Arrête, mon frère; je t'apporte une grande nouvelle; le tumulte est dissipé.

ARTAXERCE.

Puisse-t-il être vrai! Mais comment?

MANDANE.

Déjà les rebelles qui suivaient Megabise étaient parvenus jusque dans la grande enceinte, lorsqu'Arbace accourt, attiré par les clameurs de cette foule en délire. Que n'a point fait, que n'a point dit ce sujet fidèle pour défendre tes jours? Il a déclaré son horreur pour un exécrable attentat, il a vanté la vertu de ceux qui gardent leur foi, il a raconté tes services et ta gloire. Par force ou par prière, changeant de visage et de discours, tantôt sévère et tantôt indulgent, quelquefois terrible, il a forcé les séditieux de quitter leurs armes. L'indigne Megabise restait seul; il l'attaque, te venge et l'immole.

ARTABAN, *à part.*

O fils imprudent!

ARTAXERCE.

C'est un Dieu qui m'inspira de le sauver. Megabise est l'auteur de tout le crime.

ARTABAN, *à part.*

Heureuse erreur!

ARTAXERCE.

Où est mon cher Arbace? qu'on le cherche, qu'il vienne près de nous!

SCÈNE XI.

LES MÊMES, ARBACE.

ARBACE.

O mon maître! Arbace est à tes pieds.

ARTAXERCE.

Viens, viens contre mon cœur. Pardonne-moi d'avoir pu te soupçonner; ta glorieuse innocence est trop manifeste. Ah! donne-moi le pouvoir de te récompenser; dissipe tous les doutes de ce peuple, et fais-nous comprendre comment ce fatal glaive s'est trouvé dans tes mains, pourquoi tu fuyais, la cause de ton silence, enfin tout ce qui te faisait croire coupable.

ARBACE.

Seigneur, si je te parais digne de quelque récompense, souffre que je me taise. Ma bouche ne profère point le mensonge; crois-en celui qui te sauva. Je suis innocent.

ARTAXERCE.

Jure-le du moins, et que cet acte terrible et solennel fasse foi de la vérité. Voici la coupe consacrée à cette auguste cérémonie; suivant la coutume de la Perse, invoque en témoignage la divinité vengeresse.

ARBACE.

Je suis prêt.

(Il prend la coupe dans sa main.)

MANDANE, *à part.*

Voici donc mon amant hors de péril.

ARTABAN, *à part.*

Que faire? S'il achève le serment, mon fils est empoisonné.

ARBACE.

Dieu de la lumière, qui pares le printemps de fleurs, par qui tout naît et meurt dans le monde...

ARTABAN, *à part.*

Malheureux que je suis!

ARBACE.

Si ma bouche profère le mensonge, que ce breuvage salutaire à la vie se transforme dans mon sein...

(Il s'apprête à boire.)

ARTABAN.

Arrête... c'est un poison!

ARTAXERCE.

Qu'entends-je?

ARBACE.

O Dieu!

ARTAXERCE.

Pourquoi le taire jusqu'à présent?

ARTABAN.

Je l'ai préparé pour toi.

ARTAXERCE.

Quelle fureur te faisait aspirer à ma perte?

ARTABAN.

Il n'est plus temps de feindre; la tendresse paternelle m'a trahi. C'est moi qui fus l'assassin de Xercès; je voulais verser tout le sang royal; le crime est à moi, et non pas à mon fils. Je lui donnai le fer sanglant pour le cacher; son trouble, sa confusion venaient de l'horreur de mon forfait; son silence était un effet de piété filiale. Ah! si son cœur avait eu moins de vertu ou le mien moins de tendresse, j'accomplissais mon dessein, et je t'aurais enlevé la vie et le trône.

ARBACE, *à part.*

Que dit-il?

ARTAXERCE.

Malheureux! tu assassines mon père, tu me rends coupable de la mort de Darius. A quels excès t'a porté ta criminelle espérance! Monstre d'impiété, tu vas mourir!

ARTABAN.

Nous mourrons ensemble.

(Il tire son épée, Artaxerce se met en défense.)

ARBACE, *à part.*

O ciel!

ARTABAN.

Amis, il ne nous reste que l'audace du désespoir. Frappons le tyran!

(Les gardes séduits se disposent à attaquer Artaxerce.)

ARBACE.

Mon père, que fais-tu?

ARTABAN.

Je veux mourir en homme de courage.

ARBACE.

Quitte ce fer, ou je fais passer la mort dans mon sein.

(Il s'apprête à boire.)

ARTABAN.

Insensé, que dis-tu?

ARBACE.

Si tu immoles Artaxerce, non, je ne dois plus vivre!

ARTABAN.

Laisse-moi agir...

(Il va commencer l'attaque.)

ARBACE.

Eh bien! je vide la coupe.

(Il l'approche de ses lèvres.)

ARTABAN.

Arrête! fils ingrat; tu veux que ton père au désespoir succombe par un excès d'amour pour toi. Tu as vaincu; fils ingrat, voilà mon épée.

(Il jette son épée; les gardes qui avaient tiré leurs armes à son signal prennent la fuite.)

MANDANE.

O fidélité!

SEMIRA.

O trahison!

ARTAXERCE.

Qu'on poursuive les rebelles et qu'on mène Artaban à la mort!

ARBACE.

O dieux! arrête. Grace, Seigneur!

ARTAXERCE.

Ne l'espère pas pour lui, son crime est trop horrible. Je ne confonds point l'innocent avec le coupable; Mandane sera ton épouse, si tu le veux; Semira partagera mon trône; mais il n'y a point de pardon pour ce traître.

ARBACE.

Eh bien! arrache-moi la vie; je ne veux plus vivre, si pour t'avoir été fidèle, pour t'avoir sauvé, je donne la mort à mon père.

ARTAXERCE.

O vertu qui triomphe des cœurs!

ARBACE.

Ah! je ne demande point ta clémence; use de rigueur, mais échange sa mort contre la mienne. Celui qui t'a sauvé te demande à genoux de mourir pour son père; contente par-là ta vengeance; le sang d'Artaban est le mien.

ARTAXERCE.

Lève-toi... c'est assez... Guerrier généreux, sèche tes pleurs. Qui pourrait te résister? Qu'Artaban conserve la vie, mais qu'il vive dans un douloureux exil. Ton souverain pardonne l'attentat du père en faveur de la vertu du fils.

CHŒUR.

O roi plein de justice, la Perse adore la clémence assise sur le trône, quand elle récompense la fidélité d'un héros par un si noble pardon! La justice est belle quand elle marche escortée par la générosité.

FIN D'ARTAXERCE.

LES VOYAGES

DE L'EMPEREUR SIGISMOND,

OU

LE SCULPTEUR ET L'AVEUGLE

(I Viaggi dell' imperatore Sigismondo, ossia Lo Scultore ed il Cieco)

COMÉDIE EN QUATRE ACTES,

PAR CAMILLO FEDERICI.

NOTICE SUR FEDERICI.

Jean-Baptiste-Camille-Frédéric Viassolo, connu dans la république des lettres sous le nom de Camille Federici, naquit à Garessio, petite ville du Piémont, en 1751. Il fit ses études à Turin, où il cultiva les littératures latine et italienne, et donna des preuves, dès sa plus tendre enfance, de cet esprit ingénieux qui le porta par la suite à écrire pour le théâtre. Quelques productions, fruit de sa jeunesse, ayant été jouées par des amateurs, lui valurent beaucoup d'éloges. Mal partagé sous le rapport de la fortune, avide de gloire, encouragé par les marques d'approbation qu'on lui donnait et par ses amis, il abandonna, lui aussi, cette même patrie que furent obligés de quitter Baretti, Denina, Lagrange, Bodoni et Alfieri, et voyagea en Italie.

En 1787, il se trouvait à Venise, aux appointements du directeur de la troupe qui jouait à la salle Saint-Ange. Ce fut alors que ses comédies représentées dans cette ville furent tellement recherchées, tellement applaudies sur tous les théâtres d'Italie, que le nom de Federici retentit depuis les Alpes jusqu'au Fare, et parut devoir effacer celui de tous les auteurs dramatiques qui l'avaient précédé. Mais son étoile ne brilla pas toujours d'une aussi vive lumière.

De Venise il passa à Padoue, où il se fixa, y étant devenu époux et père. Attaqué d'une maladie grave et pénible qui mit ses jours en danger pendant quatre ans de suite, il trouva un soulagement et un appui dans la personne de François Barisan, riche négociant de cette ville, jeune homme aimable, bien élevé et instruit. Celui-ci, ayant pris goût à jouer la comédie, avait fait construire une salle dans sa charmante *villa de Castelfranco* et y avait réuni une société choisie d'amateurs, parmi lesquels, déployant son talent dans l'art de déclamer, il se fit une réputation d'excellent acteur.

Plusieurs des comédies de notre auteur furent composées pour cette société et jouées par elle avec tant de succès qu'elles auraient pu exciter la jalousie des professeurs les plus habiles.

Federici recouvrait à peine une santé long-temps désirée, lorsqu'il fut atteint d'un nouveau et profond chagrin, par suite d'une de ces aventures si ordinaires en Italie, où les auteurs n'ont aucun droit ni d'impression ni de représentation. Ses œuvres, qui jouissaient de l'approbation générale, se trouvaient dans les mains de beaucoup de comédiens; mais le modeste Camille n'avait pas encore eu l'idée de les faire connaître par la voie de la presse. Une ame vénale profita de cette circonstance pour en tirer parti, en les publiant sans le consulter.

On ne saurait exprimer la douleur que Federici éprouva en voyant paraître tout à coup la majeure partie de ses pièces, imprimées sans qu'on eût même daigné lui en faire part. Mais le mal était fait et sans remède; il ne lui restait qu'à souffrir et à se taire.

Federici passa ensuite auprès de son ami Antoine Goldoni [1] et continua à donner de nouvelles productions toujours ardemment désirées et toujours applaudies.

Après l'édition de Turin, plusieurs de ses ouvrages furent insérés dans des recueils dramatiques, soit à Venise, soit dans d'autres villes, ce qui l'engagea à prendre enfin le parti de les publier lui-même tels qu'ils étaient sortis de sa plume. L'édition en fut entreprise à Padoue, en 1802, sous les yeux de l'auteur; mais le quatrième volume ne faisait que de paraître lorsqu'une seconde maladie termina ses jours le 23 décembre de la même année. La collection fut continuée, tant bien que mal, jusqu'au dixième volume, et fut ensuite abandonnée. Le nombre des comédies de Federici s'élève à cinquante-six. Plusieurs ont été traduites en français et en espagnol. Celle qui est intitulée *la Bugia vive poco* a mérité l'honneur d'être transportée sur la scène française; MM. Roger et Creuzé de Lesser en ont tiré la comédie de *la Revanche*.

Ce fut au milieu de l'admiration que les œuvres de Schiller, d'Iffland et de Kotzbue excitaient en Allemagne, que Federici entra dans la carrière théâtrale, avec l'intention de donner des ouvrages qui pussent répondre aux vœux d'une des nations les plus civilisées.

Si son projet ne réussit pas entièrement, on doit l'attribuer en grande partie à l'injustice du sort, qui le traita avec assez de rigueur pour l'obliger à faire un commerce de son talent en se vendant au caprice et à la cupidité des directeurs de comédie pour procurer une existence à sa famille. C'est principalement à cette cause fâcheuse qu'il faut imputer les taches qui déparent plusieurs de ses écrits, taches sur lesquelles une critique impartiale ne saurait se taire.

Obligé de se conformer à la volonté des autres et à traiter des sujets romanesques, il tomba quelquefois dans l'invraisemblance des caractères qu'il allait chercher, dans son imagination, au-delà des Alpes et des mers, au lieu de les peindre tels qu'ils sont dans la nature. Voulant toujours instruire, même lorsque ses drames n'avaient pas une fin morale, il eut la mauvaise inspiration d'y suppléer par des maximes et des préceptes. Gêné souvent par la nécessité de travailler vite ou d'amener des coups de théâtre qui pussent éblouir le public, il fit trop fréquemment usage du même moyen en introduisant sur la scène quelque prince, quelque souverain ou autre grand personnage qui, se faisant connaître tout à coup, termine la pièce à sa manière et convertit le théâtre en tribunal. Son style, plus châtié peut-être que celui de Goldoni, n'est pas à l'abri de tout reproche. Mais si tels furent les défauts qu'on pourrait lui reconnaître, peu d'auteurs l'ont surpassé dans l'art de concevoir ses plans, de les distribuer avec une économie sage et bien entendue dans la conduite, et, pour me servir de cette expression, dans la magie de la pièce, dans la variété des caractères; son dialogue est tantôt vif, tantôt soutenu, tantôt tendre ou joyeux; des saillies charmantes échappent souvent à ses personnages, et la justesse des idées est presque toujours unie à celle des mots. Enfin, si le but réel du théâtre est d'amuser, d'instruire et de corriger en même temps, on ne saurait nier que Federici ne l'ait souvent atteint.

Camille fut naturellement enclin à la douceur et à la modestie; il n'eut jamais une haute idée de lui-même; il vécut retiré, cultivant en secret ces vertus qu'il enseignait noblement sur la scène. Ardent pour le bien de son prochain, il mourut emportant les regrets de tout le monde et laissant après lui une honorable mémoire.

VISCONTI.

(1) Alors directeur de la troupe qui porte le nom de Goldoni, et parent du célèbre auteur qui s'appelait Charles.

NOTICE

SUR LES VOYAGES DE L'EMPEREUR SIGISMOND

OU

LE SCULPTEUR ET L'AVEUGLE.

Federici aurait dû se borner au second de ces titres; le premier, indépendamment de ce qu'il présente de vague et d'inexact, nous semble avoir l'inconvénient de trahir *l'incognito* du principal personnage, avant même qu'il se soit montré. *Le Sculpteur et l'Aveugle;* ce titre était heureux, il était suffisant.

Maintenant que nous avons critiqué l'affiche indiscrète placée à la porte du théâtre, prenons nos billets, entrons dans la salle, et, avant le lever du rideau, parlons un peu de l'empereur Sigismond.

Il ne faut pas qu'on s'attende à voir apparaître ici le Sigismond du quinzième siècle, cet empereur d'Allemagne surnommé *la lumière du monde*, lumière qui aurait été plus belle et plus pure si les flammes qui dévorèrent Jean Hus et Jérôme de Prague n'étaient venues y mêler leur sinistre clarté. L'empereur qui a été mis en scène par Federici est d'une humeur plus tolérante, et nous n'avons à remonter qu'au dernier siècle pour y retrouver la philosophie dont toute sa pièce est comme imprégnée.

A la vérité, on chercherait vainement au dix-huitième siècle un Sigismond, empereur d'Allemagne, de sorte que le Sigismond de Federici est encore un inconnu pour nous, même après s'être fait connaître; un masque tombe, un autre reste. Mais ce dernier masque ne cacherait-il pas à nos yeux le fils de Marie-Thérèse, ce prince malheureux dans tous ses projets, comme il est écrit sur sa tombe [1], ce frère d'une reine plus malheureuse encore; en un mot, l'empereur Sigismond ne serait-il pas l'empereur Joseph II? Tout porte à le croire. Il existe, en effet, une ressemblance complète entre l'empereur de l'histoire et celui de la comédie. C'est la même simplicité, le même éloignement pour les hommages publics, la même attention pour chercher et récompenser le mérite.

Bien plus, on retrouve dans la comédie de Federici, sauf quelque différence dans les détails, un trait attribué à l'empereur Joseph II. On nous saura gré, sans doute, de le rappeler ici.

Une jeune personne, allant vendre des hardes pour subvenir aux besoins de sa famille, se confia par hasard à lui, sans le connaître. Elle se plaignit de l'empereur qui avait laissé son père, vieux officier, mourir sans récompense, et sa mère dans la détresse. Après avoir payé le prix des hardes, l'étranger se chargea de faire parler à l'empereur de cet abandon et invita la jeune fille à se rendre le surlendemain au palais. Joseph, s'étant informé des faits et convaincu de leur exactitude, remit à la mère le brevet d'une pension égale aux appointements du père, en lui disant : « Pardonnez-moi le retard qui vous a mis dans l'embarras; vous voyez qu'il était involontaire. Dorénavant, si on disait quelque mal de moi, je vous demande de me défendre. »

Il est possible que Federici doive également l'idée principale de sa pièce à quelque autre épisode de la vie de Joseph II, cette vie toute de voyages et si fertile en aventures de ce genre.

Quoi qu'il en soit de l'empereur Sigismond, que ce personnage appartienne à l'histoire ou qu'il soit purement imaginaire, nous regardons la pièce qu'on va lire comme une des meilleures et des plus intéressantes de Federici. La charmante scène du quatrième acte, où l'empereur est reconnu d'après le signalement donné par un aveugle, justifierait seule notre prédilection. Cette scène, qu'on me passe l'expression, est grosse d'un vaudeville. Allons, messieurs les arrangeurs, mettez-vous à l'ouvrage; vite un cadre à ce joli tableau. Ce ne serait pas, au surplus, la première fois que Federici aurait à revendiquer sa part dans les applaudissements accordés à nos auteurs dramatiques.

La critique doit cependant reprocher à

(1) Ci-gît Joseph II, qui fut malheureux dans tous ses projets. (*Épitaphe de cet empereur.*)

Federici d'avoir rendu trop ridicules les barons et les baronnes de sa comédie; il pouvait donner aux grands seigneurs d'une petite ville de la fatuité, de la morgue et des préjugés, sans en faire des espèces de caricatures qui perdent souvent leur comique par la charge même. Toutefois, rappelons-nous que nous sommes au théâtre italien et que notre goût français n'est pas toujours bon juge des plaisanteries qu'admettent les scènes étrangères. Il nous paraît également contraire à certaines convenances que la comtesse Valsingher, dame bien élevée et veuve d'un officier supérieur, dise au chevalier Brom, dont elle reçoit les hommages : « Votre père était un marchand de bière et de viandes salées, ce qui ne vous a pas empêché d'être chevalier. »

Nous regrettons qu'Egidius, le sculpteur, attribue au bon vin le mérite de ses statues; un artiste ne doit avoir pour muse que l'inspiration. Ce même Egidius, quand il exprime de nobles pensées en un langage élevé, avoue qu'il n'est que le perroquet de son frère Ferdinand, professeur en droit, comme si ces nobles pensées, comme si ce langage élevé, ne pouvaient être le partage d'un statuaire distingué dans son art. Sous ce rapport, le caractère d'Egidius, qui a d'ailleurs de la gaîté et de la bonhomie, nous paraît manquer un peu de dignité. En revanche, les caractères de l'empereur, de la comtesse Valsingher et de Ferdinand, l'aveugle, sont tracés d'une manière vigoureuse et vraie.

Quant à notre traduction, nous avons tâché de lui donner le reflet du style simple, clair et facile de l'auteur, n'oubliant pas que, dans un pareil travail, la fidélité est le premier devoir et le seul mérite. *Traduttore, traditore,* dit un proverbe italien. Nous espérons n'avoir pas volontairement encouru le reproche de trahison. Une seule fois, et nous le disons vite pour l'acquit de notre conscience, nous avons ajouté au texte. Ferdinand dit, en parlant des barons, baronnes et chevaliers qui n'ont pas reconnu l'empereur : « *O cieca gente !* » ô gens aveugles ! Comme Ferdinand est lui-même réellement aveugle, nous nous sommes permis d'interpréter sa pensée en la complétant, et nous avons traduit ainsi : *O gens plus aveugles que moi !*

Un mot encore, qu'on nous le pardonne. C'est un souvenir d'enfance; et à qui ces souvenirs ne sont-ils pas chers? A une époque où le soleil de l'empire inondait de ses feux l'Europe entière, nous avons vu représenter le *Sculpteur et l'Aveugle* sur l'un des théâtres de Florence, alors chef-lieu d'un département français; de douces larmes ont coulé de nos yeux et se sont mêlées à celles de la famille d'Egidius, au moment où l'inconnu devient l'empereur Sigismond. Aujourd'hui encore, bien que tout ait disparu pour nous, enfance, empire, Italie, nous avons retrouvé, en traduisant la pièce, les mêmes émotions de plaisir et d'attendrissement. Ces émotions, nous osons presque l'assurer, seront partagées par nos lecteurs, malgré ce que peut avoir d'affaibli et de décoloré la copie que nous offrons d'un tableau de Federici.

Auguste BRESSIER.

LES VOYAGES

DE L'EMPEREUR SIGISMOND,

COMÉDIE

PERSONNAGES.

Le comte de STEMBERG, maître de la poste aux chevaux.
La comtesse de VALSINGHER.
L'inconnu.
Le chevalier BROM.
Le baron NAIMANN, président de l'académie.
Le baron VALFEN.
Le baron SPLINN.
La baronne STOLEN.
La baronne WILTZ.
EGIDIUS, sculpteur.
FERDINAND, aveugle.
ÉDOUARD, fils du baron Naimann.
LOUISE.
Le maître du café.
LUCIE.
Un courrier.
Deux enfants.

La scène se passe dans une petite ville d'Allemagne.

ACTE PREMIER.

SCÈNE I.

LE COMTE DE STEMBERG, LE MAITRE DU CAFÉ.

LE COMTE.

Eh bien ! que signifie cette foule ainsi rassemblée autour de l'auberge de la poste?

LE MAITRE DU CAFÉ.

Cela n'a rien qui doive surprendre dans un moment où l'empereur Sigismond est attendu.

LE COMTE.

Chaque voiture qui passe met le peuple en émoi. Ce matin, il est entré dans cette ville un charlatan avec un habit galonné, et on l'a pris pour une personne de la cour. Voici maintenant un simple officier qui arrive en chaise de poste, tout couvert de poussière, et chacun s'empresse de l'interroger.

LE MAITRE DU CAFÉ.

Ah ! qu'ils sont fous !...

LE COMTE.

La curiosité du peuple, jointe au désir de voir un prince qu'il aime, explique cet empressement et ces méprises fréquentes.

LE MAITRE DU CAFÉ.

Voici précisément cet officier.

LE COMTE.

C'est un des nôtres; il a l'uniforme des dragons de Sa Majesté.

(Il regarde du côté de la rue.)

SCÈNE II.

L'INCONNU, LES PRÉCÉDENTS.

L'INCONNU.

Pardon, messieurs; c'est ici un café?

LE MAITRE DU CAFÉ.

Oui, monsieur, et c'est moi qui en suis le maître.

L'INCONNU.

Veuillez me donner un verre d'eau.

LE MAITRE DU CAFÉ.

Vous allez être servi sur-le-champ.

(Il sort.)

L'INCONNU, *ôtant son chapeau.*

J'ai l'honneur de vous saluer, monsieur.

LE COMTE.

Monsieur, je suis votre serviteur.

L'INCONNU.

Vous habitez ce pays.

LE COMTE.

Oui, monsieur.

L'INCONNU.

Faites-moi le plaisir de me dire combien il y a de milles d'ici à la frontière d'Italie?

LE COMTE.

Six lieues de Toscane, pas davantage.

L'INCONNU.

Quelle heure avez-vous?

LE COMTE.

Il est six heures.

(L'inconnu règle sa montre.)

SCÈNE III.

LE MAITRE DU CAFÉ, *apportant un verre d'eau*, LES PRÉCÉDENTS.

(L'inconnu boit, tire sa bourse et donne une pièce de monnaie.)

LE MAITRE DU CAFÉ.

Je ne suis pas dans l'usage de faire payer de l'eau; je ne vends que de la limonade et du café.

L'INCONNU.

Vous vous paierez quand vous m'apporterez le café.

LE MAITRE DU CAFÉ.

Un sequin! il en vient rarement à mon café; je ne sais si j'aurai assez de monnaie pour le changer.

(Il sort.)

L'INCONNU.

Permettez-moi, monsieur, de vous demander une explication.

LE COMTE.

Sur quoi, monsieur?

L'INCONNU.

A Gratz, d'où je suis parti, il n'y avait pas de chevaux; ici, pas de chevaux; qu'est-ce que cela veut dire?... Je voudrais cependant poursuivre ma route.

LE COMTE.

Ce sera difficile.

L'INCONNU.

Pourquoi cela?

LE COMTE.

Ignorez-vous que nous attendons l'empereur? tous les chevaux sont retenus pour lui et pour sa suite.

L'INCONNU.

Je suis certain, moi, qu'il ne lui faudra pas beaucoup de chevaux.

LE COMTE.

Je le pense comme vous. Je sais que c'est un prince qui n'aime pas le faste, qui enseigne aux grands à diminuer leur luxe, et au peuple à savoir souffrir. Cependant, les égards et le respect que nous lui devons...

L'INCONNU.

Le maître de la poste aux chevaux est-il ici?

LE COMTE.

Oui, monsieur.

L'INCONNU.

Je désirerais lui parler.

LE COMTE.

Quand bon vous semblera.

L'INCONNU.

Puisque vous êtes si obligeant, veuillez bien m'indiquer où je puis le trouver.

LE COMTE.

Il n'est pas nécessaire d'aller bien loin.

L'INCONNU.

Mais où est-il?

LE COMTE.

Il est devant vous.

L'INCONNU.

Le comte de Stemberg!

LE COMTE.

Le comte de Stemberg, lui-même, tout prêt à vous être utile.

L'INCONNU.

Vous répondez par votre politesse à l'éloge qu'on m'avait fait de vous.

LE COMTE.

Qui vous a parlé de moi?

L'INCONNU.

Quelqu'un de Gratz, chez qui j'ai reçu l'hospitalité la plus aimable. Cette lettre, au surplus, vous fera connaître...

LE COMTE *prend la lettre et l'ouvre.*

Vous permettez... *(Il lit.)* « Le porteur de la présente est un homme du plus haut mérite, que le hasard m'a fait rencontrer. Il a bien voulu me faire l'honneur de loger chez moi, et j'ai eu le temps d'apprécier son esprit, son amabilité et sa politesse. Vous savez que je me trompe rarement dans mes jugements sur les hommes. Celui-ci voyage pour son agrément, et vous n'aurez qu'à vous féliciter de l'avoir bien accueilli. Rendez-lui tous les services qui dépendront de vous. Je vous apprends avec plaisir que vous jouissez de l'estime du souverain. Le vicomte WESFEL. »

L'INCONNU.

Je désire mériter la vôtre.

LE COMTE.

Elle vous est acquise dès ce moment. Parlez; je ferai tout ce qui dépendra de moi pour vous être utile.

L'INCONNU.

Je n'ai qu'une chose à vous demander.

LE COMTE.

Quoi donc?

L'INCONNU.

Des chevaux de poste pour que je puisse continuer mon voyage.

LE COMTE.

C'est précisément ce qu'il n'est pas en mon pouvoir de vous accorder. Vous êtes militaire et vous savez mieux que personne ce qu'impose la subordination envers les chefs. J'ai l'ordre de ne fournir à qui que ce soit des chevaux avant d'avoir reçu de nouvelles instructions. Vous n'exigerez pas, je suis sûr, que je manque aux devoirs de ma place.

L'INCONNU.

Vous avez raison; mais cette circonstance me contrarie beaucoup.

LE COMTE.

Rassurez-vous, j'ai le moyen de tout réparer.

L'INCONNU.

Et de quelle manière?

LE COMTE.

J'ai deux chevaux et un bon carrosse: ils ne sont pas destinés au service du gouvernement, et je vous les offre; acceptez-les sans façon.

L'INCONNU.

Vous êtes trop bon et je suis toujours plus reconnaissant; mais quand je voyage j'aime à aller comme le vent.

LE COMTE.

Mes chevaux vont comme le vent.

L'INCONNU.

Monsieur, telle est ma manière d'agir: quand je ne puis pas me procurer des chevaux à la poste, je m'en passe et je ne dérange personne. J'attendrai.

LE COMTE.

En ce cas-là, je vous offre ma maison.

L'INCONNU.

Je n'accepterai pas davantage: désirant être libre, j'ai retenu deux chambres à l'hôtel de la poste. Ma reconnaissance n'en est pas moins sans bornes.

LE COMTE.

Vous me refusez donc le plaisir de vous être utile en quelque chose?

L'INCONNU.

Au contraire, je viens vous prier de me rendre un service.

LE COMTE.

Je vois maintenant que vous voulez bien avoir quelque considération pour moi.

L'INCONNU.

Avez-vous de la société dans cette ville?

LE COMTE.

Il existe une réunion qui passe pour la plus distinguée; c'est celle des nobles de l'endroit.

L'INCONNU.

Cette réunion a-t-elle lieu ce soir?

LE COMTE.

Oui, monsieur; et comme l'empereur est attendu, on a le dessein de l'inviter, s'il s'arrête quelques instants parmi nous; c'est pourquoi on a déployé un appareil magnifique.

L'INCONNU.

Je ne serais pas fâché, puisque je me vois obligé de rester ici, d'être introduit dans cette société.

LE COMTE.

Je ferai tous mes efforts pour vous satisfaire. Le lieu de la réunion est près d'ici; je vais sur-le-champ employer pour vous mon éloquence.

L'INCONNU.

Votre éloquence? la chose est donc bien difficile?

LE COMTE.

Plus difficile que vous ne pensez. Vous êtes ici dans une petite ville où chacun veut être plus élevé qu'il ne l'est réellement, et où les préjugés sont profondément enracinés.

L'INCONNU.

Citez-m'en quelque exemple.

LE COMTE.

En voici un... Notre noblesse est très fière d'elle-même; elle croirait se déshonorer en admettant un homme sans titre, et elle défie les plus nobles du monde de pouvoir s'égaler à elle.

L'INCONNU.

Mais ces nobles-là sont-ils vraiment nobles?

LE COMTE.

Ils le disent, ils le croient, et ils sont ici les maîtres de leur opinion. Mais il est facile de voir que vous pensez, comme moi, que l'orgueil et la fatuité sont les marques d'un petit esprit, d'une basse extraction, et que la véritable noblesse est affable, généreuse, sans préjugés; elle n'a pas besoin de petits moyens pour s'élever et se faire estimer.

L'INCONNU.

Achevez, et pour ma règle ne me cachez rien. Je parie que la noblesse de ces gens-là est chimérique.

LE COMTE.

A vrai dire, la plupart sont des gens riches qui se sont séparés hier du peuple à l'aide de titres de noblesse que l'on acquiert quelquefois avec le mérite, mais plus souvent avec de l'argent. Peu de temps a suffi pour les rendre bouffis d'orgueil, et ils se sont fait appeler comtes et barons, les mains encore rudes de leur ancien état. Nous en possédons cependant qui comptent une longue suite d'aïeux illustres et dont la noblesse est sans tache; mais ces derniers sont modestes, sans prétentions, et ne peuvent s'empêcher de rire des petitesses de leurs nouveaux confrères.

L'INCONNU.

Vous redoublez encore mon désir de les connaître. Obtenez pour moi, je vous en conjure, l'insigne faveur d'être admis dans cette noble réunion.

LE COMTE.

Attendez-moi ici; je reviens dans quelques instants.

(*Il sort.*)

L'INCONNU, *seul.*

Voilà ce que j'aime; connaître autant que je le puis sans être connu, étudier les vices et les vertus des hommes, c'est l'objet de mes soins et de ma prévoyance.

SCENE IV.

LA COMTESSE VALSINGHER, *accompagnée du* CHEVALIER BROM, L'INCONNU.

LA COMTESSE.

Croyez-vous, chevalier, qu'à cette heure il y ait déjà du monde dans notre société?

LE CHEVALIER.

A peine s'il fait nuit; si pourtant vous voulez que nous anticipions...

(*L'inconnu salue; la comtesse et le chevalier font le même mouvement; l'inconnu se promène ensuite comme pour se distraire.*)

LA COMTESSE.

Pourquoi nous montrer les premiers? arrêtons-nous un moment ici; l'air est si doux que nous pouvons le respirer sans danger.

LE CHEVALIER.

Comme il vous plaira... Garçon!

(*Ils s'asseyent.*)

SCÈNE V.

LE MAITRE DU CAFÉ, LES PRÉCÉDENTS.

LE MAITRE DU CAFÉ.

Que faut-il à monsieur?

LE CHEVALIER.

Deux carafes de limonade.

LE MAITRE DU CAFÉ.

Vous allez être servi. (*à l'inconnu.*) Je ne vous ai point oublié; je vais vous apporter votre café.

LA COMTESSE, *au chevalier.*

Cet étranger est un officier.

LE CHEVALIER.

Depuis quelques jours, et par suite du voyage de l'empereur, on ne voit qu'officiers et estafettes aller et venir, et jamais on n'arrive à la conclusion de ce passage désiré.

LA COMTESSE.

Vous connaissez ce prince; ennemi de la mollesse et de l'étiquette, il est capable d'arriver au moment où on l'attend le moins.

LE CHEVALIER.

Les membres de notre académie se flattent qu'il l'honorera de sa présence; le président regarde la chose comme certaine.

LA COMTESSE.

A propos, est-il vrai que son fils ait épousé la fille d'Egidius, le sculpteur?

LE CHEVALIER.

Cela est très vrai.

LA COMTESSE.

Et son père est furieux?...

LE CHEVALIER.

Comme une bête. Aussi est-ce une fameuse bêtise.

LA COMTESSE.

Moi, je ne vois pas grand mal dans cette alliance.

LE CHEVALIER.

Allons donc!... le fils d'un baron épouser la fille d'un statuaire!

LA COMTESSE.

Oubliez-vous que le fils du baron est neveu d'un meunier et qu'il tire sa noblesse d'un moulin?

LE CHEVALIER.

Je n'ai pas la mémoire aussi longue que vous et je m'arrête au présent.

LA COMTESSE.

Vous avez raison, parce que vous pourriez vous rappeler que votre père était un marchand de bière et de viandes salées, ce qui ne vous empêche pas (soit dit sans vous fâcher) d'être chevalier.

LE CHEVALIER.

Brava ! vous aimez quelquefois à vous égayer sur le compte de la noblesse.

LA COMTESSE.

J'ai le défaut de me rappeler les époques et de dire la vérité.

LE CHEVALIER.

Voici la limonade.

SCÈNE VI.

LE MAITRE DU CAFÉ, *apportant la limonade et le café*, LES PRÉCÉDENTS.

LE MAITRE DU CAFÉ.

Voici les carafes de limonade ; vous, monsieur, voilà votre café.

L'INCONNU, *au maître du café.*

Qui sont ces deux personnes-là?

LE MAITRE DU CAFÉ.

Deux nobles du pays. (*L'inconnu rend la tasse.*) Est-ce que le café ne vous semble pas bon?

L'INCONNU.

Je le trouve excellent, mais je n'en prends jamais davantage.

LE MAITRE DU CAFÉ.

Tout à l'heure je vous remettrai le surplus du sequin.

L'INCONNU.

Je ne prends jamais de surplus ; gardez-le et faites-en ce que vous voudrez.

LE MAITRE DU CAFÉ.

Un sequin pour une tasse de café! Je reste pétrifié ; je n'ai pas la force de souffler.

(*Il fait un mouvement pour sortir.*)

LE CHEVALIER, *au maître du café, après avoir bu.*

Emportez tout cela.

LE MAITRE DU CAFÉ.

Oui, monsieur.

LE CHEVALIER.

Votre limonade est de la drogue.

LE MAITRE DU CAFÉ.

Ces messieurs n'en font jamais d'autres ; ils déprécient la marchandise et sont un mois sans la payer.

LE CHEVALIER, *bas.*

Eh ! dites-moi ; quel est cet officier?

LE MAITRE DU CAFÉ.

Je n'en sais pas plus que vous à cet égard ; je n'ai pas l'habitude de me mêler de ce qui ne me regarde pas.

SCÈNE VII.

EDOUARD, LES PRÉCÉDENTS.

ÉDOUARD *s'approche de l'inconnu d'un air inquiet.*

Veuillez bien excuser la liberté que je prends ; j'ai deux mots à vous dire.

L'INCONNU.

Volontiers, monsieur.

ÉDOUARD.

Mais à l'écart, pour ne pas être entendu.

(*Ils se mettent à l'écart.*)

L'INCONNU.

Parlez, monsieur, je vous écoute.

LE CHEVALIER.

Voyez un peu le fils du baron parler à cet officier ; apparemment ils se connaissent.

LA COMTESSE.

Cela peut être.

L'INCONNU, *à Édouard.*

Vous me paraissez fort agité.

ÉDOUARD.

J'ai raison de l'être.

L'INCONNU.

Dites-moi ce que je peux pour vous.

ÉDOUARD.

Êtes-vous, monsieur, de la suite de l'empereur?

L'INCONNU.

De la suite de personne ; je ne suis que moi-même.

ÉDOUARD.

Savez-vous au moins s'il doit passer par ici et quand il doit passer?

L'INCONNU.

Pourquoi m'adressez-vous ces questions?

ÉDOUARD.

Parce qu'il me tarde de me jeter à ses pieds et d'implorer sa clémence.

L'INCONNU.

Et dans quel but? pourquoi?

ÉDOUARD.

Parce qu'il y va de ma vie.

L'INCONNU.

Qui êtes-vous?

ÉDOUARD.

Je suis le fils d'un homme qui veut me faire immoler mes devoirs à de chimériques principes de noblesse. Mais il est inutile que je vous importune du récit de mes malheurs, puisque vous ne pouvez rien faire pour les adoucir

L'INCONNU.

Que sait-on ! rien n'est impossible... Peut-être... Vous me paraissez honnête homme... Voulez-vous avoir de la confiance en moi?

ÉDOUARD.

J'en appelle, monsieur, à tous ceux qui

portent un cœur bon et sensible, et je ne refuse pas de vous ouvrir le mien.

L'INCONNU.

Et vous ferez bien. Mais un lieu public n'est pas convenable pour une semblable confidence. Venez me trouver ce soir à l'auberge de la poste; si je n'y étais pas, attendez-moi, et je vous promets que, si votre position mérite mon assistance, vous ne vous serez pas adressé à moi vainement.

ÉDOUARD.

Vous ranimez mon courage, et à vos paroles je sens renaître l'espérance dans mon cœur! Oui, j'irai; je vous dirai tout. Il me semble que je vous connais depuis longtemps. Vous êtes sans doute placé bien près de la personne de l'empereur; mon cœur me le dit, et le ciel vous a envoyé pour me consoler.

L'INCONNU.

Jeune homme, modérez-vous; que votre imagination ne vous emporte pas trop loin. Je ne suis pas ce que vous pensez; mais je suis ami de l'honneur, de l'infortune, et je sais comment les protéger; allez.

ÉDOUARD.

Je vous quitte et j'attends avec impatience le moment de vous revoir.

(Il sort.)

LA COMTESSE, *à l'inconnu.*

Vous êtes moins étranger à cette ville que nous n'avions d'abord pensé.

(Elle se lève ainsi que le chevalier et s'approche de l'inconnu.)

L'INCONNU.

Pourquoi?

LA COMTESSE.

Je vois que vous connaissez un des nôtres.

L'INCONNU.

Le hasard seul l'a voulu ainsi.

LA COMTESSE.

Vous venez de Vienne!

L'INCONNU.

Oui, madame.

LE CHEVALIER.

En ce cas vous pouvez nous donner des nouvelles.

LA COMTESSE, *de manière à être entendue de l'inconnu.*

Chevalier, regardez un peu cet officier.

LE CHEVALIER.

Eh bien?...

LA COMTESSE.

Il a un certain air... En vérité, je lui trouve beaucoup de ressemblance avec l'empereur.

LE CHEVALIER, *riant.*

Ha! ha! ha!... avec l'empereur! Voilà bien la flatterie. Quand on veut louer quelqu'un, on commence par lui trouver de la ressemblance avec un grand seigneur.

LA COMTESSE.

Je n'ai besoin de flatter personne, et cet étranger moins que tout autre. Mais à mes yeux cette ressemblance existe.

L'INCONNU.

Comment pouvez-vous le savoir?

LA COMTESSE.

J'ai chez moi son portrait, et l'on croirait que c'est le vôtre.

L'INCONNU.

Vous voulez rire, madame.

LA COMTESSE.

En vérité, ce front, cette coiffure, cette bouche, ce nez effilé...

LE CHEVALIER.

Il paraît que madame la comtesse reconnaît les hommes au nez.

LA COMTESSE.

Eh! mon Dieu! taisez-vous, monsieur; je dis ce qui me plaît; peu vous importe. Vous n'êtes pas, je pense, chargé de me corriger?

L'INCONNU, *au chevalier.*

Vous avez mis madame en colère, et vous me privez du plaisir d'une comparaison qui flattait singulièrement mon amour-propre.

LE CHEVALIER.

Puisqu'il est ainsi, je vous laisse en liberté, et vous aurez la bonté de me faire savoir quand la comparaison sera finie.

(Il va s'asseoir en boudant.)

LA COMTESSE, *à part.*

Ah! le jaloux, l'incivil! Il me laisse seule et se rend ridicule.

SCÈNE VIII.

LE COMTE, LE PRESIDENT DE L'ACADÉMIE, LES PRÉCÉDENTS.

LE COMTE, *à l'inconnu.*

Pardon, monsieur, si je vous ai fait attendre; voici monsieur le président de notre noble société, qui a bien voulu m'accompagner et qui désire faire votre connaissance.

LE PRÉSIDENT.

Votre serviteur, monsieur.

L'INCONNU.

Vous me faites trop d'honneur. On vous aura sans doute appris que je m'estimerais heureux de passer une heure dans votre société?

LE PRÉSIDENT.

Je ferai ce qui dépendra de moi pour vous être agréable. Toutefois, permettez-moi de vous adresser quelques questions. Je suis chargé de faire respecter les réglements de notre société et de veiller à ce qu'aucun abus ne s'y introduise.

L'INCONNU.

Très bien, monsieur.

LE PRÉSIDENT.

Qui êtes-vous?

L'INCONNU.

Un soldat.

LE PRÉSIDENT.

Je le vois bien! Quels sont vos titres?

L'INCONNU.

Soldat.

LE PRÉSIDENT.

Cela ne suffit point; il faut un grade, une distinction.

L'INCONNU.

Une distinction : la voici! cet uniforme qui doit être respecté de tous les sujets de l'empereur.

LE PRÉSIDENT.

Êtes-vous officier?

L'INCONNU.

Je suis soldat.

LE PRÉSIDENT.

Mais, je vous le répète, il faut quelque chose de plus pour satisfaire les nobles membres de notre société. Avez-vous quelque marque distinctive.

L'INCONNU.

Attendez. (*Il découvre sa poitrine.*) Voici deux blessures reçues à la bataille d'Inspruck. Que les nobles membres de l'illustre assemblée que vous présidez examinent ce qu'elles peuvent valoir, et dites-leur que, pendant qu'ils se livraient au plaisir, je gagnais sur le champ de bataille ces titres de noblesse, pour protéger leurs biens et défendre leurs jours.

LE PRÉSIDENT.

Mais le dernier des soldats peut en dire autant; si le soldat nous sert, nous le payons.

L'INCONNU, *avec ironie.*

Bravo! cette réponse est digne d'un gentilhomme tel que vous.

LE PRÉSIDENT.

Vous n'avez pas autre chose à me dire?

L'INCONNU.

Rien autre.

LE PRÉSIDENT.

Puisqu'il est ainsi, il m'est impossible de vous recevoir.

LA COMTESSE.

Réfléchissez...

LE PRÉSIDENT.

C'est tout réfléchi. Vous connaissez les réglements de notre société; vous savez aussi bien que moi que, sans un titre, sans le grade de capitaine, au moins, on ne peut y être admis. J'en suis fâché, mais je ne puis rien pour lui; adieu.

(*Il sort.*)

LE CHEVALIER.

J'en suis enchanté.

LE COMTE.

Morbleu! c'est un affront qui m'est fait à moi-même.

L'INCONNU.

Calmez-vous et faites comme moi; riez-en.

LA COMTESSE.

Le président est fou.

L'INCONNU.

D'après ce que j'entends, cette société n'est composée que de princes et de maréchaux.

LA COMTESSE.

Ce sont des manants.

LE CHEVALIER.

Comme vous en parlez, madame!

L'INCONNU.

Pas de bruit pour moi, je vous en prie; je respecte tous les réglements et ne m'offense de rien.

LA COMTESSE.

Voyons... avez-vous bien envie d'aller dans cette société?

L'INCONNU.

Oui, si je pouvais le faire impunément. J'en ai plus que jamais le désir.

LA COMTESSE.

Donnez-moi votre bras et venez avec moi.

L'INCONNU.

Mais si...

LA COMTESSE.

Mais je voudrais bien voir qu'on ôsât vous insulter à mes côtés.

L'INCONNU.

Voilà véritablement une noble dame; voilà un sang qui n'a pas de tache.

LA COMTESSE.

Je suis la veuve d'un officier, et l'affront fait à un soldat je le ressens moi-même.

L'INCONNU.

Que je me félicite d'avoir rencontré une si courageuse protectrice!

LA COMTESSE.

Enfin, voulez-vous venir, oui ou non?

L'INCONNU.

Arrive ce qui pourra; je suis à vous.

LA COMTESSE.

Votre bras.

L'INCONNU.

Le voici. Je m'estime heureux d'être à vos ordres.

LE CHEVALIER.

Eh bien!... elle me quitte, elle s'éloigne. Je consens à n'être pas ce que je suis si je ne me venge d'un pareil abandon.

ACTE DEUXIEME.

Un salon illuminé et richement meublé. Deux tables de jeu sur le devant.

SCÈNE I.

LE BARON VALFEN *est assis à une table, avec la* BARONNE STOLEN, *qui tient un livre à la main;* LA BARONNE WILTZ *est assise à une autre table avec le* BARON SPLINN; *plusieurs autres* DAMES *et* CAVALIERS.

LE BARON VALFEN.

Mais, de grace, êtes-vous venue ici pour lire ou pour causer?

LA BARONNE STOLEN.

Chut! chut! je suis à vous dans l'instant. (*Elle ferme le livre et le met dans son étui.*) Si vous saviez combien ce livre m'est cher et précieux! Je l'ai fait venir de Vienne; c'est un petit trésor.

LE BARON VALFEN.

Contes que tout cela!

LA BARONNE STOLEN.

L'avez-vous lu?

LE BARON VALFEN.

Moi! je m'en garderai bien. La vue d'un livre suffit pour me faire bâiller et m'endormir.

LA BARONNE STOLEN.

Ah! vous vous privez volontairement d'un grand plaisir. Je pense, moi, bien autrement; j'ai toujours un livre avec moi, et quand j'ai un moment de loisir je le dévore des yeux. Celui-ci, je l'ai lu vingt fois au moins; j'en fais autant de tous les autres, surtout quand ils traitent de philosophie.

LE BARON VALFEN, *à part.*

Quelle bizarrerie! La baronne, qui sait à peine lire, a appris à devenir philosophe, et moi qui ai étudié pendant quatre ans, je suis un âne chaussé et habillé.

LA BARONNE STOLEN.

La philosophie est ma passion.

LE BARON VALFEN.

Et quelle est la philosophie de ce livre?

LA BARONNE STOLEN.

Qu'il vous suffise de savoir qu'il émeut, qu'il attendrit, surtout quand il parle des amours du chevalier de la mort. Ce livre fait connaître l'estime et le respect que les anciens chevaliers avaient pour les dames; il devrait servir de règle à tous les hommes.

LE BARON VALFEN.

Que diable me parlez-vous de philosophie? Ce livre s'occupe d'amours.

LA BARONNE STOLEN.

Eh bien! sachez que l'amour est la branche la plus intéressante de la philosophie, et qui n'est pas philosophe ne sait pas aimer.

LE BARON VALFEN.

Je comprends maintenant pourquoi je n'ai pas fait fortune avec les femmes.

LA BARONNE STOLEN.

Apprenez la philosophie, et toutes courront après vous.

LE BARON VALFEN.

J'ai compris.

LE BARON SPLINN, *à la baronne Wiltz.*

Avez vous entendu toutes les bêtises qu'a débitées la baronne?

LA BARONNE WILTZ.

Elle a la manie de la littérature, et chacun de ses propos est une nouvelle ânerie.

LE BARON SPLINN.

Il faut lui pardonner; elle a reçu une éducation...

LA BARONNE WILTZ.

Digne de ses ancêtres; ils maniaient le marteau, au lieu de livres.

LE BARON SPLINN, *à la baronne Wiltz.*

Paix! paix! laissons tout cela. (*haut.*) Il me semble que nous sommes encore en bien petit nombre.

LE BARON VALFEN.

Il n'est pas trop tard, et d'ailleurs nos dames veulent, dans une circonstance aussi extraordinaire, briller par leur toilette.

LA BARONNE WILTZ.

Pour moi, je suis d'avis que la grace est la première parure d'une femme; j'estime avant tout le naturel et le *sans-façon.*

LE BARON VALFEN.

Toutes les femmes ne pensent pas comme vous, baronne.

LA BARONNE WILTZ.

Parce qu'elles sont laides, monsieur le baron, et qu'elles cherchent à cacher leurs défauts.

LA BARONNE STOLEN, *bas au baron Valfen.*

Entendez-vous ce qu'elle a dit? Censurer les autres! elle est folle! Elle se croit belle, et c'est tout le portrait de la pleine lune.

LE BARON VALFEN.

De grace! parlez plus bas, de peur qu'elle ne vous entende.

LA BARONNE STOLEN.

Je dis ce que je pense.

LE BARON VALFEN.

La médisance est-elle encore une des branches de la philosophie?

LA BARONNE STOLEN.

Oui, monsieur; tout est philosophie dans ce monde.

LE BARON VALFEN.

Vive donc la philosophie médisante!

LE BARON SPLINN.

Mais voici le président.

SCÈNE II.

LES PRÉCÉDENTS, LE PRÉSIDENT.

LA BARONNE STOLEN.

Eh bien! quel est cet étranger qui sollicite l'honneur d'être introduit parmi nous?

LE PRÉSIDENT.

Je n'en sais rien. Concevez-vous quelque chose à la conduite du comte qui vient nous présenter un inconnu?

LA BARONNE WILTZ.

Et vous l'avez admis?

LE PRÉSIDENT.

M'en préserve le ciel!

LA BARONNE WILTZ.

Mais à quel titre prétend-il...

LE PRÉSIDENT.

Que sais-je, moi? il a cru s'ouvrir les portes de notre société par une bravade de soldat. Mais quand je lui ai demandé des preuves convaincantes de sa condition, il n'a su que me répondre.

LA BARONNE STOLEN.

Il n'est donc pas chevalier?

LE PRÉSIDENT.

C'est probablement un officier de fortune à qui un coup de canon aura, dans les dernières campagnes, fait trouver une place vacante; quelque sergent élevé par la chute de son chef.

LA BARONNE WILTZ.

Puisqu'il s'obstine à garder le silence, c'est comme vous dites.

LA BARONNE STOLEN.

Vous avez très bien fait de le refuser.

LA BARONNE WILTZ.

Jouons.

LA BARONNE STOLEN.

Le piquet est mon jeu favori.

LA BARONNE WILTZ.

Au jeu de *tête-à-tête* je m'amuse davantage.

LE BARON SPLINN.

Pourvu que vous ne criiez point comme c'est votre habitude.

LA BARONNE WILTZ.

Que dites-vous? Je suis douce comme un agneau.

LE PRÉSIDENT, *à part.*

Ce n'est pas là ce qui m'inquiète le plus; j'ai appris que mon fils revient de chez sa belle; je dois m'occuper de déjouer cette intrigue et de le châtier.

SCÈNE III.

LES PRÉCÉDENTS, LE CHEVALIER BROM.

LE CHEVALIER.

Messieurs, je vous apporte une belle nouvelle.

LA BARONNE STOLEN.

Qu'est-ce que c'est?

LE CHEVALIER.

Nous aurons, malgré nous, ici, dans quelques instants, l'officier étranger.

LE PRÉSIDENT.

Comment?

LE CHEVALIER.

L'aimable comtesse Valsingher tourne en ridicule notre circonspection; elle a pris le bras de l'officier et l'amène ici avec elle, toute fière de son mépris pour nous et de sa protection pour lui.

LA BARONNE WILTZ.

Brava!

LE PRÉSIDENT.

C'est une insulte à notre société tout entière, une offense à ma qualité.

LE BARON VALFEN.

La comtesse s'oublie étrangement! Il y a de sa part manque de respect et insubordination.

LA BARONNE STOLEN.

Ajoutez qu'elle est folle; quand elle voit un officier ou un étranger, la tête lui tourne; elle ne fait plus attention à personne.

LA BARONNE WILTZ.

Elle ne sait pas garder son rang.

LA BARONNE STOLEN.

Elle oublie toute retenue.

LA BARONNE WILTZ.

Elle ne prend aucun soin de sa réputation.

LE BARON SPLINN.

Oh! vous poussez trop loin les choses.

LA BARONNE WILTZ.

Comment! vous osez me donner un démenti?

LE BARON SPLINN.

Oui, madame, vous avez raison; ne vous

emportez pas; elle ne sait pas garder son rang, ne prend aucun soin de sa réputation.

LE PRÉSIDENT.

Je saurai m'opposer à ce mépris de notre réglement. L'officier n'entrera pas ce soir.

LA BARONNE STOLEN.

Que prétendez-vous faire? Il ne faut pas ici d'emportement, mais bien de la politique et du sang-froid.

LA BARONNE WILTZ.

Vous connaissez les militaires; un mot suffit pour les faire dégaîner. N'allez pas vous exposer à vous faire tuer.

LE PRÉSIDENT.

Mais, faut-il donc...

LA BARONNE STOLEN.

Voulez-vous vous laisser diriger par moi?

LE PRÉSIDENT.

Oui, très volontiers.

LA BARONNE STOLEN.

Il s'agit ici de vous venger. Eh bien! soyez calmes, asseyez-vous, faites ce que vous me verrez faire, et n'ayez aucun souci du reste.

LE PRÉSIDENT.

Mais j'éprouve une indignation...

LA BARONNE STOLEN.

Une seule fois faites à ma guise, et vous serez contents.

LA BARONNE WILTZ.

Les voici.

LA BARONNE STOLEN.

Silence... que personne ne réponde; faisons semblant de ne pas les apercevoir.

(*Ils vont tous s'asseoir.*)

SCÈNE IV.

L'INCONNU, LA COMTESSE VALSINGHER, LE COMTE STEMBERG, LES PRÉCÉDENTS.

LA COMTESSE.

Je salue toute l'honorable compagnie.

L'INCONNU.

Serviteur à la noble assemblée.

LE COMTE.

Mesdames et messieurs, j'ai l'honneur de vous saluer.

LA COMTESSE.

J'ai pris la liberté de vous présenter cet étranger. Nos réglements ne peuvent le concerner; d'ailleurs un officier est toujours noble.

L'INCONNU.

Soyez persuadés que mon intention n'est pas de violer les statuts de votre société, ni d'outrager la noblesse.

LE COMTE.

Implorons pour cette fois seulement l'indulgence de la société, et je suis certain qu'elle nous sera accordée.

LA COMTESSE, *allant vers la baronne Stolen.*

Comment vous portez-vous, baronne? (*à l'inconnu.*) Avancez, monsieur le militaire; voilà une de nos dames les plus distinguées et les plus aimables.

L'INCONNU.

J'éprouve un véritable plaisir à faire sa connaissance et à l'assurer de mon respect.

(*La baronne Stolen se rapproche de la table et tourne, le plus qu'elle peut, le dos à l'inconnu.*)

L'INCONNU, *à la comtesse.*

Est-ce qu'elle ne parle pas?

LA COMTESSE, *à l'inconnu.*

Le jeu l'occupe beaucoup; il faut l'excuser. (*à la baronne.*) Vous ne faites pas attention que monsieur vous prie d'agréer ses hommages.

LA BARONNE STOLEN, *d'un ton sec et sans regarder.*

Merci.

L'INCONNU, *à la baronne Wiltz.*

Et vous, noble dame, êtes-vous favorisée par la fortune?

(*La baronne Wiltz fait ce qu'elle a vu faire à la baronne Stolen.*)

L'INCONNU, *très haut, à la comtesse.*

Ces dames sont muettes, apparemment.

LA COMTESSE.

Oh! monsieur, non; je vous assure qu'elles parlent trop quelquefois.

LA BARONNE STOLEN, *bas.*

Entendez-vous l'impertinente?

L'INCONNU.

Cette mutinerie nous prédit quelque chose.

LA COMTESSE, *à part.*

Je prévois une scène. (*haut.*) Approchez-vous de nouveau, monsieur l'officier, et vous trouverez ces dames affables et polies.

LA BARONNE STOLEN.

Maudite femme!

L'INCONNU.

Je n'ose plus adresser la parole à ces dames. Cependant...

(*Il s'assied à côté de la baronne Stolen; la baronne recule sa chaise et paraît importunée du voisinage de l'inconnu.*)

L'INCONNU.

Pardon, madame; je suis peut-être importun?...

(*Même jeu de scène.*)

L'INCONNU.

Si mon voisinage vous ennuie...

LA BARONNE STOLEN, *se levant.*

Votre servante très humble.

(Elle fait une révérence, prend le bras du baron Valfen et sort.)

LE CHEVALIER.

Bravissima !

L'INCONNU.

Voilà une de ces dames qui se retire.

LA COMTESSE, *avec ironie.*

Ne prenez pas garde à cela ; ici l'on entre et l'on sort sans cérémonie ; c'est la mode du pays.

LA BARONNE WILTZ, *à part.*

Pédante ! tu t'en repentiras.

L'INCONNU, *à la baronne Wiltz.*

Vous du moins, madame, me ferez-vous la grace de m'écouter ?

LA BARONNE WILTZ *se lève et fait une révérence.*

J'ai l'honneur de vous saluer.

(Elle sort, donnant le bras au baron Splinn.)

LE CHEVALIER.

Tant mieux ; il n'a que ce qu'il mérite.

LA COMTESSE.

Ah ! les maudites femmes ! je m'aperçois maintenant du complot. Elles sont piquées.

L'INCONNU.

Autant que je puis en juger par ce qui se passe, je ne suis pas heureux avec les dames.

LE CHEVALIER.

J'en suis enchanté, à cause de son obligeante protectrice ; c'est bien fait.

L'INCONNU.

Si je suis antipathique aux dames, j'espère du moins ne pas l'être à ces messieurs. *(Il s'avance vers eux.)* Plus indulgents, sans doute, messieurs, voudrez-vous bien me pardonner ?...

LE CHEVALIER.

Je vous salue.

(Il sort.)

LE PRÉSIDENT.

Votre serviteur.

(Il sort.)

L'INCONNU.

Charmant accueil !

LA COMTESSE.

Barons et baronnes ont disparu.

LE COMTE.

Quelles baronnes et quels barons !

L'INCONNU.

Peu à peu nous sommes restés seuls.

LA COMTESSE.

Mieux vaut être seuls qu'en mauvaise compagnie. *(à part.)* Je suis outrée !

L'INCONNU.

Mais d'où peut provenir une semblable conduite ?

LE COMTE.

Vous pouvez le supposer ; on vous regarde comme un intrus : vous vous êtes présenté sans titres ; vous êtes coupable de lèse-noblesse.

LA COMTESSE.

Ne faites pas attention à ces fous ! ayez pitié d'eux et veuillez bien vous contenter du respect que votre profession honorable a su inspirer à M. le comte ainsi qu'à moi Les préjugés sont plus forts chez les faux nobles et chez les personnes qui n'ont pas l'habitude de la grandeur. Je ne crains point, en le disant, d'offenser mes compatriotes. L'expérience et le temps les rendront plus sages, je l'espère. Maintenant ils sont enflés d'un vain titre, et les honneurs les préoccupent tellement qu'ils en perdent la tête ; mais un jour ils en reconnaîtront le vide et préféreront les bonnes actions à des titres.

L'INCONNU.

Votre manière de penser décèle la véritable noblesse et compense amplement la petite insulte qui vient de m'être faite. J'en ris maintenant, et je l'ai oubliée.

LA COMTESSE.

Puissé-je tout réparer en vous offrant un asile chez moi ! Vous n'y trouverez pas un grand luxe de meubles, mais un accueil cordial et sincère. Faites-moi l'honneur d'y venir ; M. le comte nous tiendra compagnie.

L'INCONNU.

Je suis on ne peut pas plus sensible à votre offre, mais je ne dois pas accepter. Ces messieurs oseraient peut-être attaquer votre réputation, et c'est à moi qu'il appartient d'avoir tous les égards imaginables pour une dame qui mérite si bien mon estime.

LA COMTESSE.

Vous avez raison, et je n'y pensais pas ; restons donc ici tant qu'il vous plaira.

L'INCONNU.

Un moment encore... Dites-moi, de grace. d'où peut naître l'intérêt que vous me témoignez ?

LA COMTESSE.

De la bonne opinion que j'ai de tous les militaires qui savent unir l'amabilité et la politesse à la valeur. J'en ai connu beaucoup dont l'honneur était l'ame ; mon mari était de ce nombre.

L'INCONNU.

Je me félicite de rencontrer la femme d'un officier honorable.

LA COMTESSE.

Dites la veuve.

L'INCONNU.

Quoi ! vous avez perdu votre mari ?

LA COMTESSE.

A la bataille de Lintz, où il fut blessé plusieurs fois et se couvrit de gloire.

LE COMTE.

Vous avez sans doute entendu parler du major Valsingher?

L'INCONNU.

Comment! c'est lui?

LA COMTESSE.

Jugez, si vous l'avez connu, combien sa perte a dû me causer de douleur.

L'INCONNU.

Si je l'ai connu! Et de qui son courage et ses exploits n'étaient-ils point connus? Il a combattu deux fois dans ma colonne, servant de bouclier à son prince, et moi-même j'ai été blessé à ses côtés.

LA COMTESSE.

Vous m'arrachez des larmes en honorant ainsi la mémoire de mon mari.

L'INCONNU.

Que je vous plains! il était cher à tout le monde, et surtout à l'empereur.

LA COMTESSE.

Il semble cependant qu'il l'ait oublié.

L'INCONNU.

Pourquoi?

LA COMTESSE.

Il n'a été reconnaissant ni envers sa veuve ni envers ses enfants.

L'INCONNU.

Que dites-vous? Je sais que l'empereur avait donné des ordres...

LA COMTESSE.

Ils auront été mal exécutés. Un souverain ne peut pas tout voir par lui-même, et ses ministres sont trop négligents ou trop indifférents pour lui rappeler les personnes qui lui sont chères.

L'INCONNU.

Ce que vous me dites m'afflige. Le major a donc laissé des enfants? Combien?

LA COMTESSE.

Deux.

L'INCONNU.

Quel âge ont-ils?

LA COMTESSE.

De dix à douze ans.

L'INCONNU.

A quoi les destinez-vous?

LA COMTESSE.

Ils étudient la profession de leur père, et ils nourrissent l'espoir de l'imiter un jour; mais ils ont besoin d'être connus d'abord de leur souverain.

L'INCONNU.

Croyez-moi, ils le seront. Je vous prédis leur fortune. Le souverain n'oublie jamais les services des pères et les récompense dans la personne des enfants. Je verrai les vôtres avec plaisir.

LA COMTESSE.

Eh bien! mettons de côté tout scrupule. Leur intérêt l'emporte, daignez venir chez moi.

L'INCONNU.

J'ai quelques personnes à voir dans votre ville; leur position ne leur permet pas de veiller bien avant dans la nuit; je tiens à être chez elles avant qu'elles ne se couchent. Je serai ensuite entièrement à vous. Je vous promets de ne pas partir sans voir vos enfants. En attendant, permettez-moi de vous demander un renseignement. (*Il regarde ses tablettes.*) Connaissez-vous ici un sculpteur nommé Egidius?

LE COMTE.

Oui, monsieur.

L'INCONNU.

Je désire beaucoup le voir; c'est un homme célèbre dans son art.

LE COMTE.

Lui, célèbre!... C'est un pauvre diable qui vit dans l'obscurité et qui est à peine connu dans son pays.

L'INCONNU.

Je le sais; l'homme distingué n'est jamais apprécié, ni pendant qu'il existe ni dans sa patrie. Je le répète, j'ai le plus vif désir de le voir.

LE COMTE.

Si vous le voulez bien, je vous servirai de guide jusque chez lui.

L'INCONNU.

Volontiers. Nous trouverons, j'en suis sûr, plus de charme dans la société de l'artiste que dans celle des barons.

SCENE V.

LE MAITRE DU CAFÉ *et* LES PRÉCÉDENTS.

LE MAITRE DU CAFÉ, *au comte Stemberg.*

Puis-je vous parler, monsieur?

LE COMTE.

Que voulez-vous?

LE MAITRE DU CAFÉ.

Un courrier vient d'arriver à mon café; il paraît avoir voyagé avec une vitesse extraordinaire. Il suffira de vous dire qu'à peine entré il s'est jeté sur un canapé, hors d'haleine et à demi mort.

LE COMTE.

Eh bien?

LE MAITRE DU CAFÉ.

Il a une lettre à vous remettre en mains propres. A peine revenu à lui, il a demandé à être conduit ici, près de vous, et il attend pour entrer.

LE COMTE.

Qu'il entre!... (*à l'inconnu.*) Vous permettez?

(*Le maître du café sort.*)

L'INCONNU.

Je vous en prie.

SCENE VI.

UN COURRIER, LES PRÉCÉDENTS.

LE COURRIER.

Monsieur le comte de Stemberg?

LE COMTE.

C'est moi.

LE COURRIER.

Voici une lettre pour vous.

LE COMTE.

D'où venez-vous?

LE COURRIER.

De Gratz. En quatre heures et un quart, j'ai fait quinze lieues d'Allemagne.

LE COMTE.

Qui vous envoie?

LE COURRIER.

Le vicomte Vesfell.

LE COMTE.

Je viens cependant de recevoir une lettre de lui, il y a peu d'instants.

LE COURRIER.

Celle-ci presse davantage.

LE COMTE.

Tenez; allez vous reposer et attendez mes ordres.

(*Il lui donne de l'argent.*)

LE COURRIER.

Je suis votre très humble serviteur.

(*Il sort.*)

L'INCONNU.

Le vicomte Vesfell vous écrit?

LE COMTE.

Oui, votre ami et le mien. L'affaire doit être importante. Excusez...

L'INCONNU.

Ne vous gênez pas.

LE COMTE. *Il ouvre la lettre et lit.*

« Je dois vous prévenir que je ne connaissais pas bien encore la personne que je vous ai recommandée hier; je vous expédie promptement un courrier pour vous informer (pourrez-vous le croire?) que c'est... » (*Troublé, il fixe les yeux sur l'inconnu, et la lettre lui tombe des mains.*) Dieu!...

L'INCONNU.

Qu'avez-vous, monsieur? vous annonce-t-on quelque malheur?

LE COMTE.

Non, non.

(*Il ramasse la lettre, confus et tremblant.*)

LA COMTESSE.

Mais vous voilà tout surpris et tout pâle.

LE COMTE, *continue la lecture de la lettre.*

« N'ayez pas l'air de connaître l'avis que je vous donne. Dissimulez et soyez prudent dans votre conduite. Votre ami... »

(*Le comte regarde de nouveau l'inconnu, baisse les yeux, recule quelques pas, et donne des signes de respect.*)

L'INCONNU.

Qu'avez-vous, mon ami? Cette lettre vous a beaucoup troublé.

LE COMTE, *embarrassé.*

Monsieur...

L'INCONNU *s'approche rapidement du comte, et lui dit tout bas :*

Si cette lettre parle de moi, quel qu'en soit le secret, je le scelle sur vos lèvres.

(*Il ôte un anneau de son doigt et le lui pose sur la bouche.*)

LE COMTE.

Je n'ai d'autre secret pour vous que le respect que vous m'avez inspiré.

LA COMTESSE, *à part.*

Que signifie tout cela?

L'INCONNU.

Le hasard m'a fait rencontrer un homme de mérite. Nous nous estimerons mutuellement. Faites-moi le plaisir de m'accompagner chez l'artiste dont je vous ai parlé.

LE COMTE.

Je mets ma gloire à vous obéir.

L'INCONNU.

Madame, je vous renouvelle mes remercîments, et je vous offre mes hommages.

LA COMTESSE.

Je suis votre servante, et vous supplie de vous souvenir de moi.

L'INCONNU.

Vous pouvez dès à présent me regarder comme votre ami et l'admirateur de vos vertus.

(*Il sort.*)

LE COMTE.

Je vous félicite, madame la comtesse, et je vous souhaite une bonne nuit.

LA COMTESSE, *courant après lui.*

De grace, un mot, monsieur le comte.

LE COMTE.

Que vous arrive-t-il?

LA COMTESSE.

Y a-t-il quelque nouvelle? Cette lettre, ces signes, votre émotion... Cet officier grandit à mes yeux, et un soupçon... Serait-il possible?

LE COMTE.

Je ne sais rien et n'ai rien à vous dire; vous cependant, si vous avez des yeux et de l'intelligence, voyez, comprenez et réglez-vous là-dessus.

(*Il sort.*)

LA COMTESSE.

Tout concourt à confirmer mes doutes. Ces traits, cette physionomie, cette majesté, cette lettre, la surprise du comte... Tout enfin annonce que c'est l'empereur... Mais ne lui aurais-je pas manqué de respect? quelque parole inconsidérée ne me serait-elle pas échappée?... Je tremble... Fortune, tu m'as aidée à le reconnaître, mais au moins sans bassesse... Il me semble que je suis tranquille; je n'ai rien à me reprocher.

SCÈNE VII.

LA COMTESSE VALSINGHER, LA BARONNE STOLEN, LA BARONNE WILTZ, LE CHEVALIER BROM, LE BARON VALFEN, *et* LE PRÉSIDENT.

LA BARONNE WILTZ.

Où donc est l'étranger?

LA BARONNE STOLEN.

Le tête-à-tête est-il enfin terminé?

LA COMTESSE.

Oui, messieurs.

LE PRÉSIDENT.

Comtesse, vous avez pris une liberté sans exemple.

LA COMTESSE.

Je m'en félicite.

LE PRÉSIDENT.

Et moi, je m'en plains.

LA BARONNE STOLEN.

La conversation de cet officier vous plaît donc beaucoup?

LE CHEVALIER.

Madame est *dilettante* en milice.

LA COMTESSE.

Retenez vos langues, et gardez-vous d'outrager celui que vous ne connaissez pas.

LA BARONNE WILTZ.

Je crois qu'elle menace!

LE CHEVALIER.

Voyez comme un quart-d'heure de conversation avec un officier la rend orgueilleuse!

LA BARONNE WILTZ.

Voyez comme elle s'échauffe!

LA BARONNE STOLEN.

Elle a raison; elle a maintenant un soldat pour protecteur.

LA COMTESSE.

Allez, mesdames, vous ne savez ce que vous dites. Si vous connaissiez la portée de vos paroles, vous ne parleriez pas ainsi.

LA BARONNE STOLEN.

Merci de l'avis.

LA COMTESSE.

Adieu.

LA BARONNE WILTZ.

Vous partez?

LA COMTESSE.

Je pars.

LA BARONNE STOLEN.

Vous allez rejoindre l'officier?

LA COMTESSE.

Je vais où il me convient

LA BARONNE WILTZ.

Vous le connaissez?

LA COMTESSE.

Peut-être.

LA BARONNE WILTZ.

Quel est cet illustre personnage?

LA COMTESSE.

C'est quelqu'un qui, pour votre honte...

LA BARONNE VILTZ.

Achevez.

LA COMTESSE.

Laissez-moi.

LA BARONNE STOLEN, *riant aux éclats.*

Allons donc, allons donc, ne soyez pas si fière.

LA COMTESSE.

Il vaut mieux ne pas vous répondre. Aujourd'hui riez à votre aise, demain j'aurai mon tour.

(*Elle sort.*)

LA BARONNE WILTZ.

Demain nous rirons encore de vos sottises.

LA BARONNE STOLEN.

Et vous, chevalier, vous ne rougissez pas de lui offrir vos hommages?

LE CHEVALIER.

Je l'oublie dès ce moment, et j'ai honte de mon amour pour elle.

(*Il sort.*)

LA BARONNE WILTZ.

Nous sommes qui nous sommes... Nous avons plus d'argent qu'elle et nous la ferons repentir de son orgueil.

LA BARONNE STOLEN.

Oui, repentir, pleurer, se désespérer.

(*Elle sort avec Valfen.*)

ACTE TROISIÈME.

Un atelier de sculpteur; plusieurs statues de marbre; au fond un escalier.

SCÈNE I.

EGIDIUS, *ensuite* LOUISE.

EGIDIUS, *en costume d'atelier, bonnet et pantoufles, est assis sur un bloc de marbre, ayant sous les yeux un dessin placé sur un morceau de marbre plus élevé qui lui sert de table et sur lequel se trouve une lampe; il se lève avec le dessin à la main; il prend la lampe, marche, examine un groupe auprès duquel il y a une autre lampe, compare ce groupe au dessin, et après l'avoir examiné de tous côtés:*

Le dessin est parfaitement reproduit. (*Il retourne à sa place et prend un autre dessin.*) Celui-ci devrait également réussir.... Et quand j'aurai terminé tout cela, que m'en reviendra-t-il? des critiques et des éloges, et l'ouvrage restera dans mon atelier. (*Louise arrive par l'escalier, elle porte une assiette et une bouteille.*) Bien, ma fille, pose là cette assiette et cette bouteille; ce sera mon souper.

LOUISE.

Et vous voulez souper ici ce soir?

EGIDIUS.

Je ne bouge pas d'ici que je n'aie achevé... oui, j'ai du plaisir à le dire, que je n'aie achevé mon chef-d'œuvre. Tu sais dans quel but j'ai entrepris ce travail difficile; si l'occasion sur laquelle je compte m'échappe, j'aurai perdu mon temps et ma peine.

LOUISE.

O mon cher père! si nous étions plus heureux!...

EGIDIUS.

Ne te désespère pas, ma fille; nous sommes très heureux puisque nous sommes sans remords. Va souper avec Lucie.

LOUISE.

Je n'ai pas envie de manger.

EGIDIUS.

En ce cas, va te coucher.

LOUISE.

Le sommeil n'est plus fait pour moi.

EGIDIUS.

Pauvre fille! ne pleure pas; j'ai le pressentiment que tout ira bien.

LOUISE.

Et moi... Ah! laissez-moi pleurer, j'en ai trop de motifs.

(*Elle s'essuie les yeux avec son tablier et sort.*)

EGIDIUS.

Mais à quoi sert-il d'avoir des vertus sans aucun titre?... elles ne produisent que sentiments stériles et dégoûts. Comment est-il possible que... Mais je ne suis pas né pour me consumer dans le chagrin; grace au ciel, j'ai reçu de la nature un grand fond de gaîté, et si je m'abandonne parfois à la tristesse, c'est qu'elle me prend aux cheveux. L'homme gai vit plus long-temps que le misanthrope et vit beaucoup mieux.

SCÈNE II.

LUCIE, EGIDIUS.

LUCIE, *accourant.*

Monsieur Egidius! monsieur Egidius!

EGIDIUS.

Qu'est-ce que c'est?

LUCIE.

Le comte de Stemberg frappe à la porte, accompagné d'un étranger qui désire vous voir.

EGIDIUS.

Qu'il vienne. (*Lucie sort.*) Que me veut un étranger à l'heure qu'il est?

SCÈNE III.

LUCIE, L'INCONNU, EGIDIUS.

L'INCONNU.

Êtes-vous Egidius le sculpteur?

EGIDIUS, *se levant et ôtant son bonnet.*

Oui, monsieur, pour vous servir. Où est le comte?...

LUCIE.

Il est parti.

L'INCONNU.

Il reviendra; je l'attends ici. Veuillez m'excuser si le moment n'est pas opportun pour une visite; mais je n'ai pu en choisir un autre, car je pars demain et je n'ai pas voulu partir sans vous connaître.

EGIDIUS.

Je vous remercie.

LUCIE, *à part.*

Un officier! Comme les uniformes me plaisent! je ne puis me lasser de le regarder.

EGIDIUS.

Voulez-vous, monsieur, que nous montions? Je vous recevrai dans un lieu plus convenable.

L'INCONNU.

Non, non; où voulez-vous que nous trouvions un lieu plus convenable que celui où apparaît votre gloire. Restons ici, au milieu des monuments des arts et du génie!

EGIDIUS.

Vous me faites rougir; je ne suis qu'un pauvre diable d'artiste qui n'a d'autre mérite que le désir de mieux faire? Je regrette de n'avoir pas même une chaise à vous offrir. Lucie, va et descends toi-même...

L'INCONNU.

Ne vous dérangez pas. Quels plus beaux siéges que ces blocs de marbre qui seront bientôt animés par votre ciseau!... (*Il s'assied sur un bloc de marbre.*) Ainsi, je suis très bien. Asseyez-vous près de moi et causons comme d'anciens amis.

EGIDIUS.

Vous avez trop de bonté.

(*Il s'assied.*)

L'INCONNU, *à Lucie.*

Que faites-vous, ma belle enfant? pourquoi me regardez-vous avec cet air attentif?

LUCIE, *se couvrant le visage.*

Je suis toute honteuse. — Votre servante, monsieur.

(*Elle va pour sortir.*)

L'INCONNU.

Écoutez.

LUCIE.

Je ne puis.

L'INCONNU.

Pourquoi?

LUCIE.

Je suis devenue rouge.

L'INCONNU.

Je veux savoir pourquoi vous me regardez si fixement.

LUCIE.

Excusez; je ne le fais pas par incivilité; mais le plaisir, la curiosité...

L'INCONNU.

Eh bien! achevez...

LUCIE.

Faut-il que je vous le dise?

L'INCONNU.

Parlez, parlez franchement.

LUCIE.

Je vous regardais...

L'INCONNU.

Pourquoi?

LUCIE.

Parce que cet uniforme me plaît, et plus encore celui qui le porte. Votre servante.

(*Elle sort.*)

SCÈNE IV.

L'INCONNU, EGIDIUS.

EGIDIUS.

Pardonnez à sa simplicité.

L'INCONNU.

Elle me plaît et m'amuse... Cependant je ne voudrais pas vous déranger.

EGIDIUS.

Au contraire, vous me faites honneur.

L'INCONNU.

Comment passez-vous votre temps?

EGIDIUS.

Comme un sculpteur de notre siècle.

L'INCONNU.

Ce qui veut dire?...

EGIDIUS.

Pauvre et joyeux.

L'INCONNU.

Vous pauvre?

EGIDIUS.

Quelle merveille! Ne savez-vous pas encore que, depuis deux siècles, peinture, sculpture et poésie sont les synonymes de misère?

L'INCONNU.

Cela peut être quand il s'agit d'artistes médiocres; mais les artistes distingués comme vous...

EGIDIUS.

Qui vous a dit que je suis un artiste distingué?

L'INCONNU.

Vos ouvrages.

EGIDIUS.

Est-ce que vous en avez vu?

L'INCONNU.

Oui.

EGIDIUS.

Où donc?

L'INCONNU.

A Vienne, dans le jardin impérial.

EGIDIUS.

Ah! oui! oui! c'est vrai; autrefois il en fut acheté deux pour le compte de la cour, à ce que l'on m'a dit; l'un était la statue du bon Albert Ier, l'autre celle de Rodolphe.

L'INCONNU.

Tout le monde les admire et l'empereur lui-même en fait le plus grand cas.

EGIDIUS.

Avec votre permission, il faut que je vous donne un démenti.

L'INCONNU.

Pourquoi?

EGIDIUS.

Parce que, si mes statues eussent été estimées, on les aurait payées plus cher.

L'INCONNU.

Je sais cependant que cinq cents sequins ont été déboursés pour les acheter.

EGIDIUS.

Vous êtes bien crédule ; ôtez les deux tiers et vous aurez la somme.

L'INCONNU.

Comment ! aussi peu ?

EGIDIUS.

Pas davantage.

L'INCONNU.

Je ne crois pas que l'empereur ait été aussi injuste.

EGIDIUS.

L'empereur aura été très juste, il aura payé les cinq cents sequins ; mais ses intendants auront eu la bonté d'en retenir trois cents dix par raison d'économie et ils ont donné le surplus à l'artiste.

L'INCONNU.

Comment ! il serait possible ! Je désirerais savoir...

EGIDIUS.

De grace, laissons ce discours et ne rappelons pas de fâcheux souvenirs. Dites-moi, monsieur, qui vous a mis en tête l'idée de venir chez moi ?

L'INCONNU.

L'estime que j'ai pour votre mérite.

EGIDIUS.

C'est la première fois que j'entends un éloge sans mélange de critique ; mais je n'en suis pas plus fier pour cela.

L'INCONNU.

Êtes-vous maintenant bien occupé ?

EGIDIUS.

Presque pas.

L'INCONNU.

Comment se fait-il qu'au milieu du grand luxe qui règne de nos jours on néglige celui que peut procurer votre belle profession ?

EGIDIUS.

Eh ! monsieur, les marbres ne sont plus de mode ; ce sont d'autres sculptures qui font ouvrir les coffres et que recherche le caprice des hommes riches. Des marbres ! il faut autre chose aujourd'hui pour faire fortune.

L'INCONNU.

Je doute que vous ayez raison.

EGIDIUS.

Il me semble que je dis vrai, puisque avec cette seule profession je serais mort de faim.

L'INCONNU.

Et de quoi vivez-vous ?

EGIDIUS.

Du produit de quelques champs que m'a laissés mon père.

L'INCONNU.

Vous devez être dégoûté de votre profession ?

EGIDIUS.

Au contraire. Cette profession a été celle de tous mes ancêtres ; je la regarde comme un bien de famille et je l'exerce par goût et par passion.

L'INCONNU.

Vous auriez besoin de l'appui de quelque prince pour cultiver votre talent d'une manière commode. (*Egidius rit.*) Vous riez ?

EGIDIUS.

Pardonnez, mais ce sont là les lieux communs que l'on débite à un homme qui a du talent, quand on ne veut pas l'aider.

L'INCONNU.

Bravo ! mon ami, bravo ! votre vivacité me plaît, parce qu'elle est vraie et franche.

EGIDIUS, *montrant une bouteille.*

Voilà la source de la vivacité et du génie ; quand j'ai une bouteille, un bloc de marbre et un ciseau, je défie l'oisiveté et la mélancolie de me surprendre ; je trompe les heures et je suis plus heureux qu'un roi.

L'INCONNU.

De quoi vous occupez-vous dans ce moment-ci ?

EGIDIUS.

De ce groupe que vous voyez là-bas.

L'INCONNU.

Quelle est sa destination?

EGIDIUS.

Je le réserve pour moi et pour les beaux-esprits du siècle qui voudront y jeter un coup d'œil.

L'INCONNU.

Je le verrais volontiers.

EGIDIUS.

Tout de suite. (*Il prend la lampe et l'accompagne vers la statue.*) Approchez et donnez-moi votre avis.

L'INCONNU.

L'ouvrage me paraît beau, mais je ne comprends pas le sujet.

EGIDIUS.

Si j'avais le bonheur de faire voir ce groupe à l'empereur !...

L'INCONNU.

Eh bien ! si l'empereur le voyait...

EGIDIUS.

Je voudrais avoir du courage et lui dire à l'oreille : Traitez les modernes savants et les modernes philosophes de la même manière que ce personnage traite celui qui est sous ses pieds.

L'INCONNU.

Quel est donc ce personnage triomphateur ?

EGIDIUS.

C'est la Vérité.

L'INCONNU.

Et l'autre qui est sous ses pieds?

EGIDIUS.

C'est la Philosophie renversée et démasquée par la Vérité.

L'INCONNU.

Comment! vous traitez ainsi la philosophie?

EGIDIUS.

Plût au ciel que je puisse la maltraiter réellement! Je regrette que ce ne soit qu'une philosophie de pierre.

L'INCONNU.

Seriez-vous, par hasard, l'ennemi de la philosophie?

EGIDIUS.

Comme je le suis de la peste et du diable.

L'INCONNU.

Je ne puis vous applaudir en cela. Comment, mon ami, la philosophie! la première science du monde, la mère de toutes les vertus...

EGIDIUS.

Ce n'est pas de celle-là que je parle, c'est de la philosophie de notre siècle. Regardez-la bien en face, vous découvrirez qui elle est.

L'INCONNU, *regardant le groupe.*

Je vois un beau masque qui se détache d'un visage horrible.

EGIDIUS.

Eh bien! reconnaissez dans cette figure l'hypocrisie qui de nos jours a pris le masque de la philosophie. La vérité l'a frappée et la montre au monde sous son véritable aspect. C'est elle qui, par de faux-semblants, séduit les esprits, les trompe, les empoisonne. Elle est la mère des systèmes, des erreurs, de la fausse liberté, la corruptrice des cœurs, la peste des nations. Malheur à qui s'approche d'elle! il respire la mort et périt par ses mains.

L'INCONNU, *le regardant avec surprise.*

Mon ami, je vous félicite; vous parlez de manière à me surprendre.

EGIDIUS.

Soyez moins prompt à me juger. Sachez que je parle comme un perroquet; c'est une leçon que je répète et que j'ai apprise; elle me plaît beaucoup et je l'ai gravée dans mon cœur.

L'INCONNU.

De qui l'avez-vous apprise?

EGIDIUS.

De mon frère.

L'INCONNU.

Vous avez un frère?...

EGIDIUS.

Oui, monsieur, et c'est un homme très instruit.

L'INCONNU.

Où est-il?

EGIDIUS.

Il est ici avec moi; mais il est aveugle, infirme; il n'est plus, en un mot, que l'ombre de ce qu'il a été.

L'INCONNU.

Je le verrais volontiers.

EGIDIUS.

Quand il vous plaira; je suis certain que vous trouverez du plaisir à causer avec lui.

L'INCONNU.

Revenons à vous. Cet ouvrage et votre manière de voir honorent votre profession. Il serait à désirer que tous les artistes vous imitassent.

EGIDIUS.

Ils ne feraient pas fortune. On estime cent fois plus aujourd'hui une Vénus lascive avec cent défauts, qu'un chef-d'œuvre de Michel-Ange qui annonce la pudeur et la gravité.

L'INCONNU.

Bravissimo! vive monsieur le comte.

EGIDIUS, *regardant derrière lui.*

Où est monsieur le comte?

L'INCONNU.

Ce n'est rien, c'est un titre qui vient de m'échapper.

SCÈNE V.

LOUISE, LES PRÉCÉDENTS.

(*Louise descend l'escalier; elle s'assied sur la dernière marche et cache son visage dans ses deux mains.*)

L'INCONNU.

Quelle est cette jeune personne qui paraît si triste?

EGIDIUS.

Pauvre enfant! elle est aussi la victime des préjugés.

L'INCONNU.

Est-elle de votre famille?

EGIDIUS.

C'est ma fille, monsieur.

L'INCONNU.

Que fait-elle ainsi toute seule?

EGIDIUS.

Elle pense à sa position.

L'INCONNU.

Appelez-la.

EGIDIUS.

Eh! Louise! approche, mon enfant; voici quelqu'un qui désire te connaître.

LOUISE *se lève lentement, comme pour avancer, mais elle aperçoit Édouard.*

O Dieu! le voilà, c'est lui.

(Elle court à sa rencontre.)

L'INCONNU.

A qui parle-t-elle? que signifie ce transport?

SCÈNE VI.

ÉDOUARD, LES PRÉCÉDENTS.

ÉDOUARD, *enveloppé dans un vieux manteau, court vers Louise.*

Ah! ma chère Louise!

(Il l'embrasse.)

LOUISE.

C'est toi.

ÉDOUARD.

C'est moi, qui pour te voir méprise tous les dangers et brave mes tyrans.

L'INCONNU.

Que dit-il? et quel est cet homme?

EGIDIUS.

Ah! si vous saviez tout!... Voilà l'unique écueil où vient se briser ma tranquillité, et je ne sais comment l'éviter. Ce jeune homme est le mari de ma fille.

L'INCONNU.

Pourquoi donc ces précautions? Mon ami, confiez-vous à moi.

EGIDIUS, *à Édouard et à Louise.*

Quand vous aurez fini, il faut espérer que vous voudrez bien vous occuper aussi de nous.

ÉDOUARD.

Me voilà, mon père. *(apercevant l'inconnu.)* Que vois-je? vous ici, monsieur?

L'INCONNU.

Je ne me trompe pas; c'est vous que j'ai vu il y a peu d'instants...

ÉDOUARD.

C'est moi-même, monsieur, et je ne rougis pas d'être surpris par vous dans ce lieu et dans cet état.

L'INCONNU.

Que signifie ce changement?

ÉDOUARD.

Sous ce déguisement je me soustrais aux regards de mes surveillants, à la persécution d'un père ou plutôt d'un tyran.

L'INCONNU.

Ne m'avez-vous pas dit que vous désiriez me parler.

ÉDOUARD.

Oui, monsieur; j'implore de vous secours, je l'implore de tout le monde.

L'INCONNU.

Le hasard vous favorise; dites-moi ici ce que vous deviez me dire à l'auberge.

ÉDOUARD.

Je suis au désespoir...

L'INCONNU.

Pourquoi?

ÉDOUARD.

Voici ma femme.

L'INCONNU.

Je le sais.

ÉDOUARD.

Regardez-la.

L'INCONNU.

Je la vois.

ÉDOUARD.

N'est ce pas qu'elle est belle?

L'INCONNU.

Je vous avertis que je n'ai pas les yeux d'un amant.

ÉDOUARD.

Sachez qu'elle est aussi la plus aimable et la plus vertueuse des femmes.

L'INCONNU.

Ceci est un éloge que j'apprécie et qui vous honore tous deux.

ÉDOUARD.

Eh bien! l'on m'ordonne de la trahir, de la sacrifier.

L'INCONNU.

Qui l'ordonne?

ÉDOUARD.

Mon père.

L'INCONNU.

Vous l'avez peut-être épousée sans son consentement.

ÉDOUARD.

Voilà ma faute.

L'INCONNU.

Croyez-vous qu'elle soit légère?

ÉDOUARD.

J'eus tort, je le confesse; mais cette infortunée, victime de mon amour, ce bon père, trompé par moi, pourquoi seraient-ils condamnés à des regrets et à un châtiment qui doivent être mon seul partage? Je demande grace pour eux et non pour moi.

L'INCONNU.

Ils n'avaient donc pas consenti?...

ÉDOUARD.

L'amour, qui entreprend tout, m'inspira l'idée de la séduction; je voulus qu'elle m'appartînt, car je considérais ma passion comme une vertu, et Louise était un trésor que je brûlais de posséder

L'INCONNU.

Poursuivez, et si vous me croyez digne...

EGIDIUS.

Je parlerai, moi, monsieur; un amant a

l'habitude de faire des digressions, je parlerai.

LOUISE.

Ne le peignez pas avec de trop sombres couleurs, mon père.

EGIDIUS.

Non, ma fille; je lui ai déjà pardonné, et je ne suis pas capable... Or donc, monsieur, je ne voulais pas lui accorder ma fille, qui est le bien le plus précieux que je possède dans ce monde, parce que j'étais certain que son père n'aurait pas daigné s'allier à nous. Malgré cela, plus les obstacles croissaient et plus ils se regardaient l'un l'autre comme époux. Un moment malheureux (vous m'entendez) me confirma leur fatal secret; l'un voulait se tuer, l'autre mourait de chagrin. Ils se sont jetés à mes pieds et à ceux d'un oncle d'Edouard, honnête homme et sans préjugés, qui, pour éviter un plus grand malheur, consentit au mariage, promettant de se faire médiateur auprès de son frère; il est mort à l'improviste et nous a tous laissés dans une mer de douleurs.

L'INCONNU.

Tromper un père est toujours une faute grave; et s'il en témoigne de l'indignation...

EGIDIUS.

La chose est faite, monsieur; que sert-il de nous poursuivre avec une haine implacable?...

L'INCONNU.

Et que prétend aujourd'hui votre père?

ÉDOUARD.

Nous séparer.

L'INCONNU.

Vous séparer! et comment? Malgré votre faute le mariage est très valide.

ÉDOUARD.

Ils veulent nous séparer, vous dis-je; l'intérêt et l'ambition s'unissent pour commettre une violence; on appelle notre mariage clandestin, contraire aux lois, nul, digne de châtiment; par pitié, qu'on me donne la mort, mais qu'on ne me sépare pas d'elle!

LOUISE.

Si l'on m'ôte Edouard, on m'ôte la vie; sans lui elle m'est insupportable.

EGIDIUS.

Vous les entendez; ne vous font-ils pas compassion?

L'INCONNU.

A dire vrai, ils m'attendrissent. Depuis combien de temps êtes-vous mariés?

LOUISE.

Depuis un an.

L'INCONNU.

Et après un an de mariage on cherche à vous séparer?

EGIDIUS.

Les choses en sont au point qu'on emploie la force et qu'on nous menace; on a fait défense à Edouard de la voir sous peine de la prison, et à Louise de le recevoir chez elle sous peine d'être enfermée dans un couvent. Tous deux ont recours au ciel, à la ruse, au hasard, pour se voir quelquefois et se consoler, et, au milieu des dangers et dans le malheur, ils s'aiment plus que jamais.

L'INCONNU.

Je ne puis me persuader que de pareils projets de violence s'exécutent et qu'ils soient approuvés.

EGIDIUS.

Ah! monsieur! qui a le plus d'argent a le plus raison.

L'INCONNU.

Cela n'est pas vrai. (*à Edouard.*) Et qui est votre père?

ÉDOUARD.

Le baron Naimann.

L'INCONNU.

Président de la...

ÉDOUARD.

Lui-même.

L'INCONNU.

Je comprends maintenant. Et quel est le principal motif de son aversion?

EGIDIUS.

Le défaut de dot, et, ce qui lui déplaît plus encore, le défaut de titre.

L'INCONNU, *riant.*

Ha! ha! ha! Ceci est un petit malheur.

EGIDIUS.

Au contraire, c'est un mal sans remède.

L'INCONNU.

Je parie que dans peu vous achetez un comté.

EGIDIUS.

Avec quoi?

L'INCONNU.

Avec votre mérite.

EGIDIUS.

Cela est possible comme d'acheter des ailes à un âne et de le faire voler.

L'INCONNU.

Baste! Je suis un peu astrologue, et je ne me rétracte point.

EGIDIUS.

Je vous assure que cette fois vous en serez pour vos frais d'astrologie.

L'INCONNU.

J'en serais très fâché.

EGIDIUS.

Ah! de grace, laissons ces plaisanteries-là.

L'INCONNU.

Laissons-les donc. (*à Edouard.*) Mais à propos (je l'oubliais), ne m'avez-vous pas dit que vous désiriez vous jeter aux pieds de l'empereur?

ÉDOUARD.

Ce sera mon dernier refuge.

L'INCONNU.

Et qu'auriez-vous à lui demander ?

ÉDOUARD.

Pitié, justice, et compassion pour ma pauvre Louise.

L'INCONNU.

Cela est facile.

EGIDIUS.

Vous trouvez tout facile, et moi, je crois tout difficile.

L'INCONNU.

Je vous plains.

SCÈNE VII.

LUCIE, *descendant l'escalier,* LES PRÉCÉDENTS.

LUCIE.

Oh! messieurs, messieurs, de la joie! de la joie! Mettez-vous, je vous prie, à la fenêtre, et vous verrez et vous entendrez tout.

EGIDIUS.

Que verrons-nous, et qu'entendrons-nous ?

LUCIE.

Aller, venir, courir, crier... des lumières aux fenêtres... il est arrivé, il est arrivé.

EGIDIUS.

Mais qui donc est arrivé ?

LUCIE.

L'empereur, l'empereur!

ÉDOUARD.

Oh! le ciel soit béni, si son arrivée met un terme à tous mes chagrins.

EGIDIUS.

Ce serait une bonne occasion...

SCÈNE VIII.

LE COMTE DE STEMBERG, LES PRÉCÉDENTS.

LE COMTE.

Monsieur, quand vous voudrez partir, on a trouvé moyen de vous satisfaire.

EGIDIUS.

Monsieur le comte, ce que vient de nous apprendre Lucie est-il vrai?

LE COMTE.

Que vous a-t-elle appris?

EGIDIUS.

L'arrivée du souverain.

LE COMTE.

On en parle.

L'INCONNU.

Et vous, qu'en pensez-vous, monsieur le comte?

LE COMTE.

Vous pouvez lire ma reponse sur mon front. — Il faut ici de la prudence.

ÉDOUARD.

Où est-il logé?

LE COMTE.

Tout le monde court à la poste.

ÉDOUARD.

Comment pourrait-on obtenir la faveur de lui parler?

LE COMTE.

Recommandez-vous à monsieur.

L'INCONNU.

Je ferai tout ce qui dépendra de moi.

EGIDIUS.

Si vous en avez les moyens, soyez utile à ces pauvres enfants.

L'INCONNU.

Oui, je veux m'occuper de leur bonheur, et je suis certain de réussir.

EGIDIUS.

Que le ciel vous bénisse! Pardonnez, mais il faut que je vous embrasse. Va, Lucie, va vite, et apporte-nous trois ou quatre verres.

L'INCONNU.

Pourquoi faire?

EGIDIUS.

Je veux que nous buvions un verre de vin à la santé de notre empereur; excusez la liberté; vous nous ferez cet honneur et vous serez des nôtres.

L'INCONNU.

Volontiers; à cause du motif je m'unis à vous de grand cœur.

SCÈNE IX.

(*Lucie, avec une assiette et des verres.*)

LUCIE.

Servez-vous vous-même. Moi je retourne à ma fenêtre pour voir ce qui se passe.

EGIDIUS *prend la bouteille, verse le vin et le distribue, d'abord à l'étranger, puis au comte.*

Ensuite à moi.

TOUS.

Vive l'empereur!

EGIDIUS, *s'approchant de l'inconnu.*

De grace, monsieur, là, franchement, qui êtes-vous?

L'INCONNU.

Franchement, je suis un ami de l'empereur.

EGIDIUS.

Ami, tant mieux. A la santé de l'ami de l'empereur !

(Il boit.)

L'INCONNU.

Merci.

EGIDIUS.

Mais véritablement ami ?

(Il lui parle confidentiellement à l'oreille.)

L'INCONNU.

On ne peut pas plus ami.

EGIDIUS.

Je suis hors de moi de bonheur.

L'INCONNU.

Votre vin est bon.

EGIDIUS.

C'est lui qui m'a donné de la verve pour faire les statues que vous avez louées. Excusez si je ne vous ai pas connu.

L'INCONNU.

Peu importe.

EGIDIUS.

Voulez-vous boire encore un petit coup ?

L'INCONNU.

Non, c'est assez.

EGIDIUS.

Je me recommande à vous; je vous recommande ces créatures.

L'INCONNU.

N'en doutez pas; elles sont bien recommandées.

ÉDOUARD.

Protégez-nous avec tout l'intérêt possible.

LOUISE.

Ah ! monsieur...

L'INCONNU.

Ayez confiance en moi; soyez tranquilles.

EGIDIUS.

Voyez donc, quel bon officier ! C'est le ciel qui nous l'a envoyé.

L'INCONNU.

Monsieur le comte, achevez l'ouvrage de votre amitié et faites savoir à la personne qui doit me conduire que je partirai dans deux heures.

LE COMTE.

Ce que j'ambitionne le plus au monde, c'est l'honneur de vous obéir.

(Il sort.)

EGIDIUS.

Dans deux heures... mais comment en si peu de temps...

L'INCONNU.

Ne vous inquiétez pas; dans deux heures nous ferons tout; en attendant, tenez votre parole.

EGIDIUS.

Laquelle ?

L'INCONNU.

Conduisez-moi chez votre frère.

EGIDIUS.

Vous avez raison.

L'INCONNU.

Allons, monsieur le comte.

EGIDIUS.

Moi, comte ! comte de... vous me feriez dire une sottise; vous voulez donc continuer à vous moquer de moi ?

L'INCONNU, *riant.*

Brave homme, bon ami, allons, allons.

EGIDIUS, *prenant une lampe.*

Je vous précède... l'arrivée du prince et votre visite ont répandu en moi tant de gaîté, tant d'ivresse, que je ne sais plus ce que je dis ni ce que je fais. Mes enfants, le ciel n'abandonne pas les malheureux; prenez l'autre lampe et accompagnez notre protecteur.

ACTE QUATRIÈME.

Chambre de Ferdinand, très simplement meublée. Une petite table sur laquelle se trouve un plat vide, une lampe, deux carafes, l'une d'eau, l'autre de vin.

SCÈNE I.

FERDINAND, *seul, auprès de la table.*

Mon petit souper est achevé. *(Il lève la tête.)* Que le ciel soit béni ! voilà encore une journée qui s'est écoulée pour moi tranquillement et sans remords. *(Il se lève avec effort, traîne son fauteuil vers un autre côté de la table et se rassoit.)* Ce soir ils m'ont tous abandonné. *(Il met les mains tantôt dans l'une de ses poches, tantôt dans l'autre, et ne trouvant pas ce qu'il paraît chercher, il tâte çà et là sur la table, enfin il heurte avec la main la lampe qui tombe.)*

SCÈNE II.

FERDINAND, LUCIE.

LUCIE.

Qu'est-ce que vous avez fait?

FERDINAND.

Je ne sais, mes mains ont heurté contre

quelque chose, et quelque chose s'est brisé.

LUCIE.

C'est la lampe qui est tombée.

FERDINAND.

Le mal n'est pas grand, le hasard a eu plus de jugement que nous.

LUCIE.

Comment cela?

FERDINAND.

Tu me laisses de la lumière; n'est-ce pas un bienfait ridicule pour un aveugle?

LUCIE.

Je le sais. Mais je vous l'ai laissée pour la commodité des autres, et pour ma propre commodité.

FERDINAND.

Ta raison est meilleure, et je ne rougis point d'avoir tort. *(continuant à chercher sur la table.)* Elle doit être ici.

LUCIE.

Que cherchez-vous?

FERDINAND.

Ma tabatière.

LUCIE.

Je vais me procurer de la lumière.

(Elle sort.)

FERDINAND.

A quelle condition suis-je réduit! Orgueil humain, toi qui soulèves, dans la prospérité, ta tête contre le ciel, vois ta faiblesse. Si la nature retire un seul de ses dons, elle t'humilie aux pieds de chacun et te fait un besoin de tout.

SCÈNE III.

LUCIE, *avec de la lumière;* FERDINAND.

LUCIE.

Où est cette tabatière?

FERDINAND.

Je l'ai mise là-dessus.

LUCIE.

Là-dessus, il n'y a rien.

FERDINAND.

Mais pourtant...

LUCIE.

Attendez. *(Elle va pour placer la lampe sur le secrétaire.)* La voilà sur le secrétaire.

FERDINAND.

Hélas! j'ai perdu la vue, et je commence à m'apercevoir que je vais bientôt perdre la mémoire.

LUCIE.

Tenez

(Elle lui donne la tabatière.)

FERDINAND.

Débarrasse-moi de tout ceci.

LUCIE.

C'est ce que j'allais faire.

(Elle ôte le couvert.) — Ferdinand prend en silence une prise de tabac.

Avez-vous mangé avec appétit?

FERDINAND.

Oui.

LUCIE.

C'est toujours un bon signe.

FERDINAND.

Cet étranger est-il encore là-bas?

LUCIE.

Il y est encore.

FERDINAND.

Que veut-il?

LUCIE.

Je crois qu'il veut nous faire du bien.

FERDINAND.

Oh! ma fille, les hommes qui veulent faire du bien à leurs semblables sont rares.

LUCIE.

Mais celui-ci a un air et des manières qui charment, et je resterais là jusqu'à demain à le regarder et à l'écouter. C'est un homme différent des autres, et quand je le dis, moi, je sais ce que je dis, et vous pouvez me croire.

FERDINAND.

Oui, ma fille, oui.

LUCIE.

Si vous aviez entendu ce qu'il disait... Mais moi, je fais moins attention à ses paroles qu'à la manière dont il les prononce et au sourire qui les accompagne. Je veux vous raconter...

FERDINAND.

Va, Lucie, range tout cela; tu me raconteras ton histoire une autre fois.

LUCIE.

Vous avez raison, puisqu'il vient quelqu'un nous déranger; au revoir donc.

(Elle sort.)

SCÈNE IV.

EGIDIUS, L'INCONNU, EDOUARD, LOUISE, FERDINAND.

EGIDIUS.

Bonsoir, mon frère.

FERDINAND.

Bonsoir, as-tu terminé ton travail?

EGIDIUS.

Pas encore, il est venu quelqu'un m'interrompre, mais cette interruption m'a fait plaisir. Réjouis-toi, Ferdinand.

FERDINAND.

De quoi?

EGIDIUS.

Enfin j'ai trouvé un protecteur pour ma fille.

FERDINAND.

Protecteur mâle ou femelle?

EGIDIUS.

Mâle, mâle.

FERDINAND.

Jeune ou vieux?

EGIDIUS.

Jeune.

FERDINAND.

De quelle condition?

EGIDIUS.

Très élevée.

FERDINAND.

Hélas! hélas!

EGIDIUS.

Que veut dire cet hélas?

FERDINAND.

Ces qualités ne me plaisent point.

EGIDIUS.

Pourquoi?

FERDINAND.

Ta fille est jeune et jolie; supprime l'une ou l'autre de ces qualités, et le protecteur disparaîtra.

EGIDIUS.

Explique-toi mieux.

L'INCONNU.

Bon vieillard, vous me faites injure; je ne crois pas mériter un semblable soupçon.

EGIDIUS.

O frère! on peut bien dire que cette fois tu as parlé comme un aveugle.

FERDINAND.

Cet étranger est donc présent, et tu ne m'en as pas prévenu? Qui que vous soyez, monsieur, veuillez m'excuser, j'ai parlé d'après l'expérience, et je désire m'être trompé.

EGIDIUS.

Certainement tu t'es trompé. Si tu pouvais le voir! ce sont de ces physionomies qui ne trompent pas.

FERDINAND.

Qui est-il?

EGIDIUS.

Un soldat, mais d'un rang élevé.

FERDINAND.

Un soldat! donnez-moi votre main, monsieur.

L'INCONNU.

La voici.

FERDINAND.

Oui, c'est désormais l'unique classe que j'estime, tout le reste me fait pitié.

L'INCONNU.

Pourquoi?

FERDINAND.

Le soldat lui seul, monsieur, est dépositaire du véritable honneur; lui seul nous conserve l'idée du bon ordre, de l'obéissance aveugle et de la subordination. Nos savants, fausses lumières du siècle, disputent sur les lois; le soldat se contente de les connaître. Ceux-là cherchent à les examiner avec un esprit rebelle, celui-ci en respecte les secrets et se borne à s'y soumettre. Enfin les uns se contredisent et font naître la confusion; le soldat, toujours semblable à lui-même, étouffe la licence et maintient la discipline.

L'INCONNU.

Vous parlez d'une manière qui réveille mon attention, et vous me semblez plus grand que je ne pensais.

EGIDIUS.

Eh! eh! si vous continuez à le faire parler, vous entendrez le vrai Cicéron de la Germanie.

L'INCONNU.

Votre frère paraît fort âgé.

EGIDIUS.

Il est cependant plus jeune que moi.

L'INCONNU.

Plus jeune! Comment donc? Vous paraissez robuste et dans une virilité complète; lui au contraire...

EGIDIUS.

C'est que j'ai travaillé avec le corps, lui avec l'esprit.

FERDINAND.

Ces cheveux blancs et une vieillesse prématurée sont le prix de l'homme qui pense. Mon père, dont je bénis la mémoire, a voulu que je fusse un homme distingué. Son ambition était d'avoir un savant dans la famille, et il m'a fait quitter le scalpel pour les livres. Qu'une telle faveur m'a été fatale! Moi aussi j'ai brillé parmi les docteurs du siècle; j'ai cru d'abord que la nature n'avait plus de secrets pour moi; mais bientôt j'ai reconnu mon erreur; les deux tiers de notre science ne sont que vanité, et je meurs en confessant que je ne sais rien.

L'INCONNU.

Depuis combien de temps êtes-vous aveugle?

FERDINAND.

Depuis trois ans.

L'INCONNU.

Comment supportez-vous votre disgrâce?

FERDINAND.

Tranquillement ; entre les biens qu'elle m'enlève et les dégoûts qu'elle m'épargne, il y a presque compensation.

L'INCONNU.

Quels sont les dégoûts que vous épargne la cécité ?

FERDINAND.

S'il ne m'est pas permis de jouir du spectacle ravissant de la nature, je ne vois pas non plus les désordres qui la dégradent, ni les fausses couleurs qui l'altèrent, ni les hommages vils, ni les feintes caresses, ni les faux sourires, ni les perfidies... enfin je ne vois pas les crimes.

EGIDIUS, *à l'inconnu.*

Répondez-lui, si vous en avez le courage.

L'INCONNU.

Vous êtes un homme véritablement grand.

EGIDIUS.

Eh! parbleu! je le sais aussi. Je ne donnerais pas mon frère pour tout l'or que l'empereur a dans ses coffres.

L'INCONNU.

Plus je le regarde, plus il me semble que ses traits ne me sont pas inconnus. Je dois vous avoir vu quelque part.

FERDINAND.

Rien de plus probable, si vous avez vécu à Vienne.

L'INCONNU.

C'est ma patrie.

FERDINAND.

Eh bien! c'est là que vous m'aurez vu; c'est là que j'ai passé avec honneur douze années de ma vie. Vous pouvez vous en informer.

L'INCONNU.

Et qu'y faisiez-vous?

FERDINAND.

J'y exerçais la charge de professeur de droit naturel dans l'Université impériale.

L'INCONNU.

Vous voyez donc que je ne me trompais pas en croyant vous reconnaître. Depuis combien de temps avez-vous quitté Vienne?

FERDINAND.

Depuis trois ans environ.

L'INCONNU.

Sans doute votre infirmité...

FERDINAND.

Précisément. C'est elle qui vint interrompre le cours de mes travaux.

L'INCONNU.

On vous aura accordé une indemnité...

FERDINAND.

Très modique.

L'INCONNU.

Comment donc ?

FERDINAND.

Il ne manque jamais dans les cours de ces esprits envieux et ennemis du mérite d'autrui qui se font un plaisir d'arrêter la générosité du prince.

L'INCONNU.

Je pourrais vous jurer que le prince ne sait rien de tout cela.

FERDINAND.

Je le crois... Vous voyez cependant ma position et ma fortune.

L'INCONNU.

Consolez-vous; votre position et votre fortune vont bientôt changer.

FERDINAND.

Qui peut vous le faire supposer?

L'INCONNU.

Je vous donne avis que vous êtes nommé conseiller de l'empereur.

FERDINAND.

Moi, et depuis quand?

L'INCONNU.

Que cela vous suffise, le reste est encore un mystère qui ne tardera pas à s'éclaircir.

EGIDIUS, *à part.*

Je ne sais... mais ce monsieur distribue des titres avec une facilité... Moi, je suis monsieur le comte, mon frère est conseiller... Qu'est-ce que tout cela signifie? Je ne comprends rien à toutes ces promotions.

L'INCONNU, *à Egidius.*

A quoi pensez-vous?

EGIDIUS.

Je pense au conseiller et au comte son frère.

L'INCONNU, *souriant.*

Vous y penserez plus tard.

FERDINAND.

Vos dernières paroles, monsieur... Mais c'est comme si je ne les avais pas entendues... Passons à autre chose... Où est ma Louise?

EGIDIUS.

La voilà près de toi.

FERDINAND.

Tu ne dis rien, ma chère nièce.

LOUISE.

Je ne voulais point interrompre qui parle mieux que moi.

FERDINAND.

Edouard n'est donc pas venu ce soir? (*Edouard lui baise la main.*) Qui est celui-ci?

(*Il cherche à le reconnaître en le touchant.*)

EDOUARD.

C'est votre cher Edouard qui vous aime et vous respecte.

FERDINAND.

Embrasse-moi, mon fils; l'injustice te poursuit, le ciel te protégera, et tu seras l'appui de ma nièce.

EGIDIUS.

C'est aussi ce que nous disait cet officier; il s'est engagé à le présenter à l'empereur.

FERDINAND.

Le ciel le veuille! Si je n'étais pas aveugle... Cent fois il m'est venu à l'esprit d'aller me jeter à ses pieds.

L'INCONNU.

Il vous aurait accueilli avec amitié et avec tendresse, et vous avez manqué de confiance en lui.

FERDINAND.

Le bon prince! Je ne sais pas s'il a conservé ce caractère affable et populaire avec lequel...

EGIDIUS.

Oui, on dit qu'il est toujours le même; mais toi, mon frère, tu dois bien le connaître?

FERDINAND.

Si je le connais! je lui ai baisé la main cent fois; alors c'était un plaisir d'entendre citer de toute part les traits de sa bonté et de son esprit. Affable avec tous, humain, bienfaisant, il était l'ami de ses sujets, il accourait, il recherchait et prévenait leurs besoins; c'était passé en proverbe qu'il était partout, que les pauvres et les riches dormaient tranquilles pendant qu'il veillait à leur sûreté.

EGIDIUS.

Poursuis, mon frère; tu me ravis lorsque je t'entends parler ainsi de notre prince.

FERDINAND.

Et moi aussi, c'est mon faible que d'en parler. Je me rappelle encore comme si c'était aujourd'hui, ses gestes, son visage, et jusqu'à ses paroles.

EGIDIUS.

Dépeins-le-moi, je t'en prie; et puisque je dois être présenté à lui, comme ce monsieur me l'a promis, aide-moi à le distinguer tout de suite au milieu de ses courtisans.

FERDINAND.

Voici son portrait que tu pourrais reproduire sans crainte de te tromper.

EGIDIUS.

Je suis tout oreille.

FERDINAND.

Il est d'une taille ordinaire, mais bien prise.

L'INCONNU.

Laissez, laissez, je vous en prie.

FERDINAND.

Je ne crois pas qu'il puisse vous être désagréable d'entendre parler de votre maître et du nôtre. Ecoutez-moi; il est toujours vêtu comme un simple soldat, et son habit de prédilection, surtout quand il voyage, est un uniforme vert, avec parements et revers de couleur rouge, qui est celle de son régiment.

EGIDIUS.

Ce monsieur en a un tout pareil.

FERDINAND.

Il a un visage riant, une coiffure simple, des yeux célestes, mais vifs, deux beaux arcs de cils noirs qui les embellissent; une joue rondelette et vermeille, la lèvre inférieure un peu saillante et renversée en dehors.

EGIDIUS.

Jusqu'à présent ce monsieur lui ressemble comme une moitié de pomme ressemble à l'autre moitié.

L'INCONNU, *à part.*

Allons! la bonhomie de ces gens-là va me faire reconnaître sans qu'ils s'en doutent.

FERDINAND.

Mais remarque bien ceci qui te le ferait distinguer entre mille; il a un signe sous l'œil gauche qui donne de la grâce à son visage.

EGIDIUS.

Un signe!

(Il regarde l'inconnu et l'examine; celui-ci porte lestement son mouchoir à sa figure, comme si c'était l'effet du hasard.)

FERDINAND.

Et une balle de mousquet lui a laissé une légère cicatrice au menton.

EGIDIUS *continue à regarder l'inconnu; l'inconnu fait semblant de ne pas s'en apercevoir, et marche d'un air distrait.*

Frère?

FERDINAND.

Quoi?

EGIDIUS.

M'as-tu dit la vérité?

FERDINAND.

Pourquoi cette question?

EGIDIUS *regarde l'inconnu, puis Louise et Edouard, il fait un mouvement, voudrait parler et s'arrête.*

Ou c'est lui, ou je rêve.

EDOUARD.

Louise...

(Il demeure comme pétrifié, et parle à Louise à voix basse.)

LOUISE.

Edouard...

EDOUARD.

As-tu vu le signe?

LOUISE.

Et cette lèvre... ces yeux... et tout...

FERDINAND.

Pourquoi ce silence soudain? Il n'y a donc plus personne ici pour parler.

EDOUARD, *à Louise.*

As-tu remarqué comme il s'est caché le visage?

LOUISE, *à Edouard.*

Je suis toute émue, toute tremblante.

L'INCONNU.

Il est temps que je vous quitte; adieu, mes chers amis.

FERDINAND.

Vous partez?

L'INCONNU.

Oui.

FERDINAND.

Que le ciel vous accompagne!

(*Louise et Edouard font une révérence respectueuse.*)

L'INCONNU.

Vous ne me dites donc rien?

LOUISE.

Nous, monsieur?

EDOUARD.

Nous! Et que pourrions-nous dire? interprétez plutôt notre silence.

L'INCONNU, *à part.*

Qui le croirait? leur embarras fait naître le mien; je vois clairement la cause de leur confusion, et je ne sais à quoi me résoudre.

SCÈNE V.

LUCIE, *avec deux enfants habillés en officier*, LES PRÉCÉDENTS.

LUCIE, *à l'inconnu.*

Monsieur, voici deux petits officiers qui demandent avec instance à vous parler.

L'INCONNU.

Et que me veulent-ils?

LUCIE.

Interrogez-les vous-même et vous verrez comme ils jasent bien.

L'INCONNU, *aux enfants.*

Avancez, mes petits amis.

LUCIE.

Regardez quelle gentillesse, et quels beaux petits soldats! quel air martial! quel œil brusque! Ils donnent vraiment envie de les embrasser.

L'INCONNU.

Qui êtes-vous, mes petits amis?

PREMIER ENFANT.

Deux de vos fidèles serviteurs.

L'INCONNU.

Que voulez-vous?

DEUXIÈME ENFANT.

Connaître l'ami de notre père et apprendre de lui à l'imiter.

L'INCONNU.

Et qui était votre père?

PREMIER ENFANT.

Le major Valsingher.

L'INCONNU.

Vous, ses enfants?... Mais comment vous trouvez-vous ici? (*à Lucie.*) Est-ce qu'ils sont tout seuls?

LUCIE.

Non, monsieur, leur mère n'est pas loin.

L'INCONNU.

Faites-la entrer.

LUCIE.

Tout de suite.

(*Elle sort. — Les enfants vont à la porte et tirent leurs épées.*)

L'INCONNU.

Eh bien! que faites-vous?

DEUXIÈME ENFANT.

Nous faisons sentinelle pour l'ami de notre père.

L'INCONNU, *à part.*

Quels chers enfants! combien cette surprise m'est douce!

EGIDIUS, *à part.*

Je suis toujours plus troublé. Je demeure anéanti, et je ne puis prononcer une seule parole.

SCÈNE VI.

LA COMTESSE VALSINGHER, LE COMTE DE STEMBERG, LES PRÉCÉDENTS.

L'INCONNU.

Vous ici, madame?

LA COMTESSE.

Veuillez, je vous prie, excuser ma liberté.

L'INCONNU.

Auriez-vous pensé que je pusse oublier ma promesse?

LA COMTESSE.

Vous n'avez jamais manqué à votre parole.

L'INCONNU.

Alors pourquoi...

LA COMTESSE.

J'ai voulu vous prévenir et vous donner une preuve de mon respect.

L'INCONNU.

Mais ce n'était pas à vous, madame...

LA COMTESSE.

Réfléchissez-y bien, monsieur, et vous verrez qu'ici les convenances ont été respectées.

L'INCONNU, *bas au comte de Stemberg.*

Auriez-vous, par hasard, trahi mon secret?

LE COMTE.

Je crains qu'elle ne l'ait pénétré d'elle-même.

L'INCONNU, *à la comtesse.*

Qui vous a dit que je devais être ici?

LA COMTESSE.

Vous-même si vous vous le rappelez, il y a peu d'instants.

L'INCONNU.

Vous avez raison. Ce sont donc là les fils du major Valsingher et les vôtres?

LA COMTESSE.

Destinés à vous servir, si vous voulez bien accepter leurs services.

L'INCONNU.

A me servir, moi?

LA COMTESSE.

Si ce mot vient de m'échapper, s'il est prononcé mal à propos, attribuez-le à ma confusion.

L'INCONNU.

Ce que vous avez dit est loin de me blesser; ces enfants serviront l'empereur, que dis-je? ils le servent déjà, et bientôt ils égaleront leur père.

LA COMTESSE.

Ah! mes enfants!

EGIDIUS.

Allons, il n'y a plus de doute.

ÉDOUARD.

Comprends-tu quelque chose à tout cela, Louise?

LOUISE.

Édouard, si tu savais comme le cœur me bat!

FERDINAND.

Frère!

(*Il cherche avec les mains.*)

EGIDIUS.

Laisse-moi.

FERDINAND.

Qu'est-ce que tout cela veut dire?

L'INCONNU.

Que faites-vous ainsi, troublés et silencieux?

LOUISE.

Rien.

L'INCONNU, *à Louise.*

Vous tremblez?

LOUISE.

Non, monsieur. (*à part.*) Je suis émue de la tête aux pieds.

L'INCONNU.

Parlez donc.

LA COMTESSE.

Si je ne craignais pas de vous offenser...

(*Elle s'approche avec respect.*)

L'INCONNU.

Poursuivez.

LA COMTESSE.

Oh! non! vous êtes bon... (*avec transport.*) vous êtes clément; vous ne nous refuserez pas la grace de vous baiser la main.

EGIDIUS.

Et moi, et moi aussi. (*Il présente Louise et Édouard.*) Mes enfants aussi.

FERDINAND.

Il me vient un soupçon.

L'INCONNU.

Mes amis, pourquoi ces larmes?

EGIDIUS.

Ce sont des larmes de tendresse.

LA COMTESSE.

Accordez-nous le bonheur de prononcer votre nom glorieux sans craindre de vous déplaire.

EGIDIUS.

Rendez-nous dignes de tomber à vos pieds; nos larmes nous trahissent, et notre cœur vous a reconnu.

L'INCONNU.

Ah! oui! j'ai assez résisté, et vous méritez que je ne me cache plus à vos yeux.

LA COMTESSE.

Juste ciel!

LOUISE.

Notre père!

ÉDOUARD.

Notre roi!

EGIDIUS.

Invincible Sigismond! glorieux empereur!

FERDINAND.

Lui-même!... O Dieu! mes enfants! aidez-moi... Moi aussi, moi aussi, que je baise ses pieds et je mourrai content.

L'INCONNU.

Mes amis, mes chers amis, assez, assez; vous forcez mes larmes à se mêler aux vôtres. Levez-vous, embrassez-moi; je suis votre père, votre défenseur, votre ami.

FERDINAND.

Que le ciel accorde de longs jours à un si bon père!

EGIDIUS.

Qu'il en retranche des nôtres pour prolonger les siens!

L'INCONNU.

Cet accueil et ces vœux sont bien plus sincères et me touchent le cœur mille fois davantage que les fastueuses acclamations d'un peuple entier. Ici, tout est candeur, tendresse, vérité. Qu'ils sont doux les moments que j'ai passés avec vous! Je les dois à l'orgueil de quelques ames viles qui unissent l'ignorance à l'ambition. Voilà où résident les sentiments généreux et les vertus. Je n'oublierai jamais de pareils instants.

SCÈNE VII.

LUCIE, LES PRÉCÉDENTS.

LUCIE.

Deux messieurs, vêtus comme vous, vous cherchent et sont là dehors qui vous attendent. En outre... oh! si vous pouviez jouir de ce spectacle; il y a foule devant notre maison; peuple, bourgeois, tous confondus, témoignent le même désir.

L'INCONNU.

Quel désir?

LUCIE.

De voir l'empereur; ils disent qu'il est ici. Mais voyez donc quels fous!

LOUISE.

Ah! Lucie.

LUCIE.

Les plus nobles, M. le président, père d'Édouard, les barons Valfen et Splinn, les deux baronnes, l'une Stolen, l'autre, je ne sais plus son nom; le petit chevalier, (*à la comtesse.*) vous savez comment il s'appelle, et quelques autres, sont entrés sous le portique, où sont les marbres et les statues, et demandent la permission de se présenter.

L'INCONNU.

Le président, les deux baronnes, je les verrai avec grand plaisir; qu'ils entrent.

EGIDIUS, *à Lucie.*

Vous avez entendu?

LUCIE.

Oui, monsieur.

(*Elle sort.*)

L'INCONNU.

Le croiriez-vous, mes amis, ils m'ont jugé indigne de leur société; la simplicité de mon habit n'a pu les persuader.

FERDINAND.

O gens plus aveugles que moi! vous qui pourriez les confondre d'un seul de vos regards.

L'INCONNU.

Je ne sais qu'en rire et avoir pitié d'eux.

LA COMTESSE.

Entendez-vous le bruit qu'ils font?

L'INCONNU.

Ce sont eux-mêmes.

SCÈNE VIII.

LE PRÉSIDENT, LA BARONNE WILTZ, LE CHEVALIER BROM, LA BARONNE STOLEN, LE BARON VALFEN, LE BARON SPLINN, LES PRÉCÉDENTS.

LE BARON VALFEN.

Très humble serviteur.

LE CHEVALIER.

Où est le maître de la maison?

EGIDIUS.

C'est moi.

LA BARONNE WILTZ.

L'officier est ici.

LE BARON VALFEN.

Il se fourre partout; si je l'avais su, je ne serais pas venu.

LE CHEVALIER, *aux baronnes.*

Voilà aussi la comtesse; elle est venue chercher son amoureux jusqu'ici.

EGIDIUS.

Qui demandez-vous, messieurs?

LE PRÉSIDENT.

L'empereur.

EGIDIUS.

Vous semble-t-il que ce lieu soit propre à le recevoir.

LE PRÉSIDENT.

C'est ce que je disais aussi; il n'aurait pas préféré un artisan à la noblesse.

LA BARONNE STOLEN.

Maudits soient les imbéciles! ils nous ont fait courir à la poste, au palais, ici; enfin tout le monde a perdu la tête.

LA BARONNE WILTZ.

Je parie que l'empereur n'a pas même pensé à venir dans notre pays.

L'INCONNU.

Que voulez-vous de lui?

LE PRÉSIDENT.

C'est à nous qu'il appartient de le complimenter et de lui offrir nos hommages; nous sommes les premiers de la ville.

L'INCONNU.

J'ai peur que vous en soyez à peine les derniers.

LE PRÉSIDENT.

Quel langage!

ÉDOUARD, *à part.*

Si je pouvais du moins prévenir mon père!

LE PRÉSIDENT, *à Egidius.*

Répondez, vous; est-il vrai, ou n'est-il pas vrai que l'empereur soit venu ici?

EGIDIUS.

Je n'ai vu ici que cet officier.

L'INCONNU.

Obscur et sans titre, indigne de votre présence et peut-être même de vos regards

LA BARONNE STOLEN.

Nous sommes bien folles de vous écouter.

L'INCONNU.

Je le crois.

LA BARONNE STOLEN.

Allons, partons.

LE PRÉSIDENT.

Que vois-je? mon fils!

ÉDOUARD.

Ah! mon père, me voici à vos pieds.

LE PRÉSIDENT.

Fils indigne, tu oses, contre ma défense, fréquenter cette femme et ces gens qui t'ont séduit!

ÉDOUARD.

Arrêtez!

LE PRÉSIDENT.

Pourquoi m'arrêter? J'implorerai l'appui du tribunal, je te ferai jeter, toi dans une prison, elle dans un couvent.

L'INCONNU.

La justice bien informée ne vous écoutera pas.

LE PRÉSIDENT.

Pourquoi?

L'INCONNU.

Parce qu'ils sont unis légitimement et qu'on ne commet pas d'injustice.

LE PRÉSIDENT.

Leur mariage est coupable, il est nul; ces plébéiens ont circonvenu et trompé mon fils.

L'INCONNU.

Ils n'en sont pas capables... Plébéiens! quel nom donnez-vous à une classe qui a la vertu en partage? Un sculpteur distingué qui fait honneur à sa patrie, et un homme de lettres ne sont pas des plébéiens comme vous le dites, et ne peuvent que faire honneur à un noble nouveau et de province, en s'alliant avec lui.

LE PRÉSIDENT.

Je ne vous écoute pas, cela ne vous regarde point. Je sais, moi, comment je dois agir avec ces gens-là.

L'INCONNU.

Et que ferez-vous? homme vil, misérable, infâme, pétri d'orgueil! Écoutez-moi; je vous parle au nom de l'empereur. Il connaît, il approuve ce mariage; si la vertu ne suffit point pour satisfaire celui qui n'en possède aucune, s'il est nécessaire de s'élever jusqu'à une noblesse achetée par un père meunier, sachez qu'elle est fille du comte Egidius, comte par son mérite et non par le hasard, nièce d'un conseiller de sa majesté. Cela suffit-il pour contenter votre sotte ambition?

LE PRÉSIDENT.

Et depuis quand ces gens-là sont-ils pourvus de pareils titres?

L'INCONNU.

Depuis le temps que vous avez déshonoré les vôtres.

LE PRÉSIDENT.

Mais, monsieur l'officier...

L'INCONNU.

N'ajoutez pas un mot et ne m'obligez pas à vous en dire davantage. (*Il se retourne vers la famille d'Egidius et vers la comtesse.*) Mes amis, livrez-vous à la joie. Si vous voyez votre vertu récompensée, vous ne le devez qu'à vous-mêmes. Il est temps de nous séparer; rappelez-vous que je laisse ici des amis et soyez certains que dans tous les temps vous en aurez un en moi.

LA COMTESSE.

Ah! monsieur...

EGIDIUS.

Notre reconnaissance...

L'INCONNU.

Restez et taisez-vous. (*Les enfants font le salut militaire avec leurs épées.*) Et ces petits messieurs seront-ils donc oubliés?... Adieu, lieutenant; adieu, capitaine... Et vous, chevaliers et barons, recevez un conseil que je vous donne par pitié; bannissez désormais l'orgueil et respectez tout le monde. Apprenez que l'homme qui défend son pays mérite l'estime et l'amitié de chacun, et que la première et la véritable noblesse est fondée sur la vertu.

(*Il sort.*)

LA BARONNE STOLEN.

Je reste stupéfaite, et je ne comprends rien à tous ces discours.

LA BARONNE VALFEN.

Nous nous sommes laissés mal mener sans répondre une parole.

LE COMTE.

Fort heureusement pour vous.

LA COMTESSE.

Rendez grace au ciel.

LA BARONNE STOLEN.

Enfin quel est cet officier?

LA COMTESSE.

Vous avez été assez aveugles pour ne pas le connaître!

LE COMTE.

Voulez-vous le savoir?

LA BARONNE STOLEN.

Mais, oui.

ÉDOUARD.

Ah! mon père.

LE PRÉSIDENT.

Eh bien!

ÉDOUARD.

Cet officier est l'empereur lui-même.

LE PRÉSIDENT.

L'empereur !

LA BARONNE STOLEN.

L'empereur !

LA BARONNE WILTZ.

O Dieu !

LE BARON VALFEN.

Juste ciel !

LE CHEVALIER.

Et nous qui... Ah ! malheureux que nous sommes !

LA BARONNE STOLEN.

Je me trouve mal, je n'en puis plus.

(Elle s'évanouit.)

LA COMTESSE.

C'est bien fait.

LA BARONNE WILTZ.

Je suis plus morte que vive.

LA BARONNE STOLEN.

Un verre d'eau par charité.

LA COMTESSE.

Il faudrait bien autre chose que de l'eau.

LE PRÉSIDENT.

Ah ! fils ingrat, tu m'as trahi.

ÉDOUARD.

Non, mon père, non ; il ne m'a pas été possible de vous dire un seul mot.

LA BARONNE STOLEN.

C'en est trop ; je suis jouée, je suis déshonorée, je vais me jeter par-dessus le pont.

LE COMTE.

Arrêtez ! Voulez-vous, messieurs, que je vous donne un conseil ? il est le plus salutaire, il est le seul ; je vous le donne en ami. Cette aventure ne vous déshonore point ; elle vous rend ridicules et non criminels. Demandez votre pardon à un si bon prince ; il en rira, le monde en rira de même, et tout sera fini. Mais si vous êtes sages, retirez quelque fruit de cette leçon ; elle vous apprend à être circonspects à l'avenir, à avoir de la dignité sans orgueil, à être polis avec vos égaux, affables avec tous et humains avec vos inférieurs. Vous avez entendu ce qu'a dit l'empereur ; tels sont les signes distinctifs et le caractère de la véritable noblesse.

FIN DU SCULPTEUR ET L'AVEUGLE.

www.ingramcontent.com/pod-product-compliance
Ingram Content Group UK Ltd.
Pitfield, Milton Keynes, MK11 3LW, UK
UKHW021310190726
13839UKWH00007B/587